光文社古典新訳文庫

ナルニア国物語⑦

最後の戦い

C・S・ルイス

土屋京子訳

kobunsha classics

JN166594

光文社

Title: THE LAST BATTLE
1956
Author: C. S. Lewis

『最後の戦い』もくじ

A Map of Narnia and the Surrounding Countries
ナルニアと周辺の国々
時の翁が眠る地底
離れ島諸島
ケア・パラヴェル
Cair Paravel
N
W
E
S
東の海
The Great Eastern Ocean
この世の果て
The End of the World

シフトの小屋がある
大滝
Wild Lands of the North
北の無法地帯
ハルファン
廃れし都
地下へ通じる穴
巨人の橋
エティン荒野
Ettinsmoor
果樹園
白い魔女の城
シュリブル川
カロールメン湾
七つ島諸島
ティリアンの狩猟小屋
ナルニア国
Narnia
ベルーナ
ガルマ
ミラーズ城
大川
テレビンシア
街灯の荒れ地
大釜池
ビーバーダム
グラスウォーター入江
大きな森
アスラン塚
青い湖
厩の丘
西の荒野
森の踊り場
嵐が峰
震える森
パイア山
アンヴァード城
曲がり矢川
谷
アーケン国
Archenland
オアシス
砂漠
王墓群
タシュバーン
カロールメン国
Calormen
森
YOUCHAN

挿画・地図／YOUCHAN

最後の戦い

1 〈大釜池《おおがまいけ》〉のほとりで

ナルニア最後《さいご》の日々、はるか西のほう、〈街灯《がいとう》の荒《あ》れ地《ち》〉を越《こ》したもっと西にある大きな滝《たき》のすぐそばに、一匹《ぴき》の大ザルが住んでいた。大ザルはとんでもなく年をとっていたので、いつからそのあたりに住みついたのか、誰《だれ》ひとり知る者はいなかった。そして、このサルはあきれるほど悪知恵《わるぢえ》に長《た》け、姿形《すがたかたち》が醜《みにく》く、しわだらけだった。大ザルは高い木の枝《えだ》が二股《ふたまた》に分かれたところに葉っぱで屋根を葺《ふ》いた木の小屋を作って住んでいた。名前は〈シフト〉[1]と言った。あたりの森には〈もの言うけもの〉も人間もドワーフもそれ以外《いがい》の生き物もほとんど住んでいなかったが、シフトには一人だ

1 Shift。ごまかし、策略《さくりゃく》、小細工《こざいく》、などの意。

け友だちづきあいをしている隣人《りんじん》がいた。それは〈パズル〉[2]という名のロバだった。いちおう二人とも友だちどうしと言ってはいたものの、実際《じっさい》には、ロバのパズルはシフトの友だちというより召使《めしつか》いと呼《よ》んだほうが当たっているような関係《かんけい》だった。働《はたら》くのは、いつもパズルのほうだった。二人で川に行けば、大きな皮袋《かわぶくろ》に水をくむのは大ザルのシフトだが、それを運んでもどってくるのはロバのパズルだった。川をずっと下ったところにある町で手に入れたい品物があるときには、空《から》のかごを背負《せお》って川を下り、重い荷物を満載《まんさい》してもどってくるのは、ロバのパズルだった。そして、パズルが持ち帰ったおいしいものを食べるのは、いつも大ザルのシフトだった。シフトは、こう言うのだ。「のう、パズルよ、わしはおまえのように草やアザミを食うことはできん。だから、かわりにほかのものを食うしかないのだ」パズルはいつも、こう答えた。「そりゃそうだ、シフト、あんたの言うとおりだよ。わかるよ」パズルが不平不満《ふへいふまん》を口にすることはなかった。大ザルのほうが自分よりはるかに頭がいいとわかっていたし、シフトが自分みたいなものと友だちでいてくれるだけでもありがたいと思っていたからだ。それに、パズルが何かに反論《はんろん》しようものなら、シフトがいつもこう言うのだ。「のう、パズルよ。どうするのがいいのかは、わしのほうがおまえよりよくわかっておる。パズルよ、おまえは自分でもあんまり頭がよくないことはわかっておろうが」すると、パズルはいつもこう言うのだった。「そうだね、シフト。そのとおりだよ。あたしゃ頭がよくないんだ」そうしてパズルはため息をつき、シフトの言うとおりにするのだった。

その年、春まだ浅《あさ》いある日のこと、シフトとパズルは朝から〈大釜池《おおがまいけ》〉の岸辺《きしべ》を連《つ》れだって歩いていた。〈大釜池〉はナルニアの西の国境《こっきょう》をなす崖《がけ》のすぐ下にある大きな池で、巨大《きょだい》な滝《たき》の水がたえず雷《かみなり》のようにすさまじい音をとどろかせて落ちこみ、池の反対側《はんたいがわ》から流れ出る水は川となってナルニアの大地をうるおしていた。滝の水が落ちこむせいで〈大釜池〉はいつも水が沸《わ》きたったように踊《おど》り、泡立《あわだ》ち、ぐるぐると渦《うず》を巻《ま》いており、そこから〈大釜池〉という名がついているのだった。とくに春先は〈西の荒野《こうや》〉にそびえる遠い山々から流れこむ雪解《ゆきど》け水で滝の水量《すいりょう》が多くなり、池の

2　Puzzle。困惑《こんわく》、当惑、などの意。

水は激《はげ》しく渦巻《うずま》いていた。二人で〈大釜池《おおがまいけ》〉を眺《なが》めていたとき、シフトが急に黒っぽく骨《ほね》ばった指で滝《たき》のほうをさして言った。

「おい！　あれは何だ？」

「何だって、何が？」パズルが言った。

「あの黄色いものだ。いま、滝を流れ落ちてきた。見ろ！　ほら、また浮《う》かんできた。あれが何なのか、つきとめねばならんぞ」

「そう？」パズルが言った。

「もちろん、そうに決まっておろうが」シフトが言った。「何か役に立つものかもしれん。おまえ、友だちのよしみで池にちょいと飛《と》びこんで、あれを取ってきてくれんか。そうすりゃ、じっくり見ることができる」

「ちょいと飛びこむ？」パズルが長い耳をピクピクさせながら言った。

「そうさ。おまえが池に飛びこまなけりゃ、どうやってあれを手に入れるんだ？」大ザルが言った。

「けど……けどさ……」パズルが言った。「あんたが池にはいったほうがいいんじゃない？　だってさ、あれが何なのか知りたいのはあんたのほうで、あたしゃそうでもないし。それに、あんたには手があるでしょ。ものをつかむのは、人間やドワーフと同じくらい上手じゃない。あたしには、ひづめしかないもの」

「のう、パズルよ」シフトが言った。「おまえがそんなことを言うとは思わなんだぞ。正直、おまえがそんな口をきくとは思わなんだ」

「何？　あたし、何かいけないこと言った？」ロバはにわかに弱気な口ぶりになった。シフトがひどく気を悪くしたのがわかったからだ。「あたしが言いたかったのは、ただ――」

「わしが池にはいりゃいい、ってことだろう」大ザルが言った。「サルってものがどんだけ肺《はい》が弱いか、どんだけ風邪《かぜ》をひきやすいか、知らんわけでもなかろうに！　あ、わかった。わしが池にはいる。いまでさえ、この身を切るような風にさらされて寒くてどうにもならんが、わかった、わしが池にはいる。おそらく、わしはこれで命を落とすことになるだろう。そうなってから、おまえは悔《く》やむといい」シフトの声は、いまにも泣《な》きだしそうに聞こえた。

「やめて。頼《たの》むからやめて、池にははいらないで」パズルは、ロバのいななきと話し声が半々に混《ま》ざったみたいな声を出した。「ねえ、シフト、あたしゃ、そんなこと言うつもりはなかったんだよ、ほんとだよ。あんたも知ってのとおり、あたしはバカだし、いっぺんに一つのことしか考えられないんだ。だから、あんたの肺《はい》が弱いことを忘《わす》れてたんだよ。もちろん、あたしが池にはいるよ。あんたが自分ではいろうなんて、そんなこと考えちゃだめだよ。ねえ、シフト、そんなことしないって約束《やくそく》しておくれよ」

そう言われて、シフトは約束した。パズルはポコポコとひづめの音を響《ひび》かせながら池のまわりの岩場を歩きまわり、どこから水にはいろうかと迷《まよ》った。水の冷《つめ》たさはさておくとしても、激《はげ》しく泡立《あわだ》って渦巻《うずま》いている池にはいるのは冗談《じょうだん》ですむ話ではなく、パズルは池にはいる覚悟《かくご》ができるまで丸々一分も水ぎわに立ちつくして身を震《ふる》わせていた。そのうちに、背後《はいご》からシフトの声がかかった。「パズルよ、やっぱりわしが水にはいったほうがよさそうだな」それを聞いたロバは「だめ、だめだよ。約束したんだから。いま、はいるから」と言って、池にはいった。

池にはいったとたん、大量《たいりょう》の白く泡立《あわだ》った水を真正面からかぶって、パズルはしこたま水を飲み、目の前が見えなくなった。そのあと数秒間、からだが完全《かんぜん》に水の下に沈《しず》んで、ふたたび水面に顔が出たときには池のまったくちがう場所まで流されていた。と思ううちに渦《うず》に巻《ま》きこまれてぐるぐる回りはじめ、それがぐんぐん速くなって滝《たき》つぼに引きこまれ、落ちてくる水の勢《いきお》いに上から押《お》さえつけられてからだが沈み、さらに深く沈み、もうこれ以上《いじょう》は息が続《つづ》かないと思ったとき、ふたたび水の上に顔が出た。ようやく水面に浮《う》かんで、つかまえようとしているものに近づいたと思ったら、こんどはそれがどんどん流されて遠ざかっていき、これもまた滝つぼに吸《す》いこまれて池の底《そこ》へ沈んでしまった。そして、ふたたび水面に浮きあがってきたときには、とんでもなく遠いところへ行ってしまっていた。それでもなんとか、死にそうに疲《つか》れはて、からだじゅう打ち身だらけになり、冷たい水でこごえてからだの感覚《かんかく》がなくなったころに、ようやくパズルは獲物《えもの》を口でくわえることに成功《せいこう》した。そして、口でくわえた獲物を自分の前に引きずるかっこうで、前足で踏《ふ》んでつまずきそうになりながら、パズルは池から上がってきた。池から引きあげた獲物は暖炉《だんろ》の前に広げる敷物《しきもの》ほどの大きさがあり、とても重くて、冷たくて、ぬるぬるしていた。

ロバはシフトの前に獲物《えもの》を投げ出し、その場に立ちつくしたまま全身から水をしたたらせ、ぶるぶる震《ふる》えて荒《あら》い息をついていた。しかし、大ザルはロバには一瞥《いちべつ》もくれず、だいじょうぶかと声をかけてやることさえしなかった。獲物の周囲《しゅうい》をぐるぐる歩きまわり、獲物を広げたり、平らにならしたり、においを嗅《か》いだりするのに夢中《むちゅう》だったのだ。やがて大ザルの目によこしまな光が宿《やど》り、口から言葉が出た。

「これはライオンの皮だ」

「イィオーオー、そうなの?」パズルが息をのんだ。

「さて、と。これをどうしたものか……どうしたものか……ふーむ、どうしたものか……」シフトはひとりごとをつぶやきながら、一心に考えをめぐらしていた。

「かわいそうに。誰《だれ》がライオンを殺《ころ》したんだろう?」パズルが口を開いた。「埋《う》めてあげなくちゃ。お葬式《そうしき》をしてあげないといけないね」

「なに、これは〈もの言うライオン〉ではないわ」シフトが言った。「そんなことは心配せんでいい。滝《たき》よりむこう、〈西の荒野《こうや》〉には〈もの言うけもの〉なんぞ住んではおらん。これは、バカな野生のライオンの皮にちがいない」

話はそれるが、それはそのとおりだった。数カ月前に猟師《りょうし》つまり人間が川の上流にあたる〈西の荒野《こうや》〉のどこかでこのライオンを殺《ころ》し、皮をはいだのだ。しかし、それはこの物語には関係《かんけい》がない。

「それでもさ、シフト」と、パズルが言った。「たとえバカな野生のライオンの皮だとしてもさ、ちゃんと葬《ほうむ》ってあげるべきじゃない？　だってさ、ライオンってものは、みんな、その……軽々しく扱《あつか》っちゃいけないんでしょ？　〈あの方〉のことがあるから。そうじゃない？」

「パズルよ、おまえはいらんことを考えんでよい」シフトが言った。「おまえは頭を使うのは得意《とくい》じゃないんだろう？　それより、この毛皮でおまえに冬用のコートを作ってやるよ。りっぱであったかいコートができるぞ」

「あたしゃ、そんなもの、ほしくないなあ」ロバが言った。「そんなかっこうしたら……ほかのけものたちが見たら……っていうか、それはちょっと……」

「何が言いたいんだ？」シフトがいかにも大ザルらしいみっともないしぐさで尻《しり》をボ

リボリ掻《か》きながら言った。

「そんなことしたら、偉《えら》いライオンのアスランに失礼《しつれい》だと思うんだよ。あたしみたいなロバがライオンの皮を着て歩きまわったりしたら」パズルが言った。

「ああだこうだと屁理屈《へりくつ》もたいがいにしろ」シフトが言った。「おまえみたいなロバに何がわかる？　パズルよ、おまえはものを考えることなんぞ、からっきし苦手だろうが。だから、おまえのかわりに、ものを考えるのはわしに任《まか》せたらよかろうが。それがおたがいさまってことじゃないのか？　わしとて、何でもかんでもできるわけじゃない。わしよりおまえのほうが得意《とくい》なこともある。だから、池にはいる役目は、おまえに譲《ゆず》ってやったのよ。おまえのほうがわしよりうまくやれると思ったからさ。だから、わしが得意でおまえが苦手なことぐらいは、このわしにやらせてくれりゃよかろうが。わしは何ひとつやらせちゃもらえんのか？　それじゃ不公平《ふこうへい》ってもんじゃないか。代わる代わるやったらよかろうが」

「そりゃ、もちろん、あんたがそう言うんなら」パズルが言った。

「のう」シフトが言った。「おまえ、ひとっ走りして川下のチッピングフォードまで行ってきておくれ。オレンジとバナナを買ってきてほしいんだ」

「だけど、あたしゃ疲《つか》れてくたくたなんだよ、シフト」パズルが哀《あわ》れな声で言った。

「ああ。だけど、おまえ、ずぶ濡《ぬ》れでひどく凍《こご》えとるじゃないか」大ザルが言った。

「そういうときには、からだが温まることをしたほうがいい。とっとこ駆《か》けていきゃあ、ちょうどいいだろうて。それに、きょうはチッピングフォードに市《いち》が立つ日だ」

というわけで、もちろん、パズルは「それじゃ行くよ」と返事をした。

パズルが出かけてしまうとすぐに、シフトはよたよたと二本足で、ときには四本の手足を使って、自分の小屋がかけてある木のところまでやってきた。そして、にやついた顔でひとりごとをつぶやきながら枝《えだ》から枝へと飛《と》びうつり、小屋にはいっていった。小屋には針《はり》と糸と大きなはさみがあった。大ザルはりこう者で、ドワーフたちから縫《ぬ》い物《もの》を教わったことがあったのだ。シフトは玉に巻《ま》いた糸（糸というよりひものように太いものだった）を口に入れたので、ほっぺたが大きなタフィー[3]をしゃぶって

3　砂糖《さとう》や糖蜜《とうみつ》を煮《に》つめナッツなどを加《くわ》えたキャラメル風のキャンディー。

いるみたいに膨《ふく》らんだ。そのあと、シフトは唇《くちびる》に針《はり》をくわえ、左手にはさみを持った。そして木から下りて、よたよたとした足取りでライオンの皮のほうへ歩いていき、しゃがみこんで作業にとりかかった。

シフトはライオンの皮をざっと見て、胴体《どうたい》の部分はロバには長すぎ、首の部分はロバには短すぎる、と見当をつけた。そこで、胴体の皮を輪《わ》の形に大きく切り取り、それをパズルの長い首に合うよう首の部分につけたすことにした。ライオンの頭の部分をいったん切《き》り離《はな》して、頭と肩《かた》のあいだに首用の延長《えんちょう》部分を縫《ぬ》いつけたのである。皮の腹側《はらがわ》には左右両端《りょうたん》に糸をつけておき、パズルの胸《むね》と腹の下で結《むす》べるようにした。作業中にときどき小鳥が頭上をかすめ、そのたびにシフトは仕事の手を止めてうるさそうに空を見上げた。自分のやっていることを見られたくなかったのだ。しかし、シフトが見かけた小鳥はどれも〈もの言う鳥〉ではなかったので、心配するにはおよばなかった。

その日の午後遅《おそ》くになって、パズルがもどってきた。軽快《けいかい》な速歩《はやあし》にはほど遠く、いかにもロバらしいとぼとぼと重い足取りだった。

「オレンジは売ってなかったよ」パズルが言った。「バナナもなかった。ああ、くたびれた」パズルは地面に伏《ふ》せてしまった。

「のう、パズルよ、ライオンの皮でみごとなコートが仕上がったところだ。着てみな」シフトが言った。

「そんなおんぼろの皮なんか、どうだっていいよ」パズルが言った。「あしたの朝、着てみるよ。今夜はもう疲《つか》れちゃった」

「パズルよ、おまえはつくづく薄情《はくじょう》なやつだな」シフトが言った。「おまえが疲れたと言うんなら、わしはどうなんだ？　一日じゅう、おまえが谷ぞいの道を浮《う》かれ気分で歩いておったあいだ、わしはおまえにコートを作ってやろうと思って、どんだけがんばったことか。もう両手が疲れすぎて、はさみも握《にぎ》れんくらいだ。それなのに、おまえの口からは感謝《かんしゃ》の言葉ひとつない。せっかくのコートを見ようともせん。こんなもの、どうでもいいと思っておるんだろう、どうせ――どうせ――」

「ごめんよ、シフト」パズルは急いで立ちあがって言った。「あたしが悪かった。もちろん、着させてもらうよ。とびっきりすてきに見えるよ、きっと。いますぐ着せておくれよ。お願《ねが》いだから」

「まあ、そうまで言うんなら、そこで動かんようにじっと立っておれ」大ザルが言った。ライオンの皮はとても重くて、持ちあげるだけでも一苦労《ひとくろう》だったが、さんざん押したり引いたり息を切らしたりしながら、シフトはなんとかライオンの皮をロバにかぶせた。そしてパズルの腹《はら》の下で糸を結《むす》び、ライオンの皮の足の部分をロバの足に結びつけ、ライオンのしっぽをロバのしっぽに結びつけた。ライオンの口の開いたところからは、ロバの灰色《はいいろ》の鼻先と顔がかなり大きくはみ出していた。本物のライオンを見たことのある者ならば、一瞬《いっしゅん》だってこんなものにはだまされないだろう。しかし、ライオンというものを一度も見たことのない者がライオンの皮をかぶったパズルを見れば、もしかしたらライオンだと思うかもしれない。あまり近くまで寄《よ》らず、あまり明るい光のもとでなく、パズルがロバのいななきをもらしたりひづめの音をたてたりしなければ。

「すばらしい。すばらしいできばえだ」大ザルが言った。「おまえのこの姿《すがた》を見りゃ、誰《だれ》だっておまえのことを例《れい》の偉大《いだい》なライオンのアスランだと思うにちがいない」

YOUCHAN

「そんなの、とんでもないことだよ」パズルが言った。

「いや、そんなことはない」シフトが言った。「みんな、おまえが命令《めいれい》したとおりに動くようになるぞ」

「だけど、あたしゃ命令なんかしたくないもの」

「いやいや、わしら二人でどんだけいいことができるか、考えてもみろよ！」シフトが言った。「わしがアドバイスしてやるから。おまえがちゃんと命令を言えるように、わしが考えてやる。そしたらみんな、王様だって、わしらの言うとおりにするしかない。わしらでナルニアをちゃんとした国にするんだ」

「けど、ナルニアはちゃんとした国じゃないの？」パズルが言った。

「何を言う」シフトが声を荒《あら》らげた。「ちゃんとした国だと？　オレンジもバナナも売っておらんのに？」

「だけど、それはさ」パズルが言った。「それは、オレンジやバナナをほしがる人があんまりいないからだよ。って言うか、そんなものをほしがるのは、あんたしかいないと思うよ」

「それに、砂糖《さとう》だって」シフトが言った。

「うーん、そりゃそうだけど」ロバが言った。「もっとたくさん砂糖があったら、そりゃいいだろうとは思うけど」

「よし、そんなら話は決まった」大ザルが言った。「おまえはアスランのふりをする。そんで、わしが教えるとおりにしゃべればいいんだ」

「だめ、だめ。だめだよ、そんなこと」パズルが言った。「そんな恐《おそ》ろしいこと言わないでよ。それはいけないことだよ、シフト。あたしゃあんまりりこうじゃないかもしれないけど、それくらいはわかるよ。もし本物のアスランが現《あらわ》れたら、どうなると思う?」

「アスランは、きっと喜《よろこ》んでくれるだろうよ」シフトが言った。「おそらく、ライオンの皮を流してよこしたのも、わしらがものごとをちゃんと正しく直せるようにと思ってのことだろう。どっちにしろ、どうせアスランなんか現れやしないさ。ここんところずっと姿《すがた》を見せておらんじゃないか」

ちょうどそのとき、二人の真上でものすごい雷鳴《らいめい》がとどろき、小さな地震《じしん》が起こって地面が揺《ゆ》れた。大ザルもロバもバランスを失《うしな》って、ばったりうつぶせに倒《たお》れてしまった。

「ほら！」口をきけるようになったとたんに、パズルがあえぎながら言った。「これは、しるしだよ。警告《けいこく》だよ。わかってたんだ、あたしたちがやってることは、ものすごくいけないことなんだ。いますぐ、このろくでもない皮をはずしてよ」

「いやいや、それはちがうぞ」大ザルはものすごい速さで考えをめぐらせながら言った。「いまのは、逆《ぎゃく》のしるしだ。わしは、ちょうどいま、言おうとしておったところなのだ。もし、おまえの言うその本物のアスランがわしらにこういうことをやらせようと考えておるなら、そのしるしに雷《かみなり》と地震《じしん》を送ってよこすだろう、とな。ちょうどいま、口からその言葉が出かかっておったところへ、しるしのほうがちょいと早目にあらわれたというわけだ。だから、パズルよ、おまえはこれをしなくちゃならんのだ。これ以上《いじょう》つべこべ言うのは、やめだ。おまえにはこんなことは理解《りかい》できやせんのだ。ロバにしるしなんぞ、わかるはずがなかろうが」

2　王の早計《そうけい》

それから三週間ほどたったある日、ナルニア最後《さいご》の王は小さな狩猟《しゅりょう》小屋《ごや》の脇《わき》にそびえる大きなオークの木陰《こかげ》に腰《こし》をおろしていた。気候《きこう》のよい春など、王はこの小屋にやってきて一〇日ほど過《す》ごすことがよくあった。狩猟小屋は屋根の低《ひく》い草葺《くさぶき》の小屋で、〈街灯《がいとう》の荒《あ》れ地《ち》〉の東の端《はし》からさほど遠くないところ、二つの川が合流する地点より少し上流にあたる場所にあった。王は都のケア・パラヴェルでの豪奢《ごうしゃ》で壮麗《そうれい》な暮《く》らしから逃《のが》れてこの狩猟小屋で質素《しっそ》にのんびりと過ごす時間を愛《あい》していた。王の名はティリアンと言い、二〇ないし二五歳《さい》ほどで、すでに肩幅《かたはば》はがっしりと広く、手足の筋肉《きんにく》も充実《じゅうじつ》していたが、ひげはまだまばらだった。王は青い瞳《ひとみ》で、何をも恐《おそ》れぬ誠実《せいじつ》な顔つきをしていた。

その春の朝、王のかたわらにいたのは最愛《さいあい》の友であるユニコーン[1]のジュエル[2]だけだった。王とジュエルは兄弟のように慈《いつく》しみあい、戦場《せんじょう》においてはたがいに命を助けあうよき相棒《あいぼう》だった。高貴《こうき》なユニコーンは王の椅子《いす》のすぐ脇《わき》にたたずみ、首を深く曲げて、クリーム色の脇腹《わきばら》に青い角《つの》をすりつけて磨《みが》いていた。

「なあ、ジュエル、きょうは仕事をする気にも狩《か》りをする気にもなれないよ」王がユニコーンに話しかけた。「このすばらしい知らせのことしか考えられない。きょう、この知らせをもっと詳《くわ》しく聞くことができるのだろうか?」

「まことにすばらしい便《たよ》りです。わたくしどもの時代にも、わたくしどもの父の時代にも、また祖父《そふ》の時代にも耳にすることのなかった朗報《ろうほう》です、陛下《へいか》。これが真実であるならば……」ジュエルが言った。

「真実でないはずが、あろうか?」王が言った。「鳥たちが飛来《ひらい》して、アスランがおいでになった、アスランがふたたびナルニアへおいでになったと知らせてくれてから、もう一週間以上《いじょう》になる。鳥たちに続《つづ》いて、リスたちが知らせにきた。リスたちはアスランの姿《すがた》を見たわけではないが、アスランが森の中におられることはまちがいないと言った。そのあと、雄《お》ジカがやってきた。雄ジカは自分の目でアスランを見たと言った。とても遠くから月明かりで見ただけであったけれども、〈街灯《がいとう》の荒《あ》れ地《ち》〉でアスランのお姿《すがた》を見た、と。それから、あのひげを生やした肌《はだ》の浅黒《あさぐろ》い男が来た。カロールメンの商人だ。カロールメンの人間はわれらのようにアスランをお慕《した》いしてはおらぬが、あの商人はアスランがおいでになったことはまちがいないと言った。そして、きのうの夜にはアナグマがやってきた。アナグマも、アスランを見たと言っていた」

「そのとおりです、陛下《へいか》」ジュエルが答えた。「わたくしも、すべて信《しん》じます。この顔がいささか晴れぬ表情《ひょうじょう》に見えたとしたら、それは歓《よろこ》びが大きすぎて心におさまりきらないからにすぎませぬ。すばらしすぎて、信じがたいような話です」

「そうだな」王は喜《よろこ》びのあまり身を震《ふる》わせんばかりの大きなため息をついた。「わが

1　一角獣《いっかくじゅう》。額《ひたい》の中央に一本の長い角《つの》を持つ馬の姿《すがた》をした伝説上《でんせつじょう》の生き物。
2　Jewel。宝石《ほうせき》、の意。

人生において、これほどまでに待《ま》ち望《のぞ》んだことはなかった」

「あ、あの音は?」ジュエルが小首をかしげ、耳をピンと立てた。

「何の音が聞こえる?」王がたずねた。

「ひづめの音です、陛下《へいか》」ジュエルが答えた。「馬が駆《か》けてきます。とても重い馬体の馬です。ケンタウロス[3]にちがいありません。ほら、やってきました」

　金色のひげをたくわえた大きなケンタウロスが王の前まで駆けてきてぴたりと止まり、深々と頭を下げた。額《ひたい》に人間の汗《あせ》を光らせ、栗毛《くりげ》の脇腹《わきばら》に馬の泡汗《あわあせ》をかいている。「国王万歳《ばんざい》」ケンタウロスは雄《お》ウシのように深い声を響《ひび》かせた。

「おーい、誰《だれ》か」王は肩《かた》ごしに狩猟《しゅりょう》小屋《ごや》の入口をふりかえって声をかけた。「高貴《こうき》なるケンタウロスにワインを一杯《いっぱい》さしあげてくれ。よく来てくれた、ルーンウィット[4]。ひと息ついたら、用件《ようけん》を聞かせてくれ」

　狩猟小屋の中から、風変《ふうが》わりな形にくりぬかれた大きな木の盃《さかずき》を捧《ささ》げ持《も》った若《わか》い従者《じゅうしゃ》が出てきて、ケンタウロスに盃を渡《わた》した。ケンタウロスは盃を高く掲《かか》げ、「まずアスランと真実に乾杯《かんぱい》、そして次に国王陛下に乾杯いたします」と言った。

ケンタウロスは屈強《くっきょう》な男六人分ものワインをひと息で飲みほし、空《から》になった盃《さかずき》を従者《じゅうしゃ》に返した。

「それでは、ルーンウィット」王が声をかけた。「アスランのさらなる知らせを届《とど》けにきてくれたのか？」

ルーンウィットはひどく深刻《しんこく》な顔で眉《まゆ》をひそめた。

「陛下《へいか》もご存《ぞん》じのとおり、わたしは長く生きて星を読んでまいりました。われらケンタウロスは人間よりも長く生き、そしてユニコーンよりもさらに長く生きるものであります。そのわたしの一生において、空にこれほど恐《おそ》ろしい予言が現《あらわ》れたのを見たことがありませぬ。新しい年が明けて以来《いらい》、夜ごと空に恐ろしい予言が書かれております。星々はアスランの降臨《こうりん》についてはいっさい語らず、平和の訪《おとず》れについても、歓《よろこ》びの訪れについても、何ひとつ示《しめ》しておりませぬ。わたしはこれまで長年にわた

3　上半身が人間で下半身が馬の姿《すがた》をした怪物《かいぶつ》。
4　Roonwit。古代スカンジナビア語で「聖《せい》なる言葉を読み取れる者」という意味がある（*Companion to Narnia*, Ford, HarperOne による）。

り星を読んでまいりましたが、ここ五〇〇年のあいだ、これほど不吉《ふきつ》な星の配列は見たことがありませぬ。それゆえ、ナルニアに大きな災《わざわ》いがふりかかろうとしておることを陛下《へいか》にお知らせに参《まい》ろうと考えておりました。そこへ、昨夜《さくや》、アスランがナルニアに姿《すがた》を現《あらわ》されたという噂《うわさ》を耳にいたしました。陛下、このような噂を信《しん》じてはなりませぬ。そのようなことはありえませぬ。星はけっして偽《いつわ》りを申しませぬが、人やけものは偽りを申します。もしアスランがまことにナルニアに降臨《こうりん》なさるのであれば、空がすでにそれを予言したはず。もしアスランがまことにナルニアにお姿を現されたのであれば、アスランをたたえる喜《よろこ》ばしい星々が集まっておるはずです。今回の噂は、真っ赤なうそ偽りです」

「偽りであると！」王が声を荒《あら》らげた。「ナルニアであろうと、ほかの国であろうと、いかなる者がこのようなことについて偽りを申すというのか？」王の手が思わず剣《けん》のつかにかかった。

「それはわたしにはわかりかねます、陛下」ケンタウロスが言った。「されど、地上に偽りを申す者たちがおることは確《たし》かです。星たちの中には偽りを申す者はおりませぬ」

「星たちがそのように予言しなくともアスランが降臨《こうりん》される、ということはないのでしょうか」ジュエルがつぶやいた。「アスランは星々の奴隷《どれい》ではなく、星々の創造主《そうぞうしゅ》です。古い話の中でも、ことごとく、アスランは誰《だれ》かの言いなりになるライオンではない、と伝《つた》えられているではありませんか」

「よく申した、ジュエル、よくぞ申した」王が声をあげた。「まさに、その言葉どおりだ。アスランは誰かの言いなりになるライオンではない。多くの物語で、そのように伝えられている」

ルーンウィットが片手《かたて》を上げて身を乗り出し、さしせまった表情《ひょうじょう》で王に何かを言おうとしたちょうどそのとき、何者かの叫《さけ》び声《ごえ》が聞こえた。王もユニコーンもケンタウロスも、そろって声のしたほうへ顔を向けた。泣《な》き叫《さけ》ぶ声はぐんぐん近づいてきた。西の方角は樹木《じゅもく》が密生《みっせい》していたので、誰が近づいてくるのかなかなか姿《すがた》が見えず、姿よりも先に言葉が聞こえてきた。

「おお、おお、おお、なんたる災《わざわ》い、なんたる災いよ！」声が伝わってきた。「わが兄弟たちに、わが姉妹たちに、災いが！　聖《せい》なる木々に災いが！　森が破壊《はかい》される……斧《おの》が襲《おそ》いかかる……切《き》り倒《たお》される……大きな木々が倒される、倒される、倒される……」

最後《さいご》の「倒される」という言葉と同時に、声の主が姿《すがた》を現《あらわ》した。それは女性《じょせい》の姿をしていたが、とても背《せ》が高く、ケンタウロスと頭を並《なら》べるほどの背丈《せたけ》があった。とはいえ、その姿形《すがたかたち》はどことなく樹木《じゅもく》にも似《に》て見えた。ドリュアスをいちども見たことのない人に説明《せつめい》するのは難《むずか》しいが、一目見たならば、その姿を見まちがえることはないだろう――人間とは色味がちがうし、声もちがうし、髪《かみ》のようすもちがう。ティリアン王とユニコーンとケンタウロスには、すぐに声の主がブナの木の精霊《せいれい》であるとわかった。

「王様、正しいお裁《さば》きを……！」ドリュアスが叫《さけ》んだ。「助けてください。民《たみ》を守ってください。やつらは〈街灯《がいとう》の荒《あ》れ地《ち》〉でわたしたちを切り倒しています。わたしの兄弟や姉妹たち、四〇本ものりっぱな木々が、すでに切り倒されて地面に横たわっています」

「なんと！〈街灯の荒れ地〉の木を切り倒しておる、と？〈もの言う木々〉を殺害《さつがい》

YOU CHAN

しておる、と？」王はさっと立ちあがって剣《けん》を抜《ぬ》いた。「よくも、そのようなことを。何者がそのようなことを？　アスランのたてがみにかけて――」

「ああ、ああああ……」ドリュアスがあえぎ声をあげ、苦痛《くつう》に襲《おそ》われたように身を震《ふる》わせ、何度も何度も痛《いた》めつけられているかのように身もだえをくりかえした。そのうちに、ドリュアスは両足を払《はら》われたようにばたりと横ざまに倒《たお》れた。そして、一秒ほどのあいだ死んだ姿《すがた》が草の上に横たわっていたが、やがてすっと消えた。王たちは、何が起こったかを知った。ドリュアスの木が、何キロも離《はな》れた〈街灯《がいとう》の荒《あ》れ地《ち》〉の森で切り倒されたのだ。

しばらくのあいだ、王は嘆《なげ》きと怒《いか》りのあまり言葉を発することもできなかった。やあって、王は言った。

「行くぞ、友よ。川をさかのぼって、このようなことをした悪者どもを見つけなくてはならぬ。一刻《いっこく》も早く。一人《いちにん》たりとも生かしてはおかぬぞ」

「陛下《へいか》、御意《ぎょい》にございます」ジュエルが言った。

しかし、ルーンウィットは、こう言った。「陛下、お怒りはごもっともですが、早まったことをなさりませぬよう。妙《みょう》なことが次々と起こっておりますゆえ。谷をさかのぼった先に武装《ぶそう》した反乱軍《はんらんぐん》がいたとしたら、われわれ三名ではとうていかなわぬでしょう。いましばらくお待ちになって――」

「いや、十分の一秒たりとも待つことあいならぬ」王が言った。「だが、ジュエルとわたしがこれから上流へ向かうあいだ、そなたは全速でケア・パラヴェルに向かってくれ。わたしの使いであることを示《しめ》すしるしとして、この指輪《ゆびわ》を渡《わた》しておく。武装した騎兵《きへい》を二〇騎《き》、〈もの言う犬〉を二〇頭、弓の腕《うで》の立つドワーフを一〇人、ヒョウを一、二頭、それに巨人《きょじん》のストーンフット[6]を連《つ》れて、できるだけ急いでわたしたちを追ってきてくれ」

「御意《ぎょい》」ルーンウィットはそう言うと、身をひるがえして東のほうへ全速力で谷を下っていった。

5　樹木《じゅもく》の精《せい》。
6　Stonefoot。石の足、の意。

王はときに小声でひとりごとをつぶやき、ときに拳《こぶし》を強く握《にぎ》りしめたりしながら、ぐいぐいと早足で進んでいった。ジュエルは王と並《なら》んで黙《だま》ってついていった。二人が歩いているあいだ、ユニコーンの首にかけた金の太いチェーンが鳴るかすかな音のほかには、二本の足と四つのひづめのたてる足音が響《ひび》くばかりだった。

二人はまもなく川まで下《お》り、そこから草むした道をたどって上流へ向かった。左手に川を見て、右手に森を見ながら進んだが、じきに地面がでこぼこして歩きにくくなり、深い森が川岸まで迫《せま》ってきた。かろうじて続《つづ》いていた道は、いまや川の南側《みなみがわ》に移《うつ》っていて、その道をたどるにはこの地点で川を渡《わた》る以外《いがい》になかった。水の深さはティリアンの腋《わき》の下《した》まであったが、四本足で人間よりも足もとがしっかりしているジュエルが王の右側に立って流れる水の勢《いきお》いをさえぎり、ティリアンはたくましい腕《うで》をユニコーンの力強い首すじにしっかりと回して、二人ともぶじに対岸まで渡りきった。王はいまだ怒《いか》りがおさまらず、水の冷《つめ》たささえほとんど感じなかったが、もちろん、岸に上がるとすぐに濡《ぬ》れた剣《けん》をマントの肩《かた》の部分（着ているものの中で水に濡れていないのは、そこだけだった）できちんと拭《ふ》きあげた。

王とユニコーンは、川を右手に見ながら西へ向かって進んでいった。めざす〈街灯《がいとう》の荒《あ》れ地《ち》〉は、まっすぐ前方だった。一キロ半も行かないうちに、二人は足を止め、同時に声をあげた。王は「あれは何だ？」と言い、ジュエルは「ごらんください！」と言った。

「いかだだ」ティリアン王が言った。

そのとおりだった。新しく切《き》り倒《たお》され、枝《えだ》を打ち落とされたばかりのりっぱな丸太が六本、縄《なわ》でゆわえられていかだに組まれ、すいすいと川を下っていくところだった。いかだの先頭でミズネズミが長い棒《ぼう》を手に舵《かじ》を取っていた。

「おーい！　ミズネズミ！　何をしておる？」王が声をかけた。

「丸太を下流に運んでカロールメンに売るんです、陛下《へいか》」ネズミはそう答え、帽子《ぼうし》をかぶっていなかったので、帽子に手をやるかわりに自分の耳に手を触《ふ》れた。

「カロールメンだと！」ティリアン王がどなった。「どういうことだ？　誰《だれ》が木を切れと命じたのだ？」

一年のこの時期は川の流れが速いので、いかだはすでに王とジュエルの横を通《とお》り過《す》ぎてしまっていた。しかし、ミズネズミはふりかえって肩越《かたご》しに大声で答えた。

「ライオン様の命令《めいれい》です、陛下《へいか》。アスラン御《おん》みずからの——」ミズネズミはなおも何か言いつづけていたが、もう声は届《とど》かなかった。

ティリアン王とジュエルは顔を見あわせた。二人とも、これまでどんな戦《たたか》いでも見せたことのないおびえた表情《ひょうじょう》になっていた。

「アスランが……?」ようやく王が口を開き、消えいりそうな低《ひく》い声でつぶやいた。

「アスランが……? まことであろうか? アスランが聖《せい》なる木々を切らせてドリュアスたちを殺《ころ》すなどということが、ありうるのだろうか?」

「ドリュアスたちが何かとんでもない悪事を働《はたら》いたのでなければ——」ジュエルがつぶやいた。

「それにしても、カロールメンに売るとは!」王が言った。「そんなことがありうるのだろうか?」

「わかりません」ジュエルが沈《しず》んだ声で言った。「アスランは誰《だれ》かの言いなりになるライオンではありませんから」

「とにかく」王が声をしぼりだした。「とにかくこのまま進んで、いかなる事態《じたい》が降《ふ》りかかろうと受けて立つしかない」

「それ以外《いがい》にないと思います、陛下《へいか》」ユニコーンが言った。この時点で、ジュエルには、二人だけで〈街灯《がいとう》の荒《あ》れ地《ち》〉に向かうことがどれほど愚《おろ》かな行為《こうい》であるか、考えがおよばなかった。王も同じだった。二人とも、激《はげ》しい怒《いか》りのあまり冷静《れいせい》にものが考えられなくなっていたのだ。しかし、この性急《せいきゅう》な行動が結局《けっきょく》はおおいなる災《わざわ》いを招《まね》くことになった。

王はだしぬけに親友ジュエルの首にすがりつき、こうべを垂《た》れた。

「ジュエル。われらの行く手に何が待ち受けているのだろう？　わが胸《むね》には、恐《おそ》ろしい思いが渦巻《うずま》いている。きょうという日を見る前に命が果《は》てておれば、幸せであったろうに」

「はい」ジュエルが言った。「わたくしどもは長く生きすぎました。いま、この世で最悪《さいあく》の事態がわたくしどもに降りかかってきたようです」二人はそうしたまま一、二分ほど立ちつくし、それからふたたび先へ進んでいった。

まもなく、ガツン、ガツンと斧《おの》で木を切《き》り倒《たお》す音が聞こえてきた。しかし、行く手にはまだ何も見えなかった。目の前の地面が小高くせり上がっていたからだ。小高い丘《おか》の頂《いただ》きまでのぼりきると、まっすぐ前方に〈街灯《がいとう》の荒《あ》れ地《ち》〉が見えた。それを見た王の顔から血の気が引いた。

太古の森のど真ん中に、かつて金の木や銀の木が枝《えだ》を広げ、わたしたちの世界から行った子どもが〈ナルニアの守り木〉を植えたその森に、すでに広い道が切り開かれていた。それは地面を深々とえぐった見るも無残《むざん》な林道で、切り倒されて川へと引きずられていった木々のつけた傷《きず》あとのようなすじがあちこちに残《のこ》っていた。現場《げんば》にはたくさんの人間が働《はたら》いていて、鞭《むち》を振《ふ》り下《お》ろす音が鳴りひびき、馬たちが重い丸太を苦しそうに引いていた。最初《さいしょ》にティリアン王とユニコーンの目についたのは、働いている者たちの半数が〈もの言うけもの〉ではなく人間であるということだった。次に目についたのは、働いている人間たちが金髪《きんぱつ》のナルニア人ではなく、浅黒《あさぐろ》い肌《はだ》にひげをたくわえたカロールメン人であるということだった。カロールメンは、アーケン国から大きな砂漠《さばく》をへだてた南方に広がる強大で残虐《ざんぎゃく》な国だ。もちろん、ナルニアにもカロールメンの商人や大使がいるから、一人や二人のカロールメン人を見かけることは不思議《ふしぎ》ではない。当時、ナルニア国とカロールメン国のあいだには平和が保《たも》たれていた。しかし、ティリアン王は、なぜこれほど多くのカロールメン人がここで働《はたら》いているのかを理解《りかい》しかねた。しかも、カロールメン人たちはナルニアの森を伐《ばっ》採《さい》しているのだ。ティリアンは剣《けん》を握《にぎ》る手に力をこめ、マントを左腕《ひだりうで》に巻《ま》きつけた。そして、ティリアン王とジュエルは足早にカロールメン人たちのいるほうへ下りていった。

二人のカロールメン人が馬に丸太を引かせていた。ティリアン王たちが近づいていったちょうどそのとき、丸太がぬかるみにはまって動かなくなった。

「進め、この怠《なま》け者《もの》め！　ぐずぐずせずに引くんだ！」カロールメン人たちは馬をどなりつけ、鞭《むち》で打ちすえた。馬はすでに力いっぱい頑張《がんば》って丸太を引いており、目を赤く充血《じゅうけつ》させ、全身に泡《あわ》の汗《あせ》をかいていた。

「働かぬか、怠け者め」カロールメン人の一人がどなり、馬を鞭でしたたかに打った。

そのとき、とんでもなく恐《おそ》ろしいことが起こった。

それまで、ティリアン王は、カロールメン人たちが使っている馬は当然《とうぜん》カロールメンの馬、すなわちわたしたちの世界の馬と同じくもの言わぬ愚《おろ》かな動物だと思いこんでいた。たとえ愚かな動物であっても苛酷《かこく》な使われかたをしている場面は見るにたえないものだが、ティリアン王の頭の中は馬のことよりも木々が虐殺《ぎゃくさつ》されていることでいっぱいだった。まさかナルニアの自由な〈もの言う馬〉に引き具をつけて使う者がいようとは思いもしなかったし、ましてそれを鞭打《むちう》つ者がいようとは考えもしなかった。しかし、鞭が容赦《ようしゃ》なく振《ふ》り下《お》ろされたとき、馬が後ろ足で立ちあがり、悲鳴のような声をあげたのだ。

「ばかな暴君《ぼうくん》め！　おれは全力を出してるんだ、わからないのか！」

その馬が自分の国の馬、ナルニアの馬だと知ったティリアン王は、あまりの怒《いか》りに前後の見境《みさかい》を失《うしな》った。ジュエルも同じだった。王が剣《けん》を振《ふ》りかざし、ユニコーンが角《つの》を低く構《かま》えた。王とユニコーンは並《なら》んで突進《とっしん》し、次の瞬間《しゅんかん》、二人のカロールメン人は死体となって地面に転がっていた。一人はティリアン王の剣で首をはねられ、もう一人はジュエルの角で心臓《しんぞう》を刺《さ》し貫《つらぬ》かれていた。

3　大ザルの天下

「馬よ、名馬よ」と声をかけながら、ティリアン王は馬につけられている引《ひ》き革《がわ》を急いで切っていった。「なぜ、あの異人《いじん》どもがそなたを奴隷《どれい》にして使っているのだ？ナルニアは征服《せいふく》されたのか？　戦《たたか》いに敗《やぶ》れたのか？」

「いいえ、陛下《へいか》」馬が息を切らしながら答えた。「アスランがおいでなのです。これはすべてアスランのご命令《めいれい》なのです。アスランがおっしゃるには――」

「陛下、お気をつけて！」ジュエルが声をかけた。ティリアンが顔を上げると、四方八方からカロールメン人たちが走ってくるのが見えた。〈もの言うけもの〉たちも何頭か混《ま》じっていた。二人のカロールメン人は叫《さけ》び声《ごえ》ひとつあげずに死んだので、ほかの者たちが事態《じたい》に気づくのに少し時間がかかったのだが、いまようやく、カロールメン人たちは異変《いへん》に気づいた。ほとんどの者たちが抜《ぬ》き身《み》の三日月刀[1]を手にしていた。

「早く。わたしの背中《せなか》に」ジュエルが王に声をかけた。

ティリアン王は親友の背にひらりとまたがり、ジュエルは反転してギャロップ[2]でその場から遠ざかった。敵《てき》から姿《すがた》が見えなくなったあともジュエルは二度、三度と向きを変《か》え、川を渡《わた》り、足をゆるめることなしに「陛下《へいか》、どちらへ向かいますか？　ケア・パラヴェルですか？」と大声でたずねた。

「止まれ、友よ」ティリアン王がジュエルに声をかけた。「降《お》ろしてくれ」王はユニコーンの背中から滑《すべ》りおりて、愛馬《あいば》の正面に立った。

「ジュエルよ」王は言った。「われらはとんでもないことをしてしまった」

「怒《いか》りで我《われ》を忘《わす》れたのです」ジュエルが言った。

「しかし、問答無用《もんどうむよう》で相手を切《き》り捨《す》てたことは……。相手は武器《ぶき》も持っていなかったのに。なんということを……。ジュエルよ、われらは人殺《ひとごろ》しだ。永遠《えいえん》に名誉《めいよ》を汚《けが》してしまった」

ジュエルはうなだれた。自らを恥《は》じる気もちでいっぱいだった。

「しかも」と、王は言葉を続《つづ》けた。「あの馬は、アスランの命令《めいれい》だと言っていた。ネズミも同じことを言った。みんな、アスランがナルニアにおられると言う。もしそれが真実ならば、なんとしよう？」

「しかし、陛下《へいか》、アスランがあのような恐《おそ》ろしいことを命令なさるはずがありましょうか？」

「アスランは誰《だれ》かの言いなりになるライオンではないから」ティリアンが言った。

「アスランが何をなさるか、われらに計り知れるものではない。われらのごとき人殺《ひとごろ》しには。ジュエル、わたしはあの場にもどろうと思う。剣《けん》を捨《す》て、わが身をカロールメン人たちにゆだねて、アスランの御前《おんまえ》に連《つ》れていってくれるよう頼《たの》もう。アスランの裁《さば》きを受けるのだ」

「それでは死ににいくようなものです、陛下」ジュエルが言った。

1　刀身が三日月のように湾曲《わんきょく》した片刃《かたば》の剣《けん》。
2　馬の全力疾走《ぜんりょくしっそう》。

「もしアスランから死を賜《たまわ》るのであれば、それでよいではないか」王が言った。「そんなことは何でもない。何ほどでもないのだ。アスランがおいでになったにもかかわらず、そのアスランがわれらの信《しん》じたアスラン、われらの待《ま》ち望《のぞ》んだアスランとはちがうお方になってしまったのかもしれぬという恐《おそ》ろしい思いにさいなまれて生きるくらいならば、死んだほうがましではないか。まるで、太陽が昇《のぼ》ったのにそれが真っ黒な太陽だった、というに等しい」

「わかります」ジュエルが言った。「水を飲んだのに、それが渇《かわ》きをいや増《ま》しにする水であった、というのと同じです。陛下《へいか》のおっしゃるとおりです。もう何もかも終わりです。もどって投降《とうこう》しましょう」

「二人そろって投降する必要《ひつよう》はなかろう」

「これまで慈《いつく》しみあってきた親友ではありませんか、いっしょに行かせてください」ユニコーンが言った。「もし陛下が亡《な》くなられて、アスランがアスランでなくなってしまったら、わたくしだけ生きのびたとて何の意味がありましょう?」

二人は踵《きびす》を返し、悔恨《かいこん》の涙《なみだ》をこぼしながら、来た道をもどっていった。

二人が伐採現場《ばっさいげんば》に姿《すがた》を見せたとたん、カロールメン人たちが叫《さけ》び声《ごえ》をあげ、手に手に武器《ぶき》を持って走ってきた。しかし、ティリアン王は剣《けん》のつかを相手に向けて差《さ》し出《だ》し、こう言った。

「わたしはナルニアの王であった者、そしていまは名誉《めいよ》を失墜《しっつい》した騎士《きし》であります。わたしはアスランの裁《さば》きに身をゆだねるものであります。わたしをアスランのもとへ連行《れんこう》してください」

「わたくしも同じく投降《とうこう》いたします」ジュエルが言った。

肌《はだ》の浅黒《あさぐろ》い男たちが集まってきて二人を幾重《いくえ》にも取《と》り囲《かこ》み、ニンニクとタマネギのにおいをただよわせ、色黒の顔の中で白い目ばかりをぎらぎらと恐《おそ》ろしげに光らせた。カロールメン人たちはジュエルの首に縄《なわ》をかけた。そして王の剣を取り上げ、王を後ろ手に縛《しば》りあげた。カロールメン人の中にターバンではなくかぶとをつけている者がおり、どうやらその男が現場の指揮官《しきかん》のようだったが、この男はティリアンの頭から金の王冠《おうかん》をひったくり、それをさっと服の下に隠《かく》した。カロールメン人たちは二人の囚人《しゅうじん》を丘《おか》の上へ引っ立てていった。丘の上は大きな空き地になっていて、二人の囚人が見たのは次のような光景《こうけい》だった。

空き地の中央が丘《おか》のいちばん高いところで、そこに厩《うまや》のような草葺《くさぶき》の小屋が建《た》っていた。小屋の扉《とびら》は閉《し》まっていて、扉の前の草地に大ザルがすわりこんでいた。ティリアンもジュエルもアスランに会えるものとばかり思っており、大ザルの話は何ひとつ聞いていなかったので、この光景を見て困惑《こんわく》した。大ザルは言うまでもなくシフトだったが、〈大釜池《おおがまいけ》〉のほとりに住んでいたころより一〇倍も醜《みにく》く見えた。というのは、柄《がら》にもなく盛大《せいだい》に着飾《きかざ》っていたからだ。大ザルは真っ赤な上着をはおっていたが、寸法《すんぽう》がまるで合っていなかった。もともとドワーフの服だったからである。また、足には宝石《ほうせき》のついた浅《あさ》い靴《くつ》をつっかけていたが、しょっちゅう脱《ぬ》げてばかりいた。読者諸君《しょくん》もご存《ぞん》じのように、サルの足は、足というより手のようになっているからだ。大ザルは頭に紙でできた王冠《おうかん》のようなものをかぶっていた。かたわらにはナッツの大きな山があり、大ザルはナッツを歯で割《わ》っては、殻《から》をペッペッと吐《は》き出《だ》していた。しかも、しょっちゅう真っ赤な上着をめくっては、からだをボリボリ掻《か》いていた。大ザルと向きあって立っているのは無数《むすう》の〈もの言うけもの〉たちで、みんな気《き》の毒《どく》なほど不安《ふあん》そうにとまどった顔をしていた。連《つ》れてこられた囚人《しゅうじん》が誰《だれ》なのかを見た瞬間《しゅんかん》、〈もの言うけもの〉たちのあいだからうめき声や小さな泣《な》き声《ごえ》があがった。

「おお、シフト卿《きょう》よ、アスランの代弁者《だいべんしゃ》よ」カロールメン人の指揮官《しきかん》が口を開いた。「囚人どもを連れてまいりました。われらの手腕《しゅわん》と勇気《ゆうき》と偉大《いだい》なるタシュの神の思《おぼ》し召《め》しによって、この二名の凶悪《きょうあく》なる殺人犯《さつじんはん》を生け捕《いど》りにした次第《しだい》でございます」

「その男の剣《けん》をわしによこせ」大ザルが言った。カロールメン兵《へい》たちは王の剣や剣帯《けんたい》など一式を大ザルに渡《わた》した。大ザルは剣を自分の首からぶら下げたので、ますます愚《おろ》かしい姿《すがた》になった。

「その二人については、のちほど沙汰《さた》をいたす」大ザルがそう言って、二人の囚人に向かってナッツの殻《から》を吐《は》き捨《す》てた。「それより先に、別《べつ》の用件《ようけん》がある。囚人どもは、あとまわしでよい。皆《みな》の者、よく聞け。わしが第一に言いたいのは、ナッツのことである。リスの頭《かしら》はどこへ行った?」

「は、ここにおります」アカリスが前へ出てきて、不安げにちょこんと頭を下げた。

「ああ、おまえか」大ザルが意地の悪そうな目でアカリスを見た。「いいか、よく聞

YOUCHAN

け。わしは――いや、その、アスランは、もっとナッツをほしがっておられる。おまえたちが持ってきたナッツでは、ぜんぜん足りぬわ。もっと持ってくるのだ、よいか。この前の二倍、持ってこい。あすの日暮《ひぐ》れまでに持ってくるように。悪いものや小さなものが混《ま》じっておってはならんぞ」

リスたちのあいだに動揺《どうよう》のざわめきが起こり、リスの頭《かしら》は勇気《ゆうき》をふりしぼって口を開いた。

「お願《ねが》いです、この件《けん》につきまして、アスランから直接《ちょくせつ》にお言葉を賜《たまわ》ることはできませんでしょうか？　できればアスランにお目にかかって――」

「だめだ」大ザルが言った。「アスランはお心が広いので、今夜、数分のあいだ、お出ましになるかもしれん。そうなれば、みんなアスランのお姿《すがた》を拝《おが》むことができよう。おまえたちには望外《ぼうがい》の幸せであるぞ。だが、みんながそばにつめかけてあれこれうるさく質問《しつもん》することは、アスランがお許《ゆる》しにならんだろう。何にしろ、アスランに申し上げることは、このわしが取り次ぐ。わざわざアスランのお耳に入れるほどのことならば、であるがな。それはそうとして、おまえたちリスどもはナッツのことを心配したほうがいいぞ。かならず、あすの夜までにナッツを持ってくるように。さもないと、いいか、ひどい目にあわせるぞ！」

気《き》の毒《どく》に、リスたちは犬に追われる獲物《えもの》のように大あわてで散《ち》っていった。この新たな命令《めいれい》は、リスたちにとってはとんでもない話だった。冬に備《そな》えてこつこつと蓄《たくわ》えてあったナッツは、いまではもうほとんどが食べつくされてしまったし、わずかに残しておいたナッツも、すでに自分たちの食べるぶんが足りなくなるほど大ザルに差《さ》し出《だ》してしまっていたのだ。

そのとき、けものたちのあいだから低《ひく》い声が響《ひび》いた。大きな牙《きば》を持った毛むくじゃらのイノシシが別《べつ》の場所から声をあげたのだ。

「なんで、おれたちはちゃんとアスランの顔を見て話をすることが許《ゆる》されんのだ？むかし、アスランがナルニアに姿《すがた》を現《あらわ》したころは、みんなアスランに直接《ちょくせつ》会って話ができたのに」

「そんな話を信《しん》じておってはならん」大ザルが言った。「たとえその話がほんとうだとしても、いまは時代が変《か》わったんだ。いいか、アスランは、これまでおまえたちを甘《あま》やかしすぎたと言っておられる。これからは甘やかすのはやめにするそうだ。今回は、おまえたちの性《しょう》根《ね》をたたきなおすお考えだそうだ。アスランを誰《だれ》かの言いなりになるライオンだなどと思ったら、ただではすまんぞ」

けものたちのあいだから低《ひく》いうめき声やすすり泣《な》きの声がもれた。そして、そのあと、哀《あわ》れな泣き声よりもっとみじめな沈黙《ちんもく》がその場を支配《しはい》した。

「それからもうひとつ、おまえたちがおぼえておかねばならんことがある」大ザルが言った。「おまえたちのなかには、わしのことを大ザルと呼《よ》ぶ者がおるようだが、わしは大ザルではない。人間だ。わしが大ザルのように見えるとしたら、それは、わしがたいそう年をとっておるからだ。何百歳《さい》にもなるでの。わしはたいそう年をとっておる、だからこれほど賢《かしこ》いのだ。そして、これほど賢いから、アスランはわしだけに話をされるのだ。バカなけものどもを相手になさるほどアスランは暇《ひま》ではないからな。おまえたちがどうすべきかは、アスランがわしに言ってくださる。そんでもって、わしがそれをおまえたちに伝《つた》える、ということだ。いいか、よく聞けよ。そんで、言われたことは大急ぎでやるように。ふざけたことをしておると、アスランが許《ゆる》さんぞ」

あたりはしんと静《しず》まりかえり、アナグマの赤ちゃんが泣《な》く声とそれをなだめようとする母親の声が聞こえるだけだった。

「それから、もうひとつ、伝《つた》えることがある」大ザルは片方《かたほう》のほっぺたに新しいナッツを放りこんで、話を続《つづ》けた。「馬たちのなかには、急いでさっさとこの材木《ざいもく》運びの仕事を終わらせよう、そうすればまた自由になれるから、などと言う者がおるようだが、そういう話はいますぐ忘《わす》れたほうがいい。馬だけではないぞ。働《はたら》くことのできる者はみんな、この先も働いてもらう。そのことについては、アスランがカロールメンの王とすっかり話をつけてある。カロールメンの王というのは、肌《はだ》の浅黒《あさぐろ》いわが友人たちが〈ティズロック〉と呼《よ》ぶお方だ。おまえたちは、馬も牛もロバもみんなカロールメンへ送られて、自分の食いぶちを稼《かせ》いでもらうことになる。ほかの国で馬たちや同じたぐいの動物どもが荷物を引いたり運んだりしておるのと同じようにな。それから、モグラやウサギやドワーフのように土掘《つちほ》りの得意《とくい》な者は、ティズロックの鉱山《こうざん》で働いてもらう。それから――」

「いやだよ！　とんでもない！」けものたちのあいだから怒号《どごう》があがった。「そんなの、うそだ。アスランがおれたちをカロールメン王の奴隷《どれい》に売るなんて、ありえない」

「うるさい、黙《だま》れ！」大ザルが歯をむき出してどなった。「誰《だれ》が奴隷などと言った？おまえたちは奴隷になるのではない。労賃《ろうちん》を払《はら》ってもらえるのだ――それも、けっこうな金額《きんがく》をな。つまり、おまえたちが稼《かせ》いだ労賃はアスランの金庫にはいって、アスランがみんなのためになるように使う、ということだ」大ザルはカロールメンの指揮《しき》官《かん》にちらりと目配《めくば》せした。いや、目配せというより、ウインクしたように見えた。指揮官は頭を下げ、カロールメン式の仰々《ぎょうぎょう》しい言い回しで返事をした。

「英明《えいめい》なること比類《ひるい》なきアスランの代弁者殿《だいべんしゃどの》よ、ティズロック様（御世《みよ》とこしえに！）におかれましては、今般《こんぱん》の思慮分別《しりょふんべつ》あふるる計画につきまして、閣下《かっか》と見解《けんかい》をまったく一《いっ》にするところであります」

「それ見ろ！」大ザルが言った。「もう話はついておるのだ。しかも、みんなおまえたちのためなのだ。おまえたちが稼ぐ金で、ナルニアを住みよい国にすることができる。オレンジやバナナがどんどん輸入《ゆにゅう》されるようになるし……それから、道路や大きな街《まち》や学校や役所を作って、鞭《むち》や口輪《くちわ》や鞍《くら》や、檻《おり》や犬小屋や、牢屋《ろうや》も……とにかく何もかも整うようになる」

「でも、おれたち、そんなものいらないよ」年寄《としよ》りのクマが言った。「おれたちがほしいのは、自由だ。それと、アスランの声を直接《ちょくせつ》聞かせてもらうことだ」

「ああでもないこうでもないと、うるさいわ」大ザルが言い放った。「そういう発言は許《ゆる》さん。わしは人間だぞ。おまえなんぞ、デブでバカなただの老《お》いぼれグマじゃないか。お前に自由の何がわかる？　どうせ、自由なんてのは自分の好《す》き勝手《かって》にすることだと思っておるんだろう。それはまちがっとるぞ。そんなものは、ほんとうの自由ではない。ほんとうの自由とは、わしの言うとおりにすることだ」

「んんんむむ……」クマはうなり声をもらし、頭を掻《か》いた。クマにとって、この種《しゅ》の議論《ぎろん》は理解《りかい》を超《こ》えていたのだ。

「すみません、あの……すみません」ふわふわの毛に包《つつ》まれた仔《こ》ヒツジが高い声を出した。まだとても小さなヒツジだったので、こんな年端《としは》もいかぬ仔ヒツジが声をあげたことに誰《だれ》もが驚《おどろ》いた。

「こんどは何だ？」大ザルが応《おう》じた。「さっさと言え」

「すみませんが」仔《こ》ヒツジが言った。「ぼく、わからないんです。ぼくたちとカロールメン人と、どう関係《かんけい》があるのですか？　ぼくたちはアスランの民《たみ》です。カロールメン人はタシュの民です。カロールメンにはタシュという名の神様がいます。話によれば、タシュは腕《うで》が四本あって、ハゲワシの頭がついた神様だそうです。カロールメンの人たちはタシュの祭壇《さいだん》で人を殺《ころ》します。ぼくはタシュなんてものはいないと思います。でも、もしいたとしたら、どうやってアスランがそんなものと友だちになれるのですか？」

動物たちはみな小首をかしげ、鋭《するど》く光るまなざしで大ザルを見つめた。これまでいちばん的《まと》を射《い》た質問《しつもん》だと思ったのだ。

大ザルは跳《と》びあがり、仔ヒツジにつばを吐《は》きかけた。

「この小童《こわっぱ》が！　メエメエつまらんことを口走りおって！　さっさと家《うち》に帰って、母さんのおっぱいに吸《す》いついておれ。おまえなんぞに何がわかる？　だが、ほかの者たちは、よく聞くがよい。〈タシュ〉は〈アスラン〉の別名《べつめい》にすぎん。わしらが正しくてカロールメン人はまちがっておるなどという古い話は、まったくだらん。いまでは、わしらはちゃんと道理がわかるようになった。カロールメン人はわしらとちがう言葉を使うが、言っておることは同じだ。タシュとアスランは、あのお方を意味する二つの名前にすぎん。だからこそ、タシュとアスランのあいだには何の争《あらそ》いが起こるはずもないのだ。そこのところをよくおぼえておけ、バカな畜生《ちくしょう》どもめ。タシュはアスランであり、アスランはタシュなのだ」

読者諸君《しょくん》は、犬がときどき情《なさ》けないほど悲しげな顔をするのを見たことがあるだろう。その顔を思い出したうえで、この場面で〈もの言うけもの〉たちがどんな顔をしていたか想像《そうぞう》してほしい——正直者で、つつましく、ただただ困惑《こんわく》している鳥、クマ、アナグマ、ウサギ、モグラ、ネズミたちの顔を。犬よりはるかに悲しげな顔をしている〈もの言うけもの〉たちのようすを。みんなしっぽを下げ、ひげをしょんぼり垂《た》らしていた。そんな表 情《ひょうじょう》を見たら、気《き》の毒《どく》で胸《むね》が痛《いた》くなるにちがいない。しかし、いっこうに気落ちした表情に見えない動物が一匹《ぴき》だけいた。

それはショウガ色をしたネコで、若《わか》い盛《さか》りのすばらしく大きな雄《おす》ネコだった。ネコはけものたちの最前列《さいぜんれつ》で昂然《こうぜん》と顔を上げ、しっぽを四本の足にくるりと巻《ま》きつけてすわっていた。そして、さっきからずっと、まばたきひとつせずに大ザルとカロールメン人の指揮官《しきかん》を見つめていた。

「ちょっと失礼《しつれい》いたしますが」ネコはきわめて慇懃《いんぎん》な口調で言った。「どうも気になりますのでね。そちらのカロールメンからいらしたご友人も、同じご意見なんでしょうかね？」

「もちろんです」カロールメン人が言った。「こちらの英明《えいめい》なる大ザル――いや、人間殿《どの》のおっしゃるとおりです。アスランはタシュ以下《いか》でもタシュ以上《いじょう》でもありません」

「とくにそこのところなのですが――アスランはタシュ以上のものではない、ということなのですね？」ネコが念《ねん》を押《お》した。

「さよう、そのとおりです」カロールメン人は、ネコの顔を真正面から見すえて言い切った。

「これで納得《なっとく》したかな、ジンジャー[3]？」大ザルが言った。

「けっこうです」ジンジャーがすました顔で言った。「どうもありがとうございました。きっちりと納得しておきたかったので。だんだんわかってきたような気がします」

　このときまで、ティリアン王とジュエルは何も言わずにいた。話をさえぎってみてもしかたがないので、大ザルから発言を求《もと》められるまで待っていたのだ。けれども、いま、ナルニアの民《たみ》たちのみじめな表情《ひょうじょう》を目《ま》のあたりにし、みんながアスランとタシュを同一のものだと信《しん》じこみそうになっているのを見たティリアン王は、もう黙《だま》っていられなかった。

「こら、大ザル！」ティリアン王は声をはりあげた。「この罰当《ばちあ》たりなうそつきめ。おまえはカロールメン人と同じうそつきだ。サルの名に恥《は》じぬ大うそつきだ！」

　ティリアン王は、まだまだ言いたいことがあった。民の血をすって生きるおぞましいタシュの神が、みずからの血を流してナルニアを救《すく》った気高《けだか》いライオンと同じものであるはずがないではないか、と。もしこの場面でティリアン王が発言を許《ゆる》されていたならば、サルの天下はその日のうちに終わっていたかもしれない。けものたちは真実を理解《りかい》し、大ザルを打《う》ち倒《たお》していたかもしれない。しかし、ティリアン王が続《つづ》きの言葉を口にする前に、二人のカロールメン人が王の口を力まかせに殴《なぐ》りつけ、三人目のカロールメン人が背後《はいご》から王の足を蹴《け》りあげた。地面に倒《たお》れた王に向かって、激《げき》怒《ど》したものすごい形相《ぎょうそう》の大ザルが金切《かなき》り声《ごえ》を浴《あ》びせた。

「むこうへ連《つ》れていけ。どこかへ連れていけ。わしらの声が聞こえんところへ。そやつの声も届《とど》かんところへ。木に縛《しば》りつけておけ。あとでわしが――じゃなくて、アスランが沙汰《さた》を申しわたす」

3　Ginger。ショウガ、の意。

4　その夜に起こったこと

ティリアン王は殴《なぐ》られ蹴《け》り倒《たお》されて頭がぼうっとなり、何が何だかわからないうちに両手首の縄《なわ》を解《と》かれ、こんどは腕《うで》をからだの両側《りょうがわ》にまっすぐ伸《の》ばした形でトネリコの木に背中《せなか》をつけて立たされて、縄で足首と膝《ひざ》と腰《こし》と胸《むね》を両腕もろとも木に縛《しば》りつけられてしまった。そして、そのまま放っておかれたのだが、その状態《じょうたい》で気になってしかたがなかったのは――往々《おうおう》にして何よりつらいのはほんの些細《ささい》なことだったりするという例《れい》にもれず――殴られたときに切れた唇《くちびる》から血がしたたり落ちてむずむずするのにそれを拭《ぬぐ》えない、ということだった。

木に縛りつけられている場所から丘《おか》のてっぺんにある小さな厩《うまや》が見え、その前にすわりこんでいる大ザルの姿《すがた》も見えた。サルがまだ何かしゃべっているのが聞こえ、ときどき集まっているけものたちが返事をするのも聞こえたが、何を言っているのかまでは聞き取れなかった。

「ジュエルはどうなったんだろう？」ティリアン王は思った。

やがて、けものたちは散会《さんかい》し、思い思いの方向へ帰りはじめた。ティリアンのすぐそばを通っていく者たちもいた。木に縛《しば》りつけられている王の姿《すがた》を見た者たちは、ぎょっとして気《き》の毒《どく》そうな顔を見せたが、言葉をかけてくる者はいなかった。じきに動物たちはみんなどこかへ行ってしまい、森はしんと静《しず》まりかえった。それから何時間も過《す》ぎ、ティリアンは最初《さいしょ》にのどの渇《かわ》きをおぼえ、それからひどく空腹《くうふく》になった。そして午後の時間が過ぎ、日が傾《かたむ》くにつれて、しだいに寒さがこたえてきた。背中《せなか》もひどく痛《いた》んだ。日が沈《しず》み、あたりが薄暗《うすぐら》くなった。

森の中がほとんど真っ暗になったころ、ティリアンの耳にパタパタというかすかな足音が聞こえ、小さな生き物たちが近づいてくるのが見えた。左側《ひだりがわ》の三匹《びき》はネズミで、真ん中はウサギで、右の二匹はモグラだった。二匹のモグラは背中に小さな荷物をかついでいて、そのせいで暗闇《くらやみ》の中でおかしな輪郭《りんかく》に見え、最初ティリアンはどんな動物なのだろうと思った。そのときいきなり動物たちが後ろ足で立ちあがり、王の両膝《りょうひざ》に冷たい足の裏《うら》を押しつけて、膝頭《ひざがしら》にクンクンと動物流のキスを浴《あ》びせた（動物たちが王の膝に届いたのは、ナルニアの〈もの言うけもの〉たちがイギリスで見る同じ種類《しゅるい》のもの言わぬけものたちよりも大きいからである）。

「国王陛下《へいか》！　大好《だいす》きな国王陛下！」甲高《かんだか》い声が言った。「おいたわしうございます。縄《なわ》を解《と》いてさしあげることはできません、アスランがお怒《いか》りになるかもしれませんから。でも、夕ごはんをお持ちしました」

すぐに一匹《ぴき》目のネズミがするするとティリアンのからだを登ってきて、王の胸《むね》を木に縛《しば》りつけている縄に足をかけて止まり、ティリアンの顔の前で丸っこい鼻先をヒクヒクさせた。続《つづ》いて二匹目のネズミもティリアンのからだを伝《つた》って登り、一匹目のネズミのすぐ下で止まった。ほかの動物たちは地面に立ちあがり、食べ物を手渡《てわた》しはじめた。

「陛下、まずこれをお飲みください。そうしたら、食べ物がのどを通るようになりますから」いちばん上にいるネズミが言った。同時に、ティリアンは唇《くちびる》に小さな木の

YOUCHAN

盃《さかずき》が押しつけられるのを感じた。それは卵立《たまごた》てほどの大きさしかない小さな盃だったので、ティリアンがワインを味わう間もないうちに空《から》になってしまった。しかし、ネズミがその盃を下へ手渡《てわた》し、ほかの者たちがふたたびワインを満《み》たしてそれを運び上げたので、ティリアンは二杯《はい》目のワインを飲みほした。こうして同じことがくりかえされ、ティリアンはワインをたっぷり飲むことができた。それに、ちびちびと飲んだおかげで、一気に飲みほすよりずっとのどの渇《かわ》きが癒《いや》された。

「陛下《へいか》、チーズを召《め》し上《あ》がれ」いちばん上のネズミが言った。「でも、たくさんはありません。食べすぎると、のどが渇きますから」チーズのあと、こんどはバターを塗《ぬ》ったオート・ケーキ[1]が口に運ばれ、そのあとふたたびワインが運び上げられた。

「こんどは水を頼《たの》む」いちばん上のネズミが下へ声をかけた。「王様の顔をきれいにしてさしあげたいんだ。血がついているからね」

ティリアンは小さなスポンジのようなものが顔にそっと押《お》し当《あ》てられるのを感じ、おかげでとてもさっぱりした。

「小さき友たちよ」ティリアンは言った。「なんと感謝《かんしゃ》すればよいか……」

「感謝《かんしゃ》なんて、いいんです。いいんです」小さな声たちが言った。「これよりほかに、わたしたちに何ができましょう？　わたしたちは別《べつ》の王様なんかほしくないんです。わたしたちはティリアン王の民《たみ》です。敵《てき》があの大ザルとカロールメン人だけなら、わたしたちは八《や》つ裂《ざ》きにされるまで戦《たたか》いぬいてでも、王様が縛《しば》られるなんてことは許《ゆる》さなかったでしょう。ほんとうに、そのつもりでした。でも、アスランにそむくことはできないのです」

「みんな、あれは本物のアスランだと思うのか？」ティリアン王が聞いた。

「はい、もちろんです」ウサギが言った。「きのうの夜、厩《うまや》からお出ましになられたのを見ました。わたしたち、みんな見たんです」

「アスランはどんなようすだった？」王がたずねた。

「たしかに、恐《おそ》ろしい大きなライオンのように見えました」ネズミのうちの一匹《ぴき》が言った。

1　オート麦で作ったビスケット。

「木の精霊《せいれい》たちを殺《ころ》したり、そなたたちをカロールメン王の奴隷《どれい》にしたりするようなことを、本物のアスランがなさると思うか？」

「ひどいことですよね」二匹《ひき》目のネズミが言った。「こんなことになる前に死んでしまったほうがよかったと思うくらいです。でも、疑《うたが》いの余地《よち》はありません。みんな、これがアスランの命令《めいれい》だと言っています。それに、わたしたち、アスランを見たんです。アスランがあんなことをなさるとは思いませんでしたけど。だって、わたしたちは……わたしたちは、アスランがナルニアへもどってこられることを望んでいたのですから」

「アスランはもどってはこられたけれど、今回はものすごく怒《おこ》っておられるようなんです」一匹目のネズミが言った。「わたしたちみんな、知らないうちに何かとても悪いことをしたにちがいありません。アスランはわたしたちに何かの罰《ばつ》を与《あた》えていらっしゃるのです。だけど、せめて、何が悪かったのか教えてくだされぱいいのに！」

「いま、こうしてやっていることがまちがっているのかもしれませんよ」ウサギが言った。

「だとしても、おれはかまわないね」モグラの一匹《ぴき》が言った。「何度でもやってやるさ」

しかし、ほかの者たちが「しっ！」とか「気をつけて」などと注意し、みんなが声をそろえて「ごめんなさい、大好《だいす》きな王様。でも、もう帰らないと。こんなところで捕《つか》まったら、たいへんです」と言った。

「すぐに帰ってくれ、親愛《しんあい》なるけものたちよ」ティリアンが言った。「ナルニアの名にかけて、そなたたちを危険《きけん》にさらす気はない」

「おやすみなさい、おやすみなさい」動物たちはそう言いながら王の膝《ひざ》に鼻先をすりつけた。「また来ます——できれば」そのあと、動物たちはパタパタと去っていき、森は動物たちが来る前よりもっと暗く、もっと寒く、もっと寂《さび》しくなったように感じられた。

空に星が出て、時間がのろのろと過《す》ぎていった。どれほどじれったく感じられたか、想像《そうぞう》してみてほしい。ナルニア最後《さいご》の王は木に縛《しば》りつけられたまま立ちつづけていた。からだがこわばり、あちこちが痛《いた》んだ。しかし、そのうちに、ようやく何かが始まった。

はるか遠くに、ぽっと赤い光が現《あらわ》れた。それが消えたと思ったら、ふたたび前よりもっと大きくて明るい光になった。光の手前側《てまえがわ》で黒い影《かげ》がいくつも行ったり来たりしているのが見えた。何かの束《たば》を運んできては、それを投げ下ろしているようだ。そのうちに、何をやっているのかわかってきた。それは大きなたき火で、いま火をつけたばかりのところへ人々が小枝《こえだ》の束を投げ入れているのだ。見る間に火がめらめらと燃《も》えあがり、ティリアンのところからも、たき火が丘《おか》のいちばん高いところで燃えているのがわかった。たき火の後ろに、赤い炎《ほのお》に照《て》らされてくっきりと浮《う》かびあがる厩《うまや》が見えた。たき火とティリアンのあいだには、大勢《おおぜい》のけものや人々が集まっていた。火のそばに背中《せなか》を丸めてすわりこんでいるのは、例《れい》の大ザルにちがいない。大ザルが群衆《ぐんしゅう》に向かって何か言っていたが、何と言っているのかは聞き取れなかった。そのうちに、大ザルは厩の扉《とびら》の前へ行き、地面に向かって三度おじぎをした。そして立ちあがり、扉を開けた。すると、何か四本足のもの——ずいぶんぎくしゃくとした歩きかたをするもの——が厩から出てきて、群衆のほうを向いた。

群衆《ぐんしゅう》のあいだから悲鳴や遠吠《とおぼ》えのような声があがった。あまりに大きな声だったので、ティリアンが縛《しば》られているところまで言葉が聞こえてきた。

「アスラン！　アスラン！　アスラン！」けものたちは絶叫《ぜっきょう》していた。「お声を聞かせてください！　安心させてください！　お怒《いか》りをしずめてください！」

ティリアンのいるところからは四本足のものが何なのかはっきりとは見えなかったが、黄色くて毛むくじゃらなものだということはわかった。ティリアンは〈偉大《いだい》なるライオン〉を見たことがなかった。ふつうのライオンさえも、見たことがなかった。だから、自分の見たものが本物のアスランでないと断定《だんてい》することはできなかった。アスランがあんなふうに黙《だま》ったまま固《かた》まったように突《つ》っ立《た》っているものだとは想像《そうぞう》していなかったが、それでもアスランでないと断定することはできなかった。一瞬《いっしゅん》、恐《おそ》ろしい思いがティリアンの胸《むね》をよぎった。しかし、タシュとアスランが同じものだなどと言っていた馬鹿《ばか》げた話を思い出し、やはりこれはペテンにちがいないと確信《かくしん》した。

大ザルは黄色いものの頭に顔を近づけて、ささやく言葉を聞き取ろうとしているようなそぶりをしてみせた。そして、そのあと、群衆のほうに向きを変《か》えて、何ごとか言った。群衆《ぐんしゅう》のあいだから、また嘆《なげ》き悲しむ声があがった。やがて黄色いものはぎこちない足取りで向きを変《か》えてよたよたと厩《うまや》へもどっていき、大ザルが小屋の扉《とびら》を閉《し》めた。そのあと、たき火が消されたらしく、あっという間に明かりが消えて、ティリアンはふたたび一人ぼっちで寒さと暗闇《くらやみ》の中に取《と》り残《のこ》された。

ティリアンは、かつてナルニアを治《おさ》めた古代の王たちのことを思った。そして、自分ほど不幸《ふこう》な王はいないと思った。自分の曽祖父《そうそふ》のさらに曽祖父にあたるリリアン王――この王は年若《としわか》い王子であったころに魔女《まじょ》にさらわれて、何年ものあいだ〈北の巨人《きょじん》〉たちの国の地下に広がる暗闇の洞窟《どうくつ》に幽閉《ゆうへい》されていた。でも、最後《さいご》にはすべてがめでたく落着した。この世の果《は》てのさらに向こうにある国から二人の不思議《ふしぎ》な子どもたちが現《あらわ》れて王子を救《すく》い出《だ》し、王子はナルニアに帰って、そのあと長年にわたってナルニアをりっぱに治めたのだ。「わたしの場合は、そんなふうにはいかないだろうな」と、ティリアンはつぶやいた。そして、さらに歴史《れきし》をさかのぼってリリアン王の父であるカスピアン航海王《こうかいおう》のことを考えた。カスピアン王は邪悪《じゃあく》な叔父《おじ》のミラーズ王に殺《ころ》されそうになり、ナルニアの森に逃《のが》れてドワーフたちにかくまわれたのだった。

しかし、この王も、最後《さいご》には救《すく》われた。カスピアン王も不思議《ふしぎ》な子どもたちに助けられたのだ。ただし、このときは子どもたちは四人だった。四人の子どもたちが世界の果《は》てのどこからかやってきて、大きな戦《たたか》いに勝利《しょうり》して、カスピアン王が父の王位《おうい》を継《つ》ぐことになったのだった。「でも、みんなずっとむかしの話だ」と、ティリアンはつぶやいた。「いまの時代には、そういうことは起こらないのだ」そして、ティリアンはさらにむかしの話を思い出した（ティリアンは子どものころから歴史《れきし》が好《す》きだった）。カスピアンを助けた四人の子どもたちは、それより一千年以上《いじょう》も前にもナルニアに現《あらわ》れたことがあったという。四人が最《もっと》もめざましい活躍《かつやく》をしたのは、そのときだった。というのは、そのとき四人は恐《おそ》ろしい〈白い魔女《まじょ》〉を倒《たお》し、〈百年の冬〉を終わらせて、そのあと四人そろってケア・パラヴェルで王座《おうざ》につき、もはや子どもたちではなくりっぱな王や美しい女王となるまでナルニアの国を治《おさ》め、彼《かれ》らの治世《ちせい》はナルニアの黄金時代となったのであった。その物語には、アスランがたびたび登場した。思い出してみると、ほかの時代の物語にも、「アスランは例外《れいがい》なく登場していた。「アスランと、ほかの世界から来た子どもたちか……」ティリアンは考えた。「最悪《さいあく》の事《じ》態《たい》になったときには、いつもアスランや子どもたちが現《あらわ》れた。ああ、いまも現れてくれればいいのに」

ティリアンは大声で呼《よ》んだ。「アスラン！　アスラン！　アスラン！　われらを助けたまえ」

しかし、あたりの暗さも、寒さも、静けさも、何ひとつ変《か》わらなかった。

「わたしの命など惜《お》しくはないんです」ティリアン王は叫《さけ》んだ。「自分のことなど、どうでもいいのです。しかし、どうかナルニアを救《すく》ってください」

あいかわらず暗闇《くらやみ》にも森の気配にも何の変化《へんか》も現れなかったが、ティリアンの胸《むね》の内にある種《しゅ》の変化が起こりはじめた。なぜかわからないが、かすかな希望《きぼう》がめばえたのだ。そして、不思議《ふしぎ》と力が湧《わ》いてきた。「ああ、アスラン、アスラン」ティリアン王はささやいた。「アスラン御《おん》みずからはおいでくださらぬとしても、せめてこの世のかなたから助けをお送りください。さもなくば、わたしのほうから呼びかけさせてください。わたしの声をこの世のかなたまでお届《とど》けください」ティリアンは、思わず大声で叫んでいた。

「子どもたちよ！　子どもたちよ！　ナルニアの友たちよ！　急ぎ来られよ。世を超《こ》えて、あなたがたに呼《よ》びかける。われはナルニア王ティリアン、ケア・パラヴェルの城主《じょうしゅ》にして離《はな》れ島諸島《じましょとう》の皇帝《こうてい》たるティリアンなり！」

その直後、ティリアンは夢《ゆめ》の中へ落ちていった。いや、夢だったとするならば、それはティリアンが生涯《しょうがい》で見たことのないほど鮮明《せんめい》な夢だった。

ティリアンが立っているのは明かりのともった部屋で、テーブルを囲《かこ》んで七人が席《せき》についていた。ちょうど食事が終わったばかりのようだった。七人のうち二人はとても年をとって見えた。白いひげをたくわえた年配の男性《だんせい》と、思慮深《しりょぶか》く陽気できらきら輝《かがや》く瞳《ひとみ》をした年配の女性《じょせい》だった。年配の男性の右手にすわっている青年はまだ大人になりきっていない感じで、ティリアン自身よりも若《わか》いことはまちがいなかったが、その表情《ひょうじょう》にはすでにして王や勇士《ゆうし》の風格《ふうかく》が漂《ただよ》っていた。年配の女性の右手にすわっている若者《わかもの》にも、同様の風格が感じられた。テーブルをはさんでティリアンの真正面にすわっているのは金髪《きんぱつ》の少女で、二人の青年たちよりは年下に見えた。そして、その少女の両側《りょうがわ》にすわっている男の子と女の子は、少女よりさらに年下に見えた。

七人とも、ティリアンが見たこともない奇妙《きみょう》な服装《ふくそう》をしていた。

しかし、ティリアンには細かいことまで考えている余裕《よゆう》はなかった。いちばん年下の少年と二人の少女がびくっとして立ちあがり、そのなかの一人が小さな悲鳴をあげたのだ。年配の女性《じょせい》も、ハッとして息をのんだ。年配の男性《だんせい》も何か不意《ふい》に身動きしたらしく、右手のそばにあったワイングラスがテーブルから払《はら》い落《お》とされて、床《ゆか》に落ちて割《わ》れる音が響《ひび》いた。

どうやら、この人たちにはティリアンの姿《すがた》が見えているようだった。七人とも、まるで幽霊《ゆうれい》でも見るような目つきでティリアンを見つめていたのだ。しかし、年配の男性の右側《みぎがわ》で王の風格《ふうかく》を漂《ただよ》わせている青年はぴくりとも動かず、顔からは血の気が引いていたものの、こぶしをきつく握《にぎ》りしめただけだった。その青年が口を開いた。

「幽霊か夢《ゆめ》でないならば、何か言いたまえ。どうやらナルニア人《びと》のように見受けるが。わたしたち七人はナルニアの友だ」

ティリアンは言葉を出そうとした。大声をあげて、自分はナルニアのティリアン王である、ぜひとも助けを必要《ひつよう》としている、と叫《さけ》びたかった。しかし（わたし自身も夢

YOUCHAN

の中で何度か経験《けいけん》したことがあるが）、しゃべろうとしているのに、声が出ないのだ。

さきほどティリアンに向かって声をかけた青年が立ちあがり、ティリアンを真正面から見すえて言った。「亡霊《ぼうれい》か精霊《せいれい》か知らぬが、ナルニアから来た者であるならば、アスランの御名《みな》において命ずる。わが問いに答えよ。わたしは上級王ピーターである」

ティリアンの目の前で部屋がゆらゆらと揺《ゆ》らぎはじめた。七人がいっせいに話す声が聞こえたが、その声はどんどん弱くなっていき、「見て！　薄《うす》くなっていくわ」「とけるのかな？」「消えかけているぞ」といった声がかろうじて聞こえた次の瞬間《しゅんかん》、ティリアンは目をさました。からだはいぜんとして木に縛《しば》りつけられたままで、寒さがいっそう身にしみ、全身がますますこわばっていた。森は荒涼《こうりょう》とした薄明《うすあ》かりに満《み》たされていた。夜明け前の薄明かりだ。ティリアンの全身は夜露《よつゆ》でぐっしょりと濡《ぬ》れていた。もうすぐ朝が来る。

その目ざめは、ティリアンの生涯《しょうがい》で最悪《さいあく》の瞬間と思われた。

5　王に助け現《あらわ》る

しかし、ティリアンのみじめな時間は長くは続《つづ》かなかった。夢《ゆめ》から目ざめるとまもなくドスンという音が聞こえ、続いてもう一つドスンという音がして、目の前に二人の子どもたちが立っていたのだ。前方の森には直前まで何もなかったし、二人が後ろのほうから現れたのでないこともはっきりしていた。それなら物音が聞こえたはずだからだ。とにかく、二人の子どもたちはどこからともなくいきなり現れたのだった。一目で、ティリアンは子どもたちが夢で見た人たちと同じ妙《みょう》ちきりんなみすぼらしい服装《ふくそう》であることを見て取った。そして、あらためてよく見ると、目の前にいるのはあのときの七人のなかでいちばん年少の男の子と女の子だった。

「はあっ！」男の子が言った。「息が止まるかと思った。あれって、もしかして――」

「急いで。縄《なわ》を解《と》いてあげないと。話はあとでいいから」女の子のほうがそう言い、ティリアンに向かって「遅《おそ》くなってごめんなさい。できるだけ早く来たつもりなんだけど」と言った。

女の子がしゃべっているあいだに、男の子がポケットからナイフを出して手早くティリアン王の縄を切りはじめた。むしろ手早すぎたくらいだった。というのは、ティリアンは全身がこわばってしびれたようになっていたので、最後《さいご》の縄が切られたとき、地面にくずおれて四つんばいになってしまったのだ。両足をごしごしこすって血のめぐりがもどるまで、ティリアンは立ちあがることができなかった。

「ねえ」女の子が声をかけた。「あれ、あなただったんでしょう？　わたしたちが夕食に集まっていた夜に現《あらわ》れた人。もう一週間近く前になるけど」

「うるわしの姫《ひめ》よ、一週間とおっしゃられるか？」ティリアンが言った。「わが夢《ゆめ》の中でそなたたちの世界へいざなわれたのは、わずか一〇分ほど前のことであったが」

「例《れい》のやつだよ、ポウル、時間がぐちゃぐちゃになってる」男の子が言った。

「ああ、思い出した」ティリアンが言った。「それも、むかしからの話に伝《つた》えられているとおりだ。そなたたちの不思議《ふしぎ》な国では、時間がわれらの国とは異《こと》なる進みかたをする、と。しかし、時間といえば、一刻《いっこく》も早くこの場を離《はな》れなくてはならぬ。敵《てき》が近くにおるゆえ。わたしとともにおいでくださるか？」

「もちろんよ」女の子が言った。「わたしたち、あなたを助けるために来たんだもの」

ティリアンは立ちあがり、三人の先頭に立って足早に丘《おか》を下って、南の方角へ、厩《うまや》から遠ざかる方角へ向かった。目的地《もくてきち》の心づもりはあったが、その前にまず足跡《あしあと》を消すために岩場を歩き、次に水の流れを横切ってにおいの跡を消す必要《ひつよう》があった。三人は一時間ほどかけて岩場を登り、川を歩いて渡《わた》り、そのあいだは誰《だれ》も口をきく余《よ》裕《ゆう》がなかった。それでも、ティリアンは横目でちらちらと二人の連《つ》れをうかがっていた。ほかの世界からやってきた人間と並《なら》んで歩いているという不思議な感覚《かんかく》に、頭がくらくらしそうだった。半面、むかし話として聞いていた物語が、それまでよりはるかに現実味《げんじつみ》をおびてきた。これならば何が起こっても不思議ではない、という気がしてきた。

「これでよし」若《わか》いカバノキの林を下っていく小さな谷を見晴らす高台に出たところ

で、ティリアンが口を開いた。「これでしばらくは悪者どもにつかまる心配はなくなった。少しのんびり行こう」太陽が昇《のぼ》り、朝露《あさつゆ》がカバノキの枝葉《えだは》にきらきらと輝《かがや》いて、鳥たちのさえずりが響《ひび》いていた。

「メシは、どうします? あの、そちらの陛下《へいか》のことですけど。ぼくたちはもう朝めしをすませてきましたから」男の子が言った。

ティリアンは「メシ」という言葉はどういう意味なのだろうとおおいに不思議《ふしぎ》に思ったが、男の子が大きくふくらんだかばんを開けて中から油っぽい紙のちょっとつぶれた包《つつ》みを引《ひ》っ張《ぱ》り出《だ》したのを見て、話がわかった。それまで意識《いしき》すらしていなかったが、ティリアンは猛烈《もうれつ》に腹《はら》がへっていた。包みの中にはタマゴサンドが二つ、チーズサンドが二つ、それに何かのペーストをはさんだサンドイッチが二つはいっていた。これほど空腹《くうふく》でなかったなら、ティリアンはペーストをはさんだサンドイッチにはあまり気が向かなかったかもしれない。ナルニアでは誰《だれ》もそんなものは食べないからだ。ティリアンがサンドイッチを六つとも平らげるころには、三人は谷の出口まで来ていた。苔《こけ》むした崖《がけ》のふもとに清水《しみず》の湧《わ》き出《で》ているところがあり、三人は足を止めて水を飲み、ほてった顔に水をかけた。

「それじゃ、聞かせてもらえる？」女の子が首を振《ふ》って額《ひたい》にかかった濡《ぬ》れ髪《がみ》を後ろへ払《はら》いながら口を開いた。「あなたは何者なの？　どうして木に縛《しば》りつけられていたの？　これはいったいどういうこと？」

「乙女《おとめ》よ、喜《よろこ》んでお話ししよう」ティリアンが言った。「しかし、立ち止まって話している余裕《よゆう》はない」歩きながら、ティリアンは自分が何者であり、それまで自分の身に何が起こったか、すべてを語った。「そういうわけで――」と、ティリアンは話をしめくくった。「――これから、ある塔《とう》へ向かおうと考えている。わたしの祖父《そふ》の時代に建《た》てられた三つの塔のうちの一つだ。当時、そのあたりに住みついていた危険《きけん》な無法者《むほうもの》たちから〈街灯《がいとう》の荒《あ》れ地《ち》〉を守るために建てられた塔だが、アスランの思《おぼ》し召《め》しで鍵《かぎ》を取り上げられずにすんだのでね。塔には武器《ぶき》が備《そな》えてあるし、鎧《よろい》かぶとも食べ物もある。堅焼《かたや》きのビスケットていどのものだが。それに、そこならば、これからの計画をたてるあいだ安全に立てこもることができる。さて、こんどは、そなたたちが何者であるのか、お聞かせ願《ねが》いたい」

「ぼくはユースティス・スクラブで、こちらはジル・ポウルです」男の子が言った。「ぼくたち、前にもいちどナルニアに来たことがあるんです、ずっとむかし。ぼくたちの時間では一年以上《いじょう》前のことで、リリアン王子っていう人がいて、その王子が地下の国で囚《とら》われの身になっていて、パドルグラムが足で――」

「ああ！」ティリアンが声をあげた。「それでは、そなたたちは、あのユースティスと、あのジルなのか？　長く魔法《まほう》の虜《とりこ》となっていたリリアン王を救《すく》い出《だ》した……？」

「そう、わたしたちよ」ジルが言った。「それじゃ、リリアンはいまは王様になっているのね？　もちろん、そのはずよね。だって――」

「いや」ティリアンが言った。「リリアン王はわたしより七代前の王で、すでに二〇〇年以上も前に亡《な》くなっている」

ジルは顔をしかめた。「うっ！　ナルニアにもどってくると、これがいやなのよね」

でも、ユースティスが言葉を続《つづ》けた。

「これで、ぼくたちが何者かわかってもらえたと思います。で、こういうことだったんです。教授《きょうじゅ》とポリーおばさんが声をかけて、ぼくたちナルニアの友がみんなで集まることになって――」

「ユースティスよ、わたしはそのお二人の名を存《ぞん》ぜぬが」ティリアンが言った。「その二人は、ナルニアが誕生《たんじょう》したいちばん初《はじ》めの日にここへ来た人たちです。けものたちが〈もの言うけもの〉になった日に」

「ああ、ライオンのたてがみにかけて！」ティリアンが声をあげた。「そのお二人か！　ディゴリー卿《きょう》とレディ・ポリーであると！　この世の夜明けに立ち合われたという……！　そちらの世界では、まだご存命《ぞんめい》なのか？　なんと不思《ふし》議《ぎ》な、なんとすばらしい！　それで？　続《つづ》きを教えていただきたい」

「〈ポリーおばさん〉と言っても、ぼくたちのほんとうのおばさんではないんですけど」ユースティスが言った。「ほんとうはミス・プラマーっていう名前なんだけど、ぼくたちは〈ポリーおばさん〉って呼《よ》んでるんです。二人がぼくたちを呼びあつめたのは、ひとつには、ただ単《たん》に楽しい時間を過《す》ごそうって目的《もくてき》だったんです。心ゆくまでナルニアの話をしよう、ってことで。もちろん、こういう話は、ぼくたち七人のほかに話せる相手はいませんからね。でも、もうひとつには、教授《きょうじゅ》の勘《かん》が働《はたら》いたんです。どうもナルニアでぼくらの助けが必要《ひつよう》となっているような気がする、っていう……。そしたら、その場にあなたが現《あらわ》れた。幽霊《ゆうれい》か何かみたいに。そして、ぼくたちを驚《おどろ》かせたはいいけれど、そのまま何も言わずに消えてしまった。そのことがあって、ぼくたちはナルニアで何かが起こっているにちがいないと確信《かくしん》したんです。次の問題は、どうやってナルニアに行くか、ってことでした。行きたいと思っただけで行けるわけじゃないですからね。ぼくたちはさんざん話しあった結果《けっか》、最後《さいご》に教授《きょうじゅ》が、唯一《ゆいいつ》の方法《ほうほう》は〈魔法《まほう》の指輪《ゆびわ》〉だろう、って言ったんです。教授とポリーおばさんがナルニアへ来たときは、〈魔法の指輪〉を使ったから。ずっとずっとむかしの話で、二人ともまだ子どもで、ぼくたちなんかが生まれる前の話です。でも、指輪はぜんぶロンドンの家の庭に埋《う》められていたんです。ロンドンっていうのは、大きな都の名前です。そして、その家は人手に渡《わた》ってしまっていた。そこで、問題は、どうやってその指輪を取り返すか、ってことでした。ぼくたちがどうやったか、きっと想像《そうぞう》もつかないでしょうね！　ピーターとエドマンドが——ピーターっていうのは上級王ピーターのことで、あのときあなたに話しかけた人です——ロンドンまで行って、その家の庭に裏《うら》から忍《しの》びこんだんです。朝早く、まだ人が起きださないうちに。二人とも作業服を着て、誰《だれ》かに見られても下水の修理《しゅうり》だろうくらいにしか思われないようなかっこうをして。ぼくもいっしょに行きたかったなあ。だって、めちゃくちゃおもしろそうじゃないですか。それで、二人はうまく指輪《ゆびわ》を掘《ほ》り出《だ》したようでした。というのは、次の日、ピーターから電報《でんぽう》が届《とど》いたので。あの、電報っていうのは伝令《でんれい》みたいなものです、またいつか説明《せつめい》しますけど。とにかく、指輪を手に入れた、っていう電報でした。その翌日《よくじつ》にはポウルとぼくが学校にもどることになっていたので――七人のなかでまだ学校に行っているのはポウルとぼくの二人だけで、同じ学校に通ってるんです――それで、ピーターとエドマンドはぼくたちが学校にもどるとちゅうの駅で落ち合って指輪を渡《わた》してくれることになったんです。ナルニアへ行くのは、ぼくたち二人でないとだめなので。というのは、ほかの年上の人たちは、もう二度とナルニアにはもどれないと言われていたからです。それで、ぼくたちは列車に乗りました。列車っていうのは、ぼくたちの世界で旅をするときに使う乗り物で、たくさんの荷車をつなげたみたいなものです。教授《きょうじゅ》とポリーおばさんとルーシーも、ぼくたちといっしょに列車に乗っていました。なるべくみんないっしょにいたほうがいいだろう、ってことで。そんなわけで、みんなで列車に乗っていて、ほかの二人と落ち合う予定の駅が近づいてきて、ぼくは窓《まど》の外を眺《なが》めていました。二人の姿《すがた》が見えないかな、と思って。そしたら、そのときいきなりものすごい衝撃《しょうげき》で急にガクンとなって、大きな音がしたんです。で、気がついたらぼくたちはナルニアに来ていて、陛下《へいか》が木に縛《しば》りつけられていた、というわけです」

「ということは、指輪《ゆびわ》は使わなかった、と?」ティリアンが言った。

「使いませんでした」ユースティスが言った。「見もしなかったんです。アスランが指輪なんか使わずにアスランのやりかたでぼくたちをナルニアに送ってくれたから」

「しかし、ピーター上級王は指輪を持っておられるということか」ティリアンが言った。

「そうです」ジルが答えた。「でも、ピーターが指輪を使うことはないと思います。ペヴェンシーのほかの二人――というのはエドマンド王とルーシー女王のことですけど――がこの前ナルニアに来たとき、アスランが二人はもう二度とナルニアに来ることはないだろうとおっしゃったそうです。上級王にも、アスランはそれと同じようなことをおっしゃったようです。もっとずっと前のことですけど。もしかなうことなら、ピーターは即座《そくざ》に飛《と》んでくるでしょう」

「それにしても暑いなあ、この太陽」ユースティスが口を開いた。「陛下《へいか》、塔《とう》はもうすぐですか？」

「あそこだ」ティリアンが指をさした。あまり遠くないところ、梢《こずえ》の上のほうに、灰色《はいいろ》の胸壁《きょうへき》[1]がそびえていた。そして、一分ほど歩くと、三人はひらけた草地に出た。草地には小川が流れており、小川の先にずんぐりとした四角い塔が見えた。窓《まど》はとても細い窓が少しあるだけで、三人のほうに向いている壁《かべ》に頑丈《がんじょう》そうな扉《とびら》が見えた。

ティリアンはあちこちにすばやく目を配り、敵《てき》の姿《すがた》がないことを確《たし》かめた。そのあと、塔のところまで歩いていって立ち止まり、細い銀鎖《ぎんぐさり》で首から下げていた鍵束《かぎたば》を狩猟衣《しゅりょうい》の下から引《ひ》っぱり出《だ》した。なかなかみごとな鍵ばかりで、二本は金色の鍵

1　城壁《じょうへき》などの最上部《さいじょうぶ》に設《もう》けた防御壁《ぼうぎょへき》。

YOUCHAN

だったし、ほかにも豪華《ごうか》な装飾《そうしょく》のついた鍵《かぎ》がたくさんあり、一目見ただけで、宮殿《きゅうでん》の神聖《しんせい》な秘密部屋《ひみつべや》を開ける鍵や王家の秘宝《ひほう》をおさめた香木《こうぼく》の宝箱《たからばこ》を開ける鍵であろうと想像《そうぞう》がついた。しかし、いまティリアンが塔《とう》の扉《とびら》にさしこもうとしている鍵は、大きくて飾《かざ》りのない素朴《そぼく》なものだった。鍵はなかなか回らず、少しのあいだ扉が開かないのではないかと不安《ふあん》になったが、なんとか鍵が回って、扉が重くきしんだ音をたてながら開いた。

「さあ、中へ」ティリアンが言った。「残念《ざんねん》ながら、ナルニア王として、いま賓客《ひんきゃく》をお迎《むか》えできる宮殿はこのような場所しかないが」

二人の子どもたちは、そんなこと気にしないでください、きっとすてきな場所だと思います、と答え、ティリアンは二人がきちんとしつけられているのを見てうれしく思った。

しかし実際《じっさい》、塔の中は「すてきな場所」とは言いがたい状態《じょうたい》だった。中は薄暗《うすぐら》く、ひどくじめじめと空気がよどんでいた。塔の内部は全体が一つの部屋になっていて、石造《いしづく》りの高い屋根がそのまま天井《てんじょう》だった。部屋の片《かた》すみに木製《もくせい》の階段《かいだん》があって、それを登りきって揚《あ》げ蓋《ぶた》を上げると、胸壁《きょうへき》に囲まれた塔《とう》の屋上に出られるようになっていた。壁《かべ》には粗末《そまつ》な寝棚《ねだな》がいくつか造《つく》りつけてあり、床《ゆか》にはたくさんの保管箱《ほかんばこ》や包《つつ》みが置《お》いてあった。暖炉《だんろ》もあったが、もう長いこと使われていないように見えた。

「まずとにかく外へ行って薪《まき》を集めてきたほうがいいんじゃない？」ジルが言った。

「いや、同志《どうし》よ、待たれよ」ティリアンが言った。武器《ぶき》を持たないで敵《てき》に出くわすことだけは避《さ》けるべきと考えたのだ。ティリアンは、それぞれの要塞《ようさい》の備品《びひん》を年に一度は点検《てんけん》して必要《ひつよう》なものがきちんと整っているようにしておいた用心に心の中で感謝《かんしゃ》しながら、保管箱を開けていろいろなものを探《さが》しはじめた。弓の弦《つる》は油を染《し》ませた絹《きぬ》の布《ぬの》できちんとおおわれていたし、剣《けん》や槍《やり》は錆《さ》びないように刃《は》に脂《あぶら》を塗《ぬ》ってあったし、鎧《よろい》かぶとはきちんと包まれていて金属《きんぞく》に曇《くも》りもなかった。しかし、もっといいものが見つかった。「ごらんあれ！」ティリアンは奇妙《きみょう》な模様《もよう》のついた丈《たけ》の長い鎖《くさり》かたびらを引っぱりだして、子どもたちの目の前で広げて見せた。

「陛下《へいか》、変《か》わった形の鎧ですね」ユースティスが言った。

「いかにも」ティリアンが答えた。「これは、ナルニアのドワーフたちが鍛冶《かじ》の腕《うで》をふるったものではない。カロールメンの鎖《くさり》かたびらだ。だから風変《ふうが》わりな形をしている。いつでも使えるように、カロールメンの鎧《よろい》も幾領《いくりょう》か用意してあるのだ。わたしや仲間《なかま》たちがティズロックの領地《りょうち》を人目につかずに歩きまわる必要《ひつよう》が生じた場合に備《そな》えて。それから、この石でできたびんの中身をごらんあれ。この中にはいっている汁《しる》を手や顔に塗《ぬ》ると、カロールメン人のごとく浅黒《あさぐろ》い肌《はだ》になる」

「すごい！」ジルが言った。「変装《へんそう》ね！　わたし、変装って大好《だいす》き」

ティリアンは二人の手のひらに少量《しょうりょう》の汁を出し、それを顔から首にかけて肩口《かたぐち》までくまなくなすりつけ、両手にも肘《ひじ》のところまでなすりつけるよう教え、自分も同じようにした。

「この汁がいったん乾《かわ》いたら、もう水で洗《あら》っても落ちることはない。油と灰《はい》を混《ま》ぜたものでこすらぬかぎり、白いナルニア人にはもどらないのだ。さて、それではジル姫《ひめ》よ、この鎖かたびらがそなたに合うかどうか、試《ため》してみよう。やや長すぎるようでもあるが、思ったほど悪くはない。これはタルカーンのそばに仕える小姓《こしょう》の鎖かたびらであったものと思われる」

鎖《くさり》かたびらを身につけたあと、三人はカロールメンのかぶとをかぶった。カロールメンのかぶとは頭にぴったりはまる小さな丸い形をしたもので、てっぺんに角《つの》みたいな長い突起《とっき》がついていた。そのあと、ティリアンは保管箱《ほかんばこ》から何やら白くて長い巻《まき》物《もの》のような布《ぬの》を取り出し、かぶとの上にぐるぐる巻《ま》きつけてターバンにした。かぶとのてっぺんについている角がターバンの真ん中から突《つ》き出《で》ていた。ティリアンとユースティスは刃《は》の湾曲《わんきょく》したカロールメンの三日月刀と小さな丸い盾《たて》も身につけた。ジルに扱《あつか》えるほど軽い三日月刀はなかったので、ティリアンはジルに刃が長くてまっすぐな狩猟用《しゅりょうよう》のナイフを持たせた。いざというときには、これでも剣《けん》のかわりになるかもしれない。

「姫《ひめ》よ、弓は使えるかな?」ティリアンがたずねた。

「たいしたことはありません」ジルが顔を赤らめて答えた。「スクラブはまあまあですけど」

「陛下《へいか》、ジルの言葉を信《しん》じちゃだめですよ」ユースティスが言った。「ぼくたち、この前ナルニアからもどって以来《いらい》、ずっと弓の練習をしてきたんです。いまでは、ジルはぼくと同じくらいの腕前《うでまえ》です。と言っても、二人ともたいしたことはありませんけど」

ティリアンはジルに弓を持たせ、矢のいっぱいはいった矢筒《やづつ》を与えた。次にやるべき仕事は、火をおこすことだった。塔《とう》の中は室内というより洞穴《ほらあな》と呼《よ》んだほうがいいような状態《じょうたい》で、震《ふる》えるほど寒かったからだ。しかし、薪《まき》を拾い集めるうちに、からだが温まった。太陽はいちばん高い位置《いち》まで昇《のぼ》っていた。いったん暖炉《だんろ》に火が勢《いきお》いよく燃《も》えはじめたら、塔の中もそれほど陰気《いんき》な眺《なが》めではなくなった。ただし、昼食はさえない料理《りょうり》だった。保管箱《ほかんばこ》の中から見つけた堅焼《かたや》きのビスケットを砕《くだ》いて沸騰《ふっとう》した湯に入れ、塩《しお》を加《くわ》えてお粥《かゆ》のようにしたものしか作れなかったからだ。もちろん、飲み物も水しかなかった。

「お茶の葉を持ってくればよかった」と、ジルが言った。

「それか、ココアとかね」ユースティスが言った。

「それぞれの塔にうまいワインを少しばかり備《そな》えておいても悪くなかったな」ティリアンが言った。

6　一夜《ひとよ》の大仕事《おおしごと》

それから四時間ほどたったころ、ティリアンは寝棚《ねだな》の一つに倒《たお》れこみ、わずかな睡眠《すいみん》をとることにした。二人の子どもたちはすでに寝息《ねいき》をたてていた。ティリアンは二人を自分よりも早く寝かせた。今夜はこのあとほぼ一晩《ひとばん》じゅう起きていなければならないし、子どもたちの年齢《ねんれい》では一睡《いっすい》もしないで朝まで起きているのは無理《むり》だとわかっていたからだ。それに、昼間の訓練《くんれん》で子どもたちは二人ともへとへとに疲《つか》れていた。最初《さいしょ》に、ティリアンはジルに弓の稽古《けいこ》をつけた。ジルの弓の腕前《うでまえ》は、ナルニアの水準《すいじゅん》で言えばたいしたことはないが、そう悪くもなかった。現《げん》に、ジルは首尾《しゅび》よくウサギをしとめた（もちろん〈もの言うウサギ〉ではない。ナルニアの西部には、ふつうのウサギがたくさん生息していた）。ウサギはすでに皮をはぎ、内臓《ないぞう》を抜《ぬ》いて、吊《つ》るしてあった。やらせてみると、子どもたちは二人とも冷たくて悪臭《あくしゅう》のする解体作業《かいたいさぎょう》のやりかたを心得《こころえ》ていた。リリアン王子の時代に〈巨人《きょじん》の国〉を通る大冒険《だいぼうけん》をしたときに、二人ともこうした仕事をおぼえたのだ。次に、ティリアンはユースティスに三日月刀と丸い盾《たて》の使いかたを教えた。ユースティスはその前の二回の冒険のあいだに剣術《けんじゅつ》をかなりおぼえたのだが、それはナルニアのまっすぐな剣を使った剣術であり、刃《は》の湾曲《わんきょく》したカロールメンの三日月刀は使ったことがなかったので、慣《な》れるまでがひと苦労《くろう》だった。ナルニア式の剣とカロールメン式の剣では剣の振《ふ》りかたからして大ちがいで、ナルニア式の長い剣を使っていたときの癖《くせ》を直すのはなかなかたいへんだったのだ。しかし、ティリアンが見たところ、ユースティスには目がよくて足さばきがすばやいという長所があった。子どもたちの体力に、ティリアンは驚《おどろ》いていた。実際《じっさい》、数時間前に初《はじ》めて会ったときとくらべても、すでに二人ともはるかに力強く、大きく、大人っぽくなっていた。わたしたちの世界からナルニアへ行った人間には、こうした変化《へんか》が往々《おうおう》にして起こるのである。

三人とも、まず何をおいても〈厩《うまや》の丘《おか》〉にとって返してユニコーンのジュエルを救《すく》い出《だ》さなければならない、という点で意見が一致《いっち》した。それが首尾《しゅび》よくいったら、そのあとは東へ逃《のが》れて、ケンタウロスのルーンウィットがケア・パラヴェルから率《ひき》いてくる小さな戦闘部隊《せんとうぶたい》と合流するのだ。

ティリアンのように戦闘や狩猟《しゅりょう》の経験《けいけん》を積《つ》んでいる人間は、起きようと決めた時《じ》刻《こく》に自然《しぜん》に目をさますことができる。その夜、ティリアンは九時まで眠《ねむ》ることに決め、心配ごとをすべて頭の中から追い出して、すぐに眠りについた。目がさめたときには、まだほんのわずかの時間しかたっていないように感じたが、光のぐあいやあたりの気配で、きっかり予定どおりの時刻に目ざめたことがわかった。ティリアンは寝棚《ねだな》から出て、かぶととターバンをつけたあと（鎖《くさり》かたびらは着たまま寝《ね》た）、二人の子どもたちを揺《ゆ》り起《お》こした。寝棚から下りてきた子どもたちは、ありていに言ってひどく寝ぼけた状態《じょうたい》で、あくびを連発《れんぱつ》していた。

「さあ、ここからまっすぐ北へ向かうぞ」ティリアンが言った。「ありがたいことに、今夜は星が出ている。それに、けさここまで来たときよりはずっと短い行程《こうてい》だ。けさは回り道をしたが、今夜はまっすぐ目的地《もくてきち》を目ざすからだ。もし誰何《すいか》[1]されたら、そなたたち二人は黙《だま》っていてくれ。わたしができるかぎり罰当《ばちあ》たりで残酷《ざんこく》で高慢《こうまん》なカロールメン貴族《きぞく》のふりをして答える。もしわたしが剣《けん》を抜《ぬ》いたら、そのときはそなたユースティスも同じく剣を抜くように。そしてジルは後方に下がり、弓に矢をつがえて構《かま》えるように。しかし、わたしが『退却《たいきゃく》』と叫《さけ》んだ場合には、二人とも全速でこの塔《とう》にもどること。けっしてその場に残《のこ》って戦《たたか》ってはならぬ。剣の一振《ひとふ》りもならぬぞ。はきちがえた勇気《ゆうき》のせいで有名な戦いに敗北《はいぼく》を喫《きっ》した例《れい》には事欠《ことか》かぬ。それでは、友よ、アスランの御名《みな》において、出発だ」

三人は冷《ひ》えびえとした夜空の下に出た。北の方角を示す星たちが木々の梢《こずえ》の上に明るく輝《かがや》いていた。ナルニアの世界では、北極星《ほっきょくせい》は〈穂先星《ほさきぼし》〉[2]と呼《よ》ばれていて、わたしたちの世界の北極星よりも明るい。

しばらくのあいだ、三人は〈穂先星〉をめざしてまっすぐ進むことができたが、そ

1　「何者だ、名を名乗れ（Who goes there?）」と声をかけること。
2　「穂先」は、槍《やり》の先端《せんたん》。

のうちに木々の枝《えだ》がびっしり絡《から》みあった林にぶつかり、針路《しんろ》をはずれて迂回《うかい》しなくてはならなくなった。そのあとも、いぜんとして頭上に木々の枝がかかっていたので、北の方角を見定めるのが難《むずか》しくなった。ここで実力を発揮《はっき》したのは、ジルだった。ジルは、イギリスではガールスカウトの優秀《ゆうしゅう》な団員《だんいん》だった。それに、言うまでもなく、〈北の無法地帯《むほうちたい》〉を何日もかけて旅したおかげでナルニアの星座《せいざ》を熟知《じゅくち》しており、〈穂先星《ほさきぼし》〉が見えなくても、ほかの星たちの位置《いち》から方角を割《わ》り出《だ》すことができた。三人のうちでジルがいちばん方向感覚《かんかく》に優《すぐ》れていることを見て取ったティリアンは、ジルを先頭に立たせて進むことにした。音をたてず気配も消してすいすいと進んでいくジルの後《うし》ろ姿《すがた》を見て、ティリアンはおおいに感心した。

「ライオンのたてがみにかけて！」ティリアンがユースティスにささやいた。「あの姫《ひめ》は、まさに森の申し子であるな。ドリュアスの血を引いていたとしても、あれほどにはできまい」

「すごく小柄《こがら》なことも有利《ゆうり》なんですよね」ユースティスがささやいた。しかし、前方から「しっ、静《しず》かに」とたしなめるジルの声がした。

森の中は、どこもかしこもひっそりと静《しず》まりかえっていた。いや、静まりすぎていた。ふだんなら、ナルニアの夜の森ではさまざまな音が聞かれるはずなのだ。「おやすみなさい！」と言うハリネズミの元気な声、頭上でホーホーと啼《な》くフクロウの声、どこかでフォーンたちがダンスを踊《おど》っているらしい遠い笛の音《ね》、地面の下でハンマーをふるうドワーフたちがたてる地響《じひび》きや槌音《つちおと》。しかし、いまはそれらすべてが沈黙《ちんもく》させられ、ナルニアの森は失望《しつぼう》と恐怖《きょうふ》に支配《しはい》されていた。

しばらく進むと丘《おか》の急な登りにさしかかり、木々がまばらになりはじめた。ティリアンの目に、見慣《みな》れた丘の頂《いただ》きや厩《うまや》がぼんやりと見えてきた。ジルはよりいっそう注意深く進んでいった。そして、手振《てぶ》りでほかの二人にも自分にならって行動するよう指示《しじ》した。やがてジルはぴたりと足を止め、ティリアンの目の前で徐々《じょじょ》に姿勢《しせい》を低《ひく》くして草むらに沈《しず》んでいき、音もたてずに姿《すがた》を消した。と思ったら、次の瞬間《しゅんかん》に立ちあがり、ティリアンの耳もとに口を近づけて、やっと聞き取れるくらいの小声でささやいた。「伏《ふ》えて。よく見える」ジルが「伏せて」のかわりに「伏えて」と言ったのは舌足《したた》らずな話しかたをしたわけではなく、「さ、し、す、せ、そ」の音がいちばん遠くまで聞こえてしまうことを知っていたからだ。ティリアンはすぐにその場に伏《ふ》せた。ジルと同じように音をたてずに腹《はら》ばいになったつもりだったが、ジルほどうまくはいかなかった。ティリアンはジルより体重が重いし、年もとっていたからだ。腹ばいになって目をこらすと、満天《まんてん》の星空を背景《はいけい》にして丘《おか》の輪郭《りんかく》がくっきりと見えた。丘の上には二つの黒い影《かげ》があった。一つは厩《うまや》の影、もう一つはそこから一メートルばかり前にいるカロールメン人の見張《みは》り番《ばん》だった。見張り番はずいぶんだらけた態度《たいど》に見えた。厩の周囲《しゅうい》を歩きまわるどころか、立ってもおらず、地面に腰《こし》をおろして槍《やり》を肩《かた》にかつぎ、あごを胸《むね》につけてうつむいていた。

「よくやった」ティリアンはジルに言った。ジルはまさにティリアンが知りたいと思っていたものを見せてくれたのだった。

二人は立ちあがり、ここから先はティリアンが先頭に立った。じりじりと、息をつめて、三人は小さな木のしげみまで前進した。見張り番が腰をおろしているところからわずか一〇メートル余《あま》りの距離《きょり》しかなかった。

「わたしがもどるまで、ここで待つように」ティリアンは二人の子どもたちに耳打ち

YOUCHAN

した。「もしわたしが失敗《しっぱい》したら、逃《に》げてくれ」そう言《い》い残《のこ》すと、ティリアンは大胆《だいたん》にも敵《てき》から丸見えの場所に姿《すがた》をさらし、ぶらぶらと歩いて出ていった。見張《みは》り番《ばん》はティリアンの姿に気づいてハッとし、急いで立ちあがろうとした。ティリアンを上《じょう》官《かん》の一人と思いこみ、腰《こし》をおろしていたことをとがめられると思ったのだ。しかし、見張り番が立ちあがる前にティリアンがかたわらに片膝《かたひざ》をつき、声をかけた。

「そなたはティズロック（御世《みよ》とこしえに！）の戦士《せんし》か？ ナルニアのけものや化け物ばかりの中で、そなたを見かけて心強いぞ。さあ、友よ、手を貸《か》してくれ」

カロールメンの見張り番は、何が何だかわからないままティリアンに右手をきつくつかまれたと思ったら、両足を相手の膝で押《お》さえつけられ、気がついたらのどもとに短剣《たんけん》がつきつけられていた。

「ひとことでも声をあげたら、命はないと思え」ティリアンが見張り番の耳にささやいた。「ユニコーンの居場所《いばしょ》を教えろ、そうすれば命は助けてやる」

「う、厩《うまや》の裏手《うらて》です、おお、わが主人《あるじ》よ」気《き》の毒《どく》な見張り番は言葉につっかえながら答えた。

「よし。立ちあがって、案内《あない》せよ」

見張《みは》り番《ばん》が立ちあがると、短剣《たんけん》の切っ先が首すじを這《は》うようにして位置《いち》を変《か》え（冷《つめ》たい感触《かんしょく》に肌《はだ》がむずむずした）、ティリアンが見張り番の背後《はいご》に回って、剣の切っ先を耳の下の急所に押《お》し当《あ》てた。見張り番はぶるぶる震《ふる》えながら厩《うまや》の裏手《うらて》へ回りこんだ。

あたりは真っ暗だったが、ティリアンにはすぐにジュエルの白い影《かげ》が見えた。

「しっ！」ティリアンが声をかけた。「声を出すな。そうだ、ジュエル、わたしだ。どこをどう縛《しば》られている？」

「足を四本まとめて縛られています。それから、くつわで厩の壁《かべ》についた輪《わ》っぱにつながれています」ジュエルの声が返ってきた。

「見張り番、ここに立て。壁に背中《せなか》をつけて。そうだ。ジュエル、角《つの》の先をこのカロールメン人の胸《むね》に当てておけ」

「御意《ぎょい》」ジュエルが答えた。

「こいつが動いたら、心臓《しんぞう》を刺《さ》し貫《つらぬ》け」ジュエルにそう指示《しじ》しておいて、ティリアンはものの数秒で愛馬《あいば》の縄《なわ》を切った。そして、その縄の切れ端《きはし》で見張り番の手足を縛りあげ、最後《さいご》に口を開けさせて草を口いっぱいにつめこみ、頭のてっぺんからあごにかけて縄《なわ》でぐるぐる巻《ま》きに縛《しば》って声が出せないようにしたあと、厩《うまや》の壁《かべ》によりかかるかっこうですわらせた。

「悪く思うなよ、見張《みは》り番《ばん》」ティリアンが言った。「こうする以外《いがい》にないのだ。また次に会うことがあったら、もう少しましな扱《あつか》いをしてやれるかもしれぬ。さ、ジュエル、音をたてぬよう、そっと進もう」

ティリアンは左腕《ひだりうで》をユニコーンの首にかけ、かがみこんで鼻先にキスをした。ティリアンもジュエルも大きな喜《よろこ》びに包《つつ》まれた。二人はできるだけ物音をたてないようにして、子どもたちを残《のこ》してきた場所へもどった。そこは木陰《こかげ》でほかの場所よりいっそう暗く、ティリアンは危《あや》ういところでユースティスにぶつかりそうになった。

「万事《ばんじ》うまくいった」ティリアンがささやいた。「一夜《ひとよ》の仕事としては、まあまあだ。さあ、もどろう」

二人は向きを変《か》えて歩きかけたが、そのときユースティスが声を出した。「ポウル、どこにいる?」返事はなかった。「陛下《へいか》、ジルは陛下のそちら側《がわ》にいるんですか?」

ユースティスがたずねた。

「なんと？」ティリアンが言った。「そなたの反対側《はんたいがわ》にいるのではないのか？」

二人とも、ぞっとした。が、叫《さけ》び声《ごえ》をあげるわけにもいかず、二人は可能《かのう》なかぎりの忍《しの》び声《ごえ》でジルの名を呼《よ》んだ。しかし、返事はなかった。

「わたしがいないあいだに、姫《ひめ》はそなたのそばを離《はな》れたのか？」ティリアンが聞いた。

「ここを離れる影《かげ》も見なかったし、音も聞いていません」ユースティスが答えた。

「でも、知らないうちにどこかへ行ってしまったのかも。ネコみたいにこそっと動けるやつだから。陛下《へいか》もごらんになったでしょう」

そのとき、遠くから太鼓《たいこ》の音が聞こえた。ジュエルが耳をそばだてて、「ドワーフです」と言った。

「ドワーフは信用《しんよう》ならぬ。敵《てき》かもしれぬし、そうでないかもしれぬ」ティリアンがつぶやいた。

「それとは別《べつ》に、ひづめの音も近づいてきます。もっとずっと近いところです」ジュエルが言った。

二人の人間とユニコーンは、その場に立ちつくした。警戒《けいかい》すべき相手が多すぎて、どうすればいいかわからなくなったのだ。ひづめの音はどんどん近づいてきた。と、すぐそばで、ささやき声がした。

「みんな、そこにいるの?」

なんと、それはジルの声だった。

「おまえ、いったいどこ行ってたんだよ?」ユースティスが怒《いか》りをこめた声でささやき返した。ジルのせいですっかり肝《きも》を冷《ひ》やしたのだ。

「厩《うまや》をのぞいてきたの」ジルの声は息を切らしたように聞こえたが、なんだか笑《わら》いたいのをがまんしているようにも聞こえた。

「なんだよ」ユースティスがうなるような声で言った。「笑いごとじゃないだろ、こっちはみんな――」

「陛下《へいか》、ジュエルは取りもどしましたか?」ジルがたずねた。

「ああ。ここにいる。そなたは何のけものを連《つ》れているのか?」

「あのお方ですよ」ジルが言った。「でも、とにかく、誰《だれ》かが目をさます前にここから遠ざかりましょう」そう言って、ジルはまた押《お》し殺《ころ》したような笑《わら》いをもらした。

みんな、すぐにジルの言うとおりに撤退《てったい》を始めた。すでに危険《きけん》な場所に長居《ながい》しすぎていたし、ドワーフたちの太鼓《たいこ》の音も近づいてきたように感じられたからだ。南へ向けて歩きはじめて何分かたったところで、ユースティスが口を開いた。

「あのお方って、どういう意味だよ？」

「にせもののアスランよ」ジルが言った。

「何と？」ティリアンが言った。「そなたはどこへ行ってきたのだ？　何をしたのだ？」

「陛下《へいか》、こういうわけなんです」ジルが話しはじめた。「陛下が見張《みは》り番《ばん》を片《かた》づけたのを見た直後に、わたし、思ったんです。あの厩《うまや》をのぞいてみたらどうだろう、って。中にほんとうは何がいるのか見てみよう、って。それで、わたし、這《は》って近づいていったんです。かんぬきは簡単《かんたん》にはずせました。もちろん厩の中は真っ暗で、ごくふつうの厩と変《か》わらないにおいがしました。それで、火をつけたら——信《しん》じられます？　厩の中にいたのは、ただの年とったロバだったんです。背中《せなか》にライオンの皮をくくりつけられたロバが一頭。わたし、ナイフを見せてロバに言いました、わたしといっしょに来てもらうから、って。実際《じっさい》にはナイフで脅《おど》す必要《ひつよう》なんかありませんでしたけどね。ロバは厩《うまや》暮《ぐ》らしに飽《あ》き飽《あ》きしていて、二つ返事でついてくるって言ったんです――そうよね、パズル?」

「驚《おどろ》いたな!」ユースティスが言った。「とにかく……びっくりだよ。さっきまで本気でおまえのこと怒《おこ》ってたし、いまだってみんなを置《お》き去《ざ》りにして自分一人でこっそり行ったのはひどいと思うけど、でも、とにかく――その、何が言いたいかって言うと――とにかく、文句《もんく》なしにすごいや。もしジルが男の子だったら騎士《きし》の称号《しょうごう》を授《さず》けられるところですよね、陛下《へいか》?」

「もし男《おのこ》だったならば、命令《めいれい》にそむいた罪《つみ》で鞭打《むちう》ちの刑《けい》だな」ティリアンが答えた。真《ま》っ暗闇《くらやみ》の中だったので、ティリアンが苦々しい顔をしていたのか、笑《わら》っていたのか、誰《だれ》にもわからなかった。直後に、金属《きんぞく》がこすれる音がした。

「何をなさるおつもりですか、陛下?」ジュエルが鋭《するど》い口調でただした。

「剣《けん》を抜《ぬ》いたのだ。呪《のろ》われたロバの首をはねてやる」ティリアンが冷酷《れいこく》な声で言った。

「姫《ひめ》よ、ロバから離《はな》れよ」

「お願《ねが》いです、そんなことしないで」ジルが言った。

「だめです、そんなこと。このロバが悪いんじゃないんですから。何もかも、大ザルが悪いんです。ロバは何もわかっていなかったんです。それに、とっても反省《はんせい》しています。気のいいロバで、名前はパズルって言うんです。わたし、ロバの首に抱《だ》きついています。離れるつもりはありませんから」

「ジルよ」ティリアンが言った。「そなたは、わたしの臣下《しんか》の中で最《もっと》も勇敢《ゆうかん》であり、かつまた森を最もよく知る者であるが、一方で、最も生意気で反抗的《はんこうてき》な者でもある。よろしい、ロバの命は助けるとしよう。ロバよ、何か申し開きすることはあるか？」

「あたしですか、陛下《へいか》？」ロバの声がした。「あたし、いけないことをしたんなら、ほんとにすまなかったと思っとります。大ザルが言うには、あたしがこういうかっこうをすることがアスランのご希望《きぼう》だってことだったもんで。大ザルが万事承知《ばんじしょうち》しておるもんだと思っとりました。あたしは大ザルみたいにりこうじゃないもんで。言われた通りにしただけです。あの厩《うまや》に閉《と》じこめられて、いいことなんかひとつもありませんでした。厩《うまや》の外で何が起こっておったのかも、知りません。大ザルは、夜にほんの一分か二分ばかり外に出してくれるだけで、水をくれるのさえ忘《わす》れられた日だって何日もありましたから」

「陛下《へいか》」ジュエルが口を開いた。「ドワーフたちがどんどん近づいてきております。連中《れんちゅう》と顔を合わせますか？　どうなさいます？」

ティリアンは少しのあいだ考えていたが、急に大声で笑《わら》いだした。そして、もうささやくような小声ではなく、ふつうの声で言った。「ライオンの名にかけて。なんとまあ、われながら頭の鈍《にぶ》いことよ！　連中と顔を合わせる？　もちろん、そうしよう。いまとなっては、誰《だれ》と顔を合わせようと平気だ。このロバという証拠《しょうこ》があるからな。連中がこれまで恐《おそ》れ敬《うやま》ってきたものの正体が何なのか、見せてやろうではないか。大ザルの悪だくみがどういうことだったのか、秘密《ひみつ》をあばいてやろう。これで形勢《けいせい》逆転《ぎゃくてん》だ。あすになったら、あの大ザルめをナルニアでいちばん高い木から吊《つ》るしてやる。もう小声で話す必要《ひつよう》はないし、こそこそ隠《かく》れまわる必要もないし、変装《へんそう》も必要ない。さあ、正直なドワーフたちはどこにいる？　いい知らせを聞かせてやろう」

それまで何時間もずっと小声でささやきあっていたあとでは、ふつうの声でしゃべるだけでも、おおいに士気《しき》が上がるものだ。一行《いっこう》はふつうの声でしゃべり、笑《わら》いあった。パズルでさえ頭を高く上げて、「ホーヒーホーヒィヒー」と盛大《せいだい》にいなないた。大ザルに禁止《きんし》されてずっとがまんしていたことだ。そのあと、一行は太鼓《たいこ》の音がするほうへ向かって歩きはじめた。太鼓の音はしだいに大きくなり、まもなく松明《たいまつ》の光も見えるようになった。一行は〈街灯《がいとう》の荒《あ》れ地《ち》〉を横切るでこぼこ道（イギリスだったら、こんな道は「道」とは呼ばないだろう）に出た。見ると、道のむこうから三〇人ばかりのドワーフたちが力強い足取りで行進してきた。みんな小ぶりの鋤《すき》や鍬《くわ》を肩《かた》にかついでいる。行列の先頭には武器《ぶき》を持ったカロールメン兵《へい》が二人つき、最後尾《さいこうび》にも二人のカロールメン兵がつきそっていた。

「止まれ！」ティリアンが道の真ん中に踏《ふ》み出《だ》して、大声で叫《さけ》んだ。「止まれ、兵士《へいし》ども。このナルニアのドワーフたちを、どこへ連《つ》れていくのだ？　誰《だれ》に命令《めいれい》された？」

7　ドワーフの本性《ほんしょう》

行列の先頭にいた二人のカロールメン兵《へい》は、目の前に現《あらわ》れたのが武装《ぶそう》した二人の小姓《こしょう》を従《したが》えたカロールメンの大貴族《だいきぞく》すなわちタルカーンだと思って、足を止め、敬《けい》礼《れい》のかわりに手にしていた槍《やり》を高く掲《かか》げた。

「おお、わが主人《あるじ》よ」カロールメン兵の一人が口を開いた。「われらは、このチビどもをカロールメンへ連行《れんこう》するところであります。ティズロック（御世《みよ》とこしえに！）の鉱山《こうざん》で働《はたら》かせるためであります」

「偉大《いだい》なるタシュの名にかけて、なかなかおとなしい者どもであるな」ティリアンは兵士《へいし》たちにそう言葉を返したあと、さっとドワーフたちのほうへ向きなおった。ドワーフたちは六人に一人くらいが松明《たいまつ》を持っていたので、ゆらめく明かりの中でティリアンはドワーフたちの表情《ひょうじょう》を見ることができた。ひげだらけの顔、顔、顔が険《けわ》しく強情《ごうじょう》そうな面《つら》がまえでティリアンを見つめていた。「ドワーフよ、そなたたちはティズロックとの戦《たたか》いに敗《やぶ》れて征服《せいふく》されたのか？」ティリアンはドワーフたちに問いかけた。「それゆえ、唯々諾々《いいだくだく》としてプグラハンの岩塩坑《がんえんこう》で死ぬまで働《はたら》かされに行くのか？」

二人のカロールメン兵《へい》は驚《おどろ》いてティリアンをにらみつけたが、ドワーフたちは口々にこう答えた。「アスランの命令《めいれい》だ。アスランの命令なんだ。アスランがおれたちを売りとばしたんだ。アスランが相手じゃ、どうしようもない」

「ティズロックだと！」一人のドワーフがそう言って、つばを吐《は》いた。「ティズロックなんぞにできるもんなら、やってみろってんだ」

「黙《だま》れ、犬ども！」カロールメン兵の隊長《たいちょう》が言った。

「これを見よ！」ティリアンはそう言いながらパズルを明るいところへ引き出した。

「何もかも偽《いつわ》りであったのだ。アスランがナルニアに現《あらわ》れたなど、真っ赤なうそだ。そなたたちは大ザルにだまされておったのだ。大ザルが厩《うまや》から引き出してみんなに見せておったのは、こいつだったのだ。よく見るがいい」

ドワーフたちは目の前に引き出されたものをじっくり見て、なぜ自分たちはこんなものにだまされたのだろうか、と思った。ライオンの皮はパズルが厩《うまや》に閉《と》じこめられていたあいだにすでにかなりよれよれになっており、そのあと暗い森を通って逃《に》げてくるあいだにあちこちにぶつかって脱《ぬ》げかけていた。ライオンの皮の大部分は、ひとかたまりになってロバの肩《かた》にかろうじて乗っていた。ライオンの頭は、横向きに傾《かたむ》いたうえに、どういうわけかずいぶん後ろのほうへ押《お》しやられて、いまでは誰《だれ》の目にも愚《おろ》かしくおとなしいロバの顔が丸見えだった。おまけに、ロバの口の端《はし》からは食べかけの草がのぞいていた。ここまで連《つ》れてこられるあいだに、こっそりと草をつまみ食いしていたのだ。ロバは「あたしのせいじゃないよ、あたしゃ頭がよくないんだ。あたしがあのお方だなんて、そんなこといっぺんも言っちゃいないよ」とつぶやいていた。

少しのあいだ、ドワーフたちは全員が口をぽかんと開けてパズルを見つめていたが、そのときカロールメン兵《へい》の一人が鋭《するど》い口調でただした。「タルカーン様、頭がどうかしたのですか？　奴隷《どれい》たちに何をするのです？」もう一人の兵士《へいし》も、「おい、おまえは何者だ？」と言った。二人とも、敬礼《けいれい》がわりに掲《かか》げていた槍《やり》を下ろし、穂先《ほさき》をティリアンに向けていた。

「合言葉を言ってみろ」隊長《たいちょう》の兵士が言った。

「わたしの合言葉は、これだ」と言いながら、ティリアン王が剣《けん》を抜《ぬ》いた。「光きざし、い、い、いうそあばかれり。いざ尋常《じんじょう》に勝負せよ、邪教《じゃきょう》の信者《しんじゃ》め。われこそはナルニアの王ティリアンなり」

ティリアンは電光石火の速さで隊長に斬《き》りかかった。ユースティスもティリアン王にならって剣を抜いていたので、もう一人の兵士に向かって突進《とっしん》した。ユースティスの顔は真っ青だったが、それを云々《うんぬん》するのは酷《こく》というものだろう。ともあれ、ユースティスは初心者《しょしんしゃ》にありがちな幸運に恵《めぐ》まれた。午後の稽古《けいこ》でティリアンから教わった三日月刀の使いかたはすっかり忘《わす》れてしまっていたが、とにかくめったやたらに相手に斬りかかって（おそらく目をつむって剣を振《ふ》りまわしたのだろう）、気がついたら、なんと驚《おどろ》いたことに、相手のカロールメン兵が死んで自分の足もとに倒《たお》れていたのだ。それはそれでひと安心だったものの、その場面ではほっとするよりぎょっとした気もちのほうが強かった。ティリアン王の斬《き》りあいも、一、二秒後には終わった。王も相手を斬《き》り殺《ころ》し、ユースティスに「あとの二人に気をつけろ！」と叫《さけ》んだ。

しかし、残《のこ》りのカロールメン兵《へい》二人はドワーフたちが片《かた》づけたあとだった。これで敵《てき》はいなくなった。

「よくやったぞ、ユースティス！」ティリアンが大声をあげ、ユースティスの背中《せなか》をたたいた。「さあ、ドワーフよ、そなたたちはもう自由の身だ。あす、わたしはそなたたちを率《ひき》いて、ナルニア全土を解放《かいほう》しようと思う。アスランに万歳三唱《ばんざいさんしょう》だ！」

しかし、ドワーフたちの反応《はんのう》はまったくの期待はずれだった。ほんの数人（五人ほど）がお愛想《あいそ》で万歳を口にしただけで、声はすぐに消えてしまった。ほかの何人かは不《ふ》きげんなうなり声をあげ、大多数は何も言わなかった。

「あの人たち、わからないのかしら」ジルがじれったそうに言った。「あなたたちドワーフは、どうしちゃったの？　王様の言葉が聞こえないの？　何もかも終わったのよ。大ザルは、もうナルニアを好《す》きなようにはできないの。みんな、ふつうの暮《く》らしにもどれるのよ。また楽しいことができるのよ。うれしくないの？」

一分近い沈黙《ちんもく》のあとで、髪《かみ》もひげも煤《すす》のように真っ黒であまり人相のよくないドワーフが口を開いた。「それで、あんたは何者《なにもん》なんだね、嬢《じょう》ちゃんよ？」

「わたしはジル。魔法《まほう》にかけられていたリリアン王を救《すく》い出《だ》したのと同じジルよ。こちらのユースティスもいっしょにリリアン王を助けたの。わたしたち、何百年もたって、別《べつ》の世界からまたナルニアへ来たの。アスランがわたしたちを遣《つか》わしたのよ」

ドワーフたちはたがいに顔を見合わせ、にやにやしていた。それは楽しそうな笑《わら》いではなく、相手を小馬鹿《こばか》にしたような笑いかただった。

「ふん」グリフルという名の黒ドワーフが言った。「あんたらがどう思っとるかは知らんが、わしはもうアスランの名前は聞きあきた」

「そうだ、そうだ」ほかのドワーフたちがぶつぶつ言った。「そんなものは、でっち上げだ。とんだうそっぱちだ」

「何を言う！」ティリアンが声を荒《あら》らげた。さっきカロールメン兵《へい》と斬《き》りあっていたときは顔色ひとつ変《か》えなかったのに、いまは顔面蒼白《そうはく》になっている。さぞ感動的《かんどうてき》な場面になるだろうと思ったものが、感動どころか悪夢《あくむ》に変《か》わろうとしていた。

「あんた、おれたちなんぞ簡単《かんたん》に丸めこめると思っとるんだろう。そうにちがいない」グリフルが言った。「おれたちがいっぺんだまされたから、すぐにまただませると思っとるんだろうが、おれたちゃアスランの話なんかもうたくさんだ。そいつを見ろ！　ただの耳の長い老《お》いぼれロバじゃないか！」

「なんと。おまえたちの言い分を聞いておると、頭がおかしくなりそうだ」ティリアンが言った。「こんなものをアスランだと言ったのは、おまえたちと、わたしと、どちらなのだ？　これは大ザルが作った偽《にせ》のアスランだ。そんなことさえわからぬのか？」

「で、あんたはもっとましな偽物《にせもの》を見せてくれようってわけか！」グリフルが言った。「もうたくさんだ。一度だまされりゃ、たくさんだ。二度とだまされるもんか」

「わたしがそなたたちをだましたのではないぞ」ティリアンが怒《おこ》って言った。「わたしはまことのアスランに仕える者だ」

「そのアスランは、どこにいるんだ？　何者なんだ？　おれたちの目に見せてみ

YOUCHAN

ろ！」何人かのドワーフが声をあげた。

「そなたたちは、わたしがアスランをかばんに入れて持ち歩いているとでも思っておるのか、愚《おろ》か者《もの》め！」ティリアンが言った。「わたしのごとき者が思いのままにアスランを呼《よ》び出《だ》せるとでも思うのか？　アスランは誰《だれ》かの言いなりになるようなライオンではないのだぞ」

その言葉を口にした瞬間《しゅんかん》、ティリアンはしまったと思った。ドワーフたちは、たちまちからかうような口調で「言いなりにゃ～、な、ら、ん。言いなりにゃ～、な、ら、ん」と節《ふし》をつけてはやしたてはじめたのだ。「あっちの連中《れんちゅう》も、そういうふうに言っとったわな」ドワーフの一人が言った。

「あなたたち、本物のアスランを信《しん》じないと言うの？」ジルが言った。「でも、わたしはアスランに会ったのよ。それに、アスランがわたしたち二人を別《べつ》の世界からこのナルニアへ遣《つか》わしたんだから」

「ほう」グリフルがにんまり笑《わら》って言った。「それがあんたの言い分かね。そう言うように仕込《しこ》まれたのか。教えられたとおりにしゃべっとるだけだろう？」

つもりか」
「このクズめ！」ティリアンがどなった。「姫《ひめ》に面と向かってうそつき呼《よ》ばわりする
「ものの言いかたに気をつけてくださいよ、旦那《だんな》」グリフルが言い返した。「わしら
は、もう王様なんてもんはいりませんわ。もしおたくがティリアンなら、って話です
けどね。どう見ても、そうは見えんが。わしらは王様もいらん、アスランもいらん。
これからは、自分らのことは自分らで決めるんだ。誰《だれ》にも頭を下げるつもりはない。
わかったか？」
「そのとおりだ」ほかのドワーフたちも言った。「自分らのことは、自分らで決める。
アスランはいらん、王様もいらん、ほかの世界なんてくだらん話もたくさんだ。ド
ワーフはドワーフだけでやっていく」ドワーフたちは隊列《たいれつ》にもどり、やってきた方向
へ帰っていこうとした。
「おい、チビども！」ユースティスが言った。「岩塩坑《がんえんこう》に送られずにすんだのに、あ
りがとうのひとこともないのか？」
「見えすいたことを言うな」グリフルが肩《かた》ごしにふりかえって言った。「あんたらも、

おれたちを利用《りよう》したかっただけだろう。だから、おれたちを助けたんじゃないのか？そっちにはそっちの腹《はら》づもりがあったんだろうが。さ、行くぞ、みんな」

ドワーフたちは太鼓《たいこ》の音に合わせて風変《ふうが》わりな行進の歌を歌いながら、靴音《くつおと》高く暗《くら》闇《やみ》の中へ消えていった。

ティリアンと仲間《なかま》たちは、去っていくドワーフたちの後《うし》ろ姿《すがた》をじっと見送った。そのあと、ティリアンはひとことだけ「行こう」と言って、歩きだした。

みんな黙《だま》りこくったまま歩いた。パズルはまだ面目《めんぼく》ない気もちが強かったし、一方で、何がどうなっているのか、いまひとつ理解《りかい》できていなかった。ジルは、ドワーフたちにとことん愛想《あいそ》がつきた一方で、ユースティスがカロールメン兵《へい》を倒《たお》した手柄《てがら》にすっかり圧倒《あっとう》されて、気後《きおく》れした気分になっていた。ユースティスはというと、まだ心臓《しんぞう》の動悸《どうき》がおさまらなかった。ティリアンとジュエルは並《なら》んでしょんぼりと最後尾《さいこうび》を歩いていた。王はユニコーンの肩《かた》に腕《うで》を回し、ユニコーンはときおり王の頬《ほお》に柔《やわ》らかい鼻先をすりよせた。おたがい言葉でなぐさめあう必要《ひつよう》はなかったし、なぐさめになる言葉もなかった。ティリアンは、大ザルが偽《にせ》のアスランを仕立てあげた結果《けっか》としてナルニアの民《たみ》が本物のアスランすら信《しん》じなくなるような事態《じたい》が起ころうとは夢《ゆめ》にも思わなかった。何にだまされていたのかを見せてやればドワーフたちは即座《そくざ》に自分たちの側《がわ》につくにちがいない、と考えていた。そうしたら、次の夜にドワーフたちを率《ひき》いて〈厩《うまや》の丘《おか》〉に向かい、パズルの姿《すがた》をナルニアの民全員の目にさらせば、みんな大ザルに反旗《はんき》をひるがえし、おそらくカロールメン兵《へい》とのあいだで多少の小ぜりあいはあろうが、すべてが丸くおさまるだろうと読んでいた。しかし、こうなってみると、何ひとつあてにできるものなどない気がした。ほかにどれくらいのナルニアの民がドワーフと同じように離《はな》れていくだろうか？

「誰《だれ》か、後ろからついてくるみたいなんですけど」とつぜんパズルが声を出した。

一行《いっこう》は足を止め、耳をすました。たしかに、サクサクと小さな足音が後方から近づいてきていた。

「何者だ、名を名乗れ！」ティリアン王が大声で誰何《すいか》した。

「わたしです、陛下《へいか》」声がした。「ドワーフのポギンです。やっといま、ほかの連中《れんちゅう》から離れてきたんです。わたしは陛下の味方です。そして、アスランの側につきます。

わたしの手にドワーフ用の剣《けん》を持たせてくれたら、いちはやく喜《よろこ》んで正しい側《がわ》のために戦《たたか》います」

みんなドワーフのまわりに集まり、ポギンを歓迎《かんげい》し、ほめたたえ、背中《せなか》をたたいてねぎらった。もちろん、たった一人のドワーフが味方についたところで、たいしたちがいはない。けれども、たった一人でも、みんなぜかおおいに元気がわいてきた。一行《いっこう》は意気揚々《いきようよう》と歩きはじめた。ただし、ジルとユースティスの元気は長くは続《つづ》かなかった。二人とも口が裂《さ》けそうなくらいの大あくびを連発《れんぱつ》し、疲《つか》れすぎてベッドのこと以外《いがい》は何も考えられなかったのだ。

一行が塔《とう》にもどったのは、夜が明ける直前の、空気が最《もっと》も冷《つめ》たくなる時刻《じこく》だった。もし食事がすでに用意されていたとしたら、みんな喜んで食べただろうが、料理《りょうり》の手間と時間を考えると、これから食事を作ろうという気にはとうていなれなかった。みんなは小川で水を飲み、顔をさっと洗《あら》っただけで寝棚《ねだな》に倒《たお》れこんだ。パズルとジュエルは外のほうが気もちがいいと言って、外で寝《ね》ることにした。たしかに、ユニコーンと太り気味の大きなロバが塔の中にいたのでは、ずいぶん狭苦《せまくる》しく感じられたにちがいない。

ナルニアのドワーフは身長は一二〇センチたらずしかないが、その大きさにしては体力と腕力《わんりょく》においてほかのどんな生き物にも劣《おと》らない強さがあった。だから、ポギンはたいへんな一日を過《す》ごし、夜も遅《おそ》くまで起きていたにもかかわらず、翌朝《よくあさ》には元気いっぱいで誰《だれ》よりも先に寝床《ねどこ》から起きだした。そして、すぐにジルの弓と矢を持って外へ出ていき、モリバトを二羽《わ》しとめてきた。そのあと、ポギンは戸口に腰《こし》をおろし、ジュエルやパズルとおしゃべりしながらハトの羽根をむしった。パズルは、けさはずっと元気そうに見え、気分もよさそうだった。ジュエルはあらゆる生き物のなかでもとりわけ気高《けだか》くて心の細やかなユニコーンだったので、パズルに対してもとても親切で、二人が共通《きょうつう》に理解《りかい》できる牧草《ぼくそう》のこと、砂糖《さとう》のこと、ひづめの手入れのしかたなどを話題にした。一〇時半近くになってジルとユースティスがあくびをしたり目をこすったりしながら塔《とう》から出てきたとき、ドワーフは二人に〈ワイルド・フレズニー〉という名のナルニアの野草が群生《ぐんせい》している場所を教えた。この野草はわたしたちの世界のスイバに似《に》ているが、料理《りょうり》すると、スイバよりずっとおいしい味になる

（完璧《かんぺき》な味にするには少々のバターとコショウが必要《ひつよう》なのだが、このときはそれはなかった）。そんなこんなで、朝ごはん用にというか昼ごはん用にというか、どちらと呼《よ》ぶかは読者のみなさん次第《しだい》だが、とびきりおいしそうなシチューの材料《ざいりょう》がそろった。ティリアンは斧《おの》を手に森の少し奥《おく》まではいっていって、薪《まき》にする枝《えだ》を集めてきた。シチューを煮込《にこ》むあいだに――それは、とほうもなく長い時間に感じられた。とくに、できあがりが近づくにつれて、おいしそうなにおいがどんどん強くなっていったので――ティリアン王はポギンのためにドワーフ・サイズの武具《ぶぐ》一式を見つけた。鎖《くさり》かたびら、かぶと、盾《たて》、剣《けん》、剣帯《けんたい》、短刀。そのあと、王はユースティスの剣を点検《てんけん》したが、ユースティスがカロールメン兵《へい》を斬《き》ったあと血まみれの剣をそのまま鞘《さや》におさめていたことがわかり、ユースティスは王に叱《しか》られて、剣をきれいに拭《ぬぐ》って磨《みが》くよう教えられた。

そのあいだじゅう、ジルはうろうろ歩きまわり、シチュー鍋《なべ》をかきまぜたり、外で満足《まんぞく》そうに草を食《は》んでいるロバとユニコーンを眺《なが》めたりして過《す》ごした。昼になるまでのあいだ、ジルは自分も草を食べられたらいいのにと何度思ったことだろう！

食事ができあがったときには、みんな待った甲斐《かい》があったと思った。シチューは全員が二杯目《はい》をおかわりできるほどたっぷりあった。お腹《なか》いっぱい食べたあと、三人の人間とドワーフは塔《とう》の戸口に腰《こし》をおろし、四本足の動物たちは人間と向かいあう形で地面に伏《ふ》せ、ドワーフがジルとティリアンの許可《きょか》を得《え》てからパイプに火をつけたところで、ティリアン王が口を開いた。

「さあ、ポギンよ、そなたはおそらく、わたしたちよりも敵《てき》のことをよく知っておるだろう。知っておることを、すべて聞かせてほしい。まず最初《さいしょ》に、わたしが逃《に》げたことについては、どういう話になっていた?」

「とんでもない悪知恵《わるぢえ》で話がでっちあげられておりました、陛下《へいか》」ポギンが言った。「みんなに話をして聞かせたのは、ネコのジンジャーです。おそらく話をでっちあげたのもジンジャーのやつでしょう。陛下、このジンジャーというネコは正真正銘《しょうしんしょうめい》の悪党《あくとう》です。ジンジャーは、こういう話をしたんです。自分はティリアン王が縛《しば》りつけられている木の前を通りかかった、そしたら――陛下、失礼《しつれい》をお許《ゆる》しください――ティリアン王が大声でアスランをののしり、悪態《あくたい》を吐《は》きちらしていた、と。『あたしなんか、ちょっと口にするのもはばかられるような言葉でしたよ』なんて言ったんですよ。すました顔で、しれっと。ネコってやつはその気になればそういう芸当《げいとう》ができるんです、陛下《へいか》もご存《ぞん》じでしょうが。それから、ジンジャーはこう言いました。とつぜん稲光《いなびかり》がしてアスランその人が姿《すがた》を現《あらわ》したと思ったら、ひとくちで王様を飲みこんでしまったんだ、と。けものたちはみんな、これを聞いて震《ふる》えあがりました。その場で気絶《きぜつ》した者もおりました。もちろん、大ザルのやつめも口裏《くちうら》を合わせて、こう言いました。それ見たか、アスランにたてつく者はこうなるのだ、みんなよくおぼえておくがよい、と。哀《あわ》れな動物たちは、泣《な》き声《ごえ》をあげたり鼻をくすんくすん鳴らしたりして、わかりました、わかりました、と言いました。そういうわけで、けっきょく、陛下が脱走《だっそう》されたことを知っても、みんなは、いまでもまだ陛下に味方する忠義《ちゅうぎ》な者たちが残《のこ》っているというふうには考えず、ますます大ザルを恐《おそ》れて大ザルの言うなりになっただけだったのです」

「なんたる悪知恵《わるぢえ》だ！」ティリアンが言った。「つまり、このジンジャーというネコが大ザルにあれこれと入れ知恵をしておるわけだな」

「いえ、陛下《へいか》、いまではもう大ザルのほうがネコにいいように使われていると言ったほうが当たっているかもしれません」ドワーフが答えた。「大ザルは酒におぼれるようになってしまいましたから。わたしの見るところ、いまでは筋書《すじが》きはほとんどジンジャーもしくはリシュダが書いていると思います。リシュダというのは、カロールメンの指揮官《しきかん》のことです。それと、わたし、思うんですけども、ドワーフたちが陛下にあんなあさましい態度《たいど》を見せたのも、ジンジャーがドワーフに吹《ふ》きこんだ話がおもな原因《げんいん》じゃないかと思うんです。どういうことか、お話しします。おととい の夜のこと、例《れい》のおどろおどろしい真夜中の集会が終わった直後のことでした。わたしは家に帰るとちゅうだったんですが、集会の場所にパイプを忘《わす》れてきたことに気づいたんです。上等のパイプでむかしから愛用《あいよう》してたものだったんで、わたしは集会の場所にもどって探そうと思いました。ところが、集会ですわってた場所までもどる前に（あたりは真《ま》っ暗闇《くらやみ》でした）、『ミュウ』というネコの声が聞こえたんです。すると、カロールメン人の声が『ここだ……隠密《おんみつ》に』と応《おう》じるのが聞こえました。わたしはその場で凍《こお》りついたように固《かた》まりました。その声は、ネコのジンジャーと、リシュダ・タルカーンと呼《よ》ばれる指揮官《しきかん》の男でした。『高貴《こうき》なるタルカーン様』と、ネコは猫なで声《ごえ》で言いました。『念《ねん》のために確認《かくにん》しておきたいのですがね、きょうの、アスランがタシュ以上のものではないという話のことです』『もちろんだ、抜《ぬ》け目《め》なきネコ殿《どの》。わたしの意図するところはおわかりだと思うが』と、タルカーンが言いました。『とおっしゃいますと、つまり、タシュにせよアスランにせよ、そんなものはいやしない、ということですね？』と、ジンジャーが言いました。『ものわかりのよい者たちは、みな承《しょう》知《ち》しておることだ』と、タルカーンが言いました。『それなら、わたしらは同じ考えということですね』ネコがのどを鳴らしました。『それにしても、あの大ザル、少々うっとうしくなってきたと思いませんか？』『愚《おろ》かで強欲《ごうよく》なサルめ』タルカーンが応《おう》じました。『しかし、いましばらくのあいだ、やつを利用《りよう》しなければならぬ。そなたとわたしが秘密裏《ひみつり》にすべてを企《くわだ》てて、大ザルを思いどおりに動かすのだ』『ひとつ、わたしに考えがあるんですけどね』と、ジンジャーが言いました。『ナルニアの民《たみ》のなかで、ものわかりのよい者を何人か選《えら》んで、われわれの計画に引き入れてはどうか、と。これぞと思われる者を、一人ずつ。というのも、アスランを本気で信《しん》じているけ

YOUCHAN

ものたちは、いつなんどき反抗《はんこう》に転じるか、わかりませんからね。大ザルのバカめが秘密《ひみつ》をもらすようなヘマをすれば、そうなることは目に見えています。でも、タシュもアスランも信じておらず、自分たちの利益《りえき》やナルニアがカロールメンの属州《ぞくしゅう》になったあかつきにティズロックがもたらしてくれるであろう恩恵《おんけい》のことしか頭にない連中《れんちゅう》ならば、信用《しんよう》できます』『よくよく頭の切れるネコであるな』指揮官《しきかん》が言いました。『ただし、慎重《しんちょう》に選《えら》べよ』と」

ドワーフが話しているあいだに、空もようが一変《いっぺん》したように見えた。みなが戸口に腰《こし》をおろしたときには太陽が照《て》っていたのだが、いま、パズルが身震《みぶる》いをした。ジュエルも不安《ふあん》そうに顔の向きを変《か》えた。ジルが空を見上げた。

「曇《くも》ってきたわね」ジルが言った。

「それに、とっても寒いです」パズルが言った。

「ライオンの御名《みな》にかけて、たしかに寒いな」ティリアンが両手に息を吹《ふ》きかけた。

「それに、うっ！　このひどいにおいは何だ？」

「うへっ！」ユースティスが息をつまらせた。「何か死んだもののにおいみたいだ。

どっかに死んだ鳥でも転がってるのかな？　でも、なんで、いままで気がつかなかったんだろう？」

そのとき、ジュエルががばっと立ちあがり、角《つの》で指《さ》し示《しめ》した。

「ごらんください！」ジュエルが叫《さけ》んだ。「あれを！　あれをごらんください！」

その場にいた全員が、その方向を見た。そして、誰《だれ》もが愕然《がくぜん》とした表情《ひょうじょう》になった。

8　ワシがもたらした知らせ

空き地の向《む》かい側《がわ》、薄暗《うすぐら》い木立ちの中を、何かが動いていた。それは、とてもゆっくりとした速度で北へ向かって滑《すべ》るように移動《いどう》していた。一見したところ、煙《けむり》のようにも思われた。灰色《はいいろ》で、先が透《す》けて見えたからだ。しかし、屍肉《しにく》のようなにおいは煙のにおいではなかった。それに、この何かは煙のように風にたなびいたり渦《うず》を巻《ま》いて立ちのぼることはなく、輪郭《りんかく》を保《たも》っていた。ざっと見たところでは人間に似《に》た形だが、首から上は鳥の頭だった。けものを食らう猛禽類《もうきんるい》の頭部で、残忍《ざんにん》な形に湾曲《わんきょく》したくちばしがついていた。腕《うで》は四本あり、その四本の腕を頭より高く構《かま》えて北の方角へ伸《の》ばし、まるでナルニア全体をつかみ取ろうとしているように見えた。ぜんぶで二〇本ある指はくちばしと同じように鋭《するど》く曲がっていて、先端《せんたん》は人間の爪《つめ》のようではなく、長くてとがった鳥のかぎ爪《づめ》になっていた。その何かは歩くのではなく草の上を漂《ただよ》うように移動《いどう》していき、それが通った下は草が枯《か》れたように見えた。

そのものを一目見たとたん、パズルは悲鳴に似《に》たいななきをあげて塔《とう》の中へ逃《に》げこんでしまった。ジルが臆病者《おくびょうもの》でないことは読者諸君《しょくん》もご承知《しょうち》と思うが、そのジルでさえ、恐《おそ》ろしいものを見られなくて両手で顔をおおってしまった。ほかの者たちは、おそらく一分ほどのあいだ、その黒い影《かげ》を見つめていた。そのうちに、黒い影は右手のほうの木々がうっそうとしげるあたりへすーっと移動していき、見えなくなった。するとふたたび太陽が姿《すがた》を見せ、鳥も歌いはじめた。

みんなふつうに息ができるようになり、手足を動かした。黒い影が見えていたあいだ、誰《だれ》もが石像《せきぞう》になったように身じろぎひとつしなかったのだ。

「……何だったんだろう？」ユースティスが小声で言った。

「前に一度だけ見たことがある」ティリアンが言った。「しかし、そのときは石に刻《きざ》まれていて、金箔《きんぱく》が貼《は》ってあって、両目にダイヤモンドの粒《つぶ》がはまっていた。わたしがそなたの年にも満《み》たぬころで、タシュバーンにあるティズロックの宮廷《きゅうてい》に招《まね》かれ

YOUCHAN

たときだった。そのとき、ティズロックに連《つ》れられてタシュの大神殿《だいしんでん》に行った。そこで見たのだ、祭壇《さいだん》の上に飾《かざ》られた石の彫《ほ》り物《もの》を」

「ということは……ということは、あれはタシュ……？」ユースティスが言った。

しかし、ティリアンはその質問《しつもん》には答えず、ジルの背中《せなか》に腕《うで》を回して、「姫《ひめ》、だいじょうぶかな？」と声をかけた。

「え……ええ、だいじょうぶです」ジルは真っ青な顔をおおっていた手を下ろし、むりに笑顔《えがお》を作ろうとした。「だいじょうぶです。ちょっと気分が悪くなっただけで」

「どうやら、ほんとうにタシュの神はいるようですね」ユニコーンが言った。

「そうですね」ドワーフが言った。「愚《おろ》かな大ザルめ、タシュなど信《しん》じてはおらぬようだが、望《のぞ》んだ以上《いじょう》の結果《けっか》を食らうことになったわけですな！　タシュの名を口にしたら、まさかの本物が現《あらわ》れた、と」

「その——そのものは——どこへ行ったのかしら？」ジルが言った。

「北のほうへ、ナルニアの中心部へ向かったようです」ティリアンが答えた。「われわれの中に居《い》つこうとしている、ということです。彼《かれ》らがタシュの名を唱《とな》えたので、タシュがやってきたのです」

「ほう、ほう、ほう」ドワーフが毛深い両手をこすりあわせて笑《わら》った。「大ザルにとっては、思いもよらぬ展開《てんかい》でしょうな。本気でもないのに悪魔《あくま》を呼《よ》ぶような言葉を口にするもんじゃない、という教訓《きょうくん》です」

「タシュは大ザルの目に見えるとはかぎらないのでは？」ジュエルが言った。

そのとき、ユースティスが声をあげた。「パズルはどこへ行った？」

みんなは大きな声でパズルの名前を呼び、ジルはわざわざ塔《とう》の裏側《うらがわ》までパズルを探《さが》しにいった。

みんながいいかげん探しあぐねたころ、大きな灰色《はいいろ》のロバがおずおずと塔の戸口から頭をのぞかせ、「もう、いなくなりました？」と言った。みんなでなんとかパズルを外に連《つ》れ出《だ》したが、パズルは雷《かみなり》におびえた犬みたいにぶるぶる震《ふる》えていた。

「いまになって、わかりました」と、パズルは言った。「あたしは、ほんとうに悪いロバでした。シフトの言うことなんか、聞いちゃいけなかったんです。こんなことになるなんて、思いもしませんでした」

「きみが『あたしはりこうじゃない』なんて言《い》い訳《わけ》ばかりしてないで少しでも賢《かしこ》く行動しようと努力《どりょく》してたら、こんなことには――」とユースティスが言いかけたのを、ジルがさえぎった。

「かわいそうに、これ以上責《いじょうせ》めないでやって。まちがいだったのよね、そうでしょ、パズル？」ジルはロバの鼻面《はなづら》にキスをしてやった。

たったいま目にしたタシュの影《かげ》にまだおののいてはいたものの、みんなふたたび腰《こし》をおろして、さっきまでの話を続《つづ》けた。

ジュエルは、役に立つ情報《じょうほう》をほとんど持っていなかった。囚《とら》われの身となっていたあいだ、ずっと厩《うまや》の裏手《うらて》で縛《しば》られていたし、もちろん敵《てき》の計画についても何ひとつ聞いていなかった。ジュエルは蹴《け》りつけられ（何度か蹴り返しはしたが）、殴《なぐ》られ、脅《おど》されていた。夜ごとに厩から引き出されてたき火の明かりでナルニア人《びと》たちに見せられているものを「アスランです」と言え、言わなければ殺《ころ》すぞ、と。実際《じっさい》、夜のうちに救出《きゅうしゅつ》されなかったら、ジュエルは翌朝《よくあさ》に処刑《しょけい》されることになっていた。仔《こ》ヒツジがその後どうなったのか、ジュエルは知らなかった。

ここで決めなければならないのは、その夜ふたたび〈厩《うまや》の丘《おか》〉へ行ってパズルの姿《すがた》をナルニアの民《たみ》に見せて、だまされていたことをわからせてやるか、それともひそかに東へ向かってケンタウロスのルーンウィットがケア・パラヴェルから連《つ》れてくる援軍《えんぐん》と合流し、その軍《ぐん》を率《ひき》いて大ザルやカロールメン兵《へい》たちと一戦《いっせん》をまじえるか、ということだった。ティリアン王は第一の計画を望《のぞ》んだ。大ザルにこれ以上《いじょう》ナルニアの民をいたぶらせておくのは忍《しの》びなかったのだ。一方で、前の晩《ばん》にドワーフたちが見せた反応《はんのう》も考慮《こうりょ》しないわけにはいかなかった。パズルの姿を見せたとしても、ナルニアの民がどう反応するかは読みきれない。しかも、カロールメンの兵士《へいし》たちもいる。ポギンの話では、おそらく兵士たちは三〇人くらいだろうということだった。ティリアンの目算《もくさん》としては、もしナルニアの民すべてが自分の側《がわ》についてくれたならば、自分とジュエルと子どもたち二人とポギンとで（パズルはたいしてあてにされていなかった）敵《てき》を撃破《げきは》できる見込《みこ》みは十分と思われた。けれども、もしナルニアの民の半数が（ドワーフ全員を含《ふく》めて）座《ざ》したまま動かなかったとしたら？　あるいは、敵に回ったとしたら？　危険《きけん》すぎる賭《か》けだった。しかも、黒い影《かげ》のようなタシュの存在《そんざい》も気にかかる。タシュの神は何をするだろう？

それに加《くわ》えて、ポギンが言うように、大ザルを一日か二日ほど困《こま》らせておくのも悪くないと思われた。いまとなっては、大ザルはパズルを厩《うまや》から引き出してみんなに見せることはできない。大ザルが――あるいはジンジャーが――みんなを納得《なっとく》させる筋書《すじが》きを作るのは簡単《かんたん》ではないだろう。けものたちが毎晩《まいばん》のようにアスランの姿《すがた》を見たいと懇願《こんがん》し、それでも大ザルがアスランを厩から出して見せられなかったとしたら、どんなに頭の鈍《にぶ》いけものだって疑《うたが》いを抱《いだ》くにちがいない。

けっきょく、いちばんいいのはケンタウロスのルーンウィットと落ち合う作戦《さくせん》だ、とみんな納得した。

そう決めたら、不思議《ふしぎ》と元気がわいてきた。元気が出たのは当面のあいだ戦《たたか》いを回避《かいひ》できると考えたからだろうなどとは、わたしは断《だん》じて思わない（ジルとユースティスはそうだったかもしれないが）。しかし、誰《だれ》もが心の奥底《おくそこ》で感じていたように、鳥の頭をした例《れい》のおどろおどろしい化け物が、目に見えるにせよ見えないにせよ、おそらくいまごろ〈厩の丘《おか》〉あたりをうろついているだろうから、当面そちらへ近づかずにすむことにほっとした、というのは事実だろう。いずれにせよ、いったん方針《ほうしん》が決まると、気分が晴れるものだ。

そろそろ変装《へんそう》もやめたほうがいいだろう、とティリアンが提案《ていあん》した。ティリアン王に味方するナルニアの民《たみ》に出くわしたときに、カロールメン人とまちがわれて襲《おそ》われる心配がないとはかぎらないからだ。ドワーフが暖炉《だんろ》の灰《はい》を集め、剣《けん》の刃《は》や槍《やり》の穂先《ほさき》に塗《ぬ》りつけるための脂《あぶら》と混《ま》ぜあわせて、気もちの悪いペーストを作った。ティリアンたちはカロールメン式の鎧《よろい》を脱《ぬ》いで、小川へ行った。灰と脂のペーストは、柔《やわ》らかい石鹸《せっけん》と同じような泡《あわ》が立った。ティリアンと二人の子どもたちが並《なら》んで川べりに膝《ひざ》をつき、首の後ろをごしごしこすったり泡を跳《は》ねとばしながら顔を洗《あら》っているところは、楽しそうでほのぼのとした光景《こうけい》だった。三人は赤くつやつやの顔になって塔《とう》にもどってきた。パーティーに出かける前に念入《ねんい》りに顔を洗ったみたいにさっぱりとして見えた。そのあと、三人はナルニア式の鎧かぶとを身につけた。まっすぐな剣を腰《こし》に帯《お》び、逆三角形《ぎゃくさんかっけい》の盾《たて》も持った。「やれやれ」ティリアンが言った。「やっぱりこっちのほうがいい。やっとまともな人間にもどった気がする」

パズルは、ぜひともライオンの皮を脱《ぬ》がせてほしい、と懇願《こんがん》した。皮をかぶっているとしい、背中《せなか》にずり上がってきてうっとうしい、というのだ。それに、見た目もひどくみっともないから、と。しかし、みんなは、もうしばらくがまんして皮をかぶっていてくれ、とロバを説得《せっとく》した。まずはルーンウィットと合流するにしても、そのあとでライオンの皮をかぶったパズルをナルニアのけものたちに見せてやることになっていたからだ。

ハト肉とウサギ肉のシチューは持っていくほど残《のこ》っていなかったので、一行《いっこう》は堅焼《かたや》きのビスケットを何枚《なんまい》か持っていくことにした。そのあとティリアンが塔《とう》に鍵《かぎ》をかけ、これが塔で過《す》ごした最後《さいご》となった。

一行が出発したのは、午後二時を少し過ぎたころだった。この日は、春になって初《はじ》めての本格的《ほんかくてき》に暖《あたた》かな日だった。木々の若葉《わかば》は、前日よりいちだんと多く顔をのぞかせはじめたように見えた。スノードロップの花はもう終わってしまったが、サクラソウがあちこちに咲《さ》いていた。木もれ日が斜《なな》めにさしこみ、小鳥たちがさえずり、目には見えないものの、つねにどこかで水の流れる音が聞こえていた。タシュのように恐《おそ》ろしいもののことを思いうかべるのが難《むずか》しいほど、おだやかな午後だった。子どもたちは、「やっとナルニアらしいナルニアに出会えた」と思った。ティリアンでさえ、一行《いっこう》の先頭に立って歩きながら、心がはずむのを感じていた。ティリアンはナルニアの行進曲を口ずさんでいた。こんなくりかえしの続《つづ》く歌だ。

ホー、ドンドロ、ドンドロ、ドン
ドンドロ、太鼓《たいこ》の音《ね》が響《ひび》く

ティリアン王の後ろには、ユースティスとドワーフのポギンが歩いていた。ポギンはユースティスが知らないナルニアの鳥や植物の名前を教えながら歩いた。ユースティスも、ときどき、植物のイギリスでの名前をポギンに教えたりした。

そのあとにパズルが続き、さらに後ろをジルとジュエルがぴったり寄《よ》りそって歩いていた。ジルはユニコーンにすっかり心を奪《うば》われたようすで、ユニコーンこそは自分が見たことのある動物の中で最《もっと》も輝《かがや》かしく、最も繊細《せんさい》で、最も気品あふれる動物だと思っていた（おそらく、そうまちがってはいないだろう）。ジュエルはとても穏《おだ》やかな気性《きしょう》で、言葉づかいも優《やさ》しいので、この同じ動物が戦場《せんじょう》においてどれほど荒々《あらあら》しく恐《おそ》ろしい戦士《せんし》に変貌《へんぼう》するか、想像《そうぞう》もできないくらいだった。

「とってもすてきね！」ジルが言った。「こんなふうにして歩くのって、すごく楽しいわ。こういう時間がもっとたくさんあればいいのに。ナルニアって、いつも大事件《だいじけん》ばかり起こっていて、かわいそう」

しかし、ユニコーンは、そうではないとジルに説明《せつめい》して聞かせた。アダムの息子《むすこ》やイヴの娘《むすめ》が彼《かれ》らの不思議《ふしぎ》な世界からナルニアへ呼《よ》ばれてくるのはナルニアが揺《ゆ》れて乱《みだ》れているときに限《かぎ》られているからそう思うだけで、いつも動乱《どうらん》ばかりではないのだ、と。アダムの息子やイヴの娘が姿《すがた》を見せた折々《おりおり》の合間には、何百年も何千年も平和な時代が王から王へと引きつがれ、やがて王たちの名前も忘《わす》れられ、王が何代続《つづ》いたかも数えきれないほどになり、わざわざ歴史《れきし》の本に記しておく事件《じけん》など何も起こらないほど平和な歳月《さいげつ》が続くのだ、と。そして、ユニコーンは、ジルが聞いたこともないむかしの女王や英雄《えいゆう》たちの話を聞かせてくれた。スワンホワイト[1]という名の女王は

〈白い魔女《まじょ》〉が〈長い冬〉をもたらす前にナルニアを治《おさ》めた女王で、あまりに美しかったので、この女王が森へ出かけて池をのぞきこむと水面《みなも》に映《うつ》った美貌《びぼう》が輝《かがや》きを放ち、さながら夜の星のようにきらめいて、それが一年と一日のあいだ続《つづ》いた、とか。あるいはまた、ムーンウッド[2]という名のウサギはとても耳がよく、大きな滝《たき》が雷《かみなり》のような轟音《ごうおん》をたてて流れ落ちる〈大釜池《おおがまいけ》〉のほとりにいても、ケア・パラヴェルで人が声をひそめて話す言葉を聞き取ることができた、とか。ナルニア初代《しょだい》の王であったフランク王から九代あとのゲイル王[3]は、はるか東の海へ船を進め、〈離《はな》れ島諸島《じましょとう》〉をドラゴンから解放《かいほう》したので、島民《とうみん》たちは感謝《かんしゃ》を表すために〈離れ島諸島〉を永久《えいきゅう》にナルニアの領土《りょうど》とすることに決めた、という話も聞いた。ジュエルがジルに語って聞かせたナルニアの何世紀《なんせいき》にもわたる平和な時代には、記憶《きおく》に残《のこ》ることといえば大きなダンス・パーティーや祝宴《しゅくえん》、あるいはせいぜい武道《ぶどう》大会くらいのもので、日ごとに週ごとにますます幸せな日々が続いたのだった。ナルニアの良《よ》き時代を語るジュエルの話を聞くうちに、何千年もの幸福な歳月《さいげつ》が頭の中で積《つ》み重《かさ》なっていき、ジルは自分が高い丘《おか》の上に立って森や川や海や畑が遠くかすんで見えなくなるまで続く豊《ゆた》かで美しい国土をはるかに見下ろしているような気がしてきた。そして、ジルの口からこんな言葉がこぼれた。

「ああ、はやく大ザルの一件《いっけん》がかたづいて、また何ごともない幸せな時代にもどれたらいいのに。そして、これからずっとずっとずっと先までそういう時代が続《つづ》けばいいのに。わたしたちの世界はいつか終わりがくるけれど、きっとナルニアの世界には終わりはないのよね。ああ、ジュエル、考えただけでもすてきじゃない？　ナルニアがずっとずっと続いたら。あなたが聞かせてくれたこれまでの時代みたいに」

「いや、そうはいかないでしょう」ジュエルが答えた。「すべての世界は終わりに向かっていくのです。アスランの国以外《いがい》は、すべて」

「だとしても、少なくともナルニアが終わるのはまだ何百万年も何千万年も先のことであってほしいわ。あら！　みんな、どうして止まったのかしら？」

1　Swanwhite。白鳥のように白い、の意。

2　Moonwood。moon は月、wood は森、の意。

3　Gale。非常《ひじょう》に強い風、疾風《しっぷう》、の意。

ティリアン王とユースティスとドワーフが、そろって空を見上げていた。ジルはさっき目にした恐《おそ》ろしいものを思い出して、身震《みぶる》いした。しかし、今回はそんなものではなかった。それは小さな影《かげ》で、青い空に黒くくっきりと見えた。

「あの飛《と》びかたからすると、おそらく〈もの言う鳥〉でしょうね」ユニコーンが言った。

「わたしもそう思う」ティリアン王が言った。「しかし、味方だろうか？　それとも大ザルのスパイだろうか？」

「陛下《へいか》、わたしの目には、ワシのファーサイト[4]に見えますが」ドワーフが言った。

「木の下に隠《かく》れたほうがいいかな？」ユースティスが言った。

「いや」ティリアンが言った。「岩のようにじっと動かずにいるのがいちばんいい。少しでも動けば、まちがいなく見つけられてしまう」

「ごらんください！　輪《わ》を描《えが》いています。もう、こちらを見つけたようです」ジュエルが言った。「大きな輪を描きながら下りてきます」

「姫《ひめ》よ、矢をつがえよ」ティリアンがジルに言った。「ただし、わたしが放てと言うまで、待つように。味方かもしれぬ」

その先に起こることがわかっていたとしたら、巨大《きょだい》な翼《つばさ》を広げて悠々《ゆうゆう》と舞《ま》い降《お》りてくるワシの優美《ゆうび》な飛翔《ひしょう》を眺《なが》めたつかの間は、心なごむひとときだったということになるだろう。ワシはティリアンから一メートルばかり離《はな》れた岩角に降《お》りたち、りっぱな冠羽《かんう》に飾《かざ》られた頭を下げて、ワシっぽい不思議《ふしぎ》な声で「国王陛下《へいか》、万歳《ばんざい》！」と挨《あい》拶《さつ》した。

「やあ、ファーサイト」ティリアン王が言った。「わたしを国王と呼《よ》んでくれたということは、例《れい》の大ザルと偽《にせ》のアスランに与《くみ》するものではないようだな。来てくれて、うれしいぞ」

「陛下」ワシが言った。「わたしが運んできた知らせをお耳になされば、わたしが来たことは陛下にとって未曽有《みぞう》の悲しみとなりましょう」

それを聞いてティリアンは心臓《しんぞう》が止まる思いだったが、歯を食いしばり、「聞かせてくれ」と言った。

4 Farsight。遠目、の意。

「二つのことを見てまいりました」ファーサイトが言った。「一つは、ケア・パラヴェルが死したナルニアの民《たみ》と生きたカロールメン人とでいっぱいになっておる光景《こうけい》です。陛下《へいか》のお城《しろ》の上にひるがえっておるのは、ティズロックの旗《はた》であります。陛下の民たちは、都から逃《に》げ出《だ》しております。蜘蛛《くも》の子を散《ち》らすように、森の中へ。ケア・パラヴェルは海側《うみがわ》から攻略《こうりゃく》されました。カロールメンの大きな船が二〇隻《せき》、おとといの夜、闇《やみ》にまぎれて接岸《せつがん》したのです」

誰《だれ》もみな言葉を失《うしな》った。

「もう一つは、ケア・パラヴェルよりこちら側へ二五キロほどのところで、ケンタウロスのルーンウィットが倒《たお》れておる光景でした。脇腹《わきばら》をカロールメンの矢に刺《さ》し貫《つらぬ》かれて。わたしは、いまわのきわに居《い》あわせました。ルーンウィットは陛下にこうお伝《つた》えしてほしいと言《い》い残《のこ》しました。すなわち、すべての世界には終わりがあることを心にお留《と》めおきください、そして気高《けだか》き死はいかに貧《まず》しき者にも贖《あがな》いうる宝《たから》である、と」

「そうか」長い沈黙《ちんもく》のあと、ティリアン王が言った。「ナルニアはなくなった、ということだな」

9　〈厩《うまや》の丘《おか》〉の大集会

長いあいだ、誰《だれ》も口をきけず、涙《なみだ》を流すことさえできなかった。やがて、ユニコーンがひづめで地面を踏《ふ》み鳴《な》らし、たてがみを振《ふ》って、こう言った。

「陛下《へいか》、もはや迷《まよ》うことはありません。大ザルの計略《けいりゃく》は、われらが思いもしなかったほど深くめぐらされていたことがわかりました。大ザルめは、ずっと前からティズロックと通じていたにちがいありません。そして、ライオンの皮を見つけたのを幸いに、ティズロックに合図を送り、大艦隊《だいかんたい》の力をもってケア・パラヴェルとナルニア全土を征服《せいふく》するチャンスが到来《とうらい》したと伝《つた》えたのでしょう。こうなった以上《いじょう》、われら七名は〈厩の丘〉に取って返し、みなに真実を告《つ》げ、アスランが用意された冒険《ぼうけん》に打って出る以外《いがい》にありません。そして、万が一の奇跡《きせき》が起こって大ザルと三〇人のカロールメン兵《へい》どもを打ち破《やぶ》ることができたならば、われらはただちに踵《きびす》を返し、ケア・パラヴェルより間をおかず出撃《しゅつげき》してくるはずのカロールメンの大軍《たいぐん》と戦《たたか》って討《う》ち死《じ》にすることになるでしょう」

ティリアンはユニコーンの言葉にうなずいたあと、子どもたちのほうに向きなおった。「友よ、そなたたちはここを去り、もとの世界に帰るときがやってきた。そなたたちが使命を残《のこ》らず果《は》たしたことは、疑《うたが》いもない」

「でも——でも、わたしたち、まだ何もしていません」ジルがわなわなと震《ふる》えながら言った。震えていたのは恐怖《きょうふ》からというより、最悪《さいあく》の展開《てんかい》を目《ま》のあたりにしたショックからだった。

「いや、そんなことはない」ティリアン王が言った。「そなたは、木に縛《しば》りつけられていたわたしを解《と》き放《はな》ってくれた。また、昨晩《さくばん》はわたしの前を行き、木々のあいだをヘビのごとく巧《たく》みに進んで、パズルを救《すく》い出《だ》した。そして、ユースティス、そなたは敵《てき》の兵士《へいし》を倒《たお》した。だがしかし、そなたたちは若《わか》すぎる。われらが今宵《こよい》、さもなくばおそらく三日後に迎《むか》えようとしている血塗《ちぬ》られた最期《さいご》にそなたたちを巻《ま》きこむわけにはいかぬ。頼《たの》む――いや、そなたたちに命ずる。自分たちの世界へ帰りなさい。このような若人《わこうど》を戦場《せんじょう》で犠牲《ぎせい》にしたのでは、申《もう》し訳《わけ》が立たぬ」

「いや。いやです。そんなのいやです」ジルが言った（話しはじめたときは顔面蒼白《そうはく》だったが、そのうちに見る見る顔が真っ赤になったと思ったら、また蒼白になった）。「わたしたち、帰りません。あなたが何と言おうと、帰りません。何があろうと、みんなと行動をともにします。そうよね、ユースティス？」

「うん。でも、そんなにむきになることないよ」ユースティスが両手をポケットに突《つ》っこんだまま言った（鎖《くさり》かたびらを身につけているときにそういうことをするとどんなに変《へん》なかっこうに見えるか、忘《わす》れていたのだ）。「だってさ、ほかに選択肢《せんたくし》がないだろ？　もどるって言ったって、どうやってもどるのさ？　帰ろうにも、そんな魔《ま》法《ほう》はないんだから！」

たしかにユースティスの言うとおりだったが、それを聞いた瞬間《しゅんかん》、ジルはユースティスをなんて嫌味《いやみ》たらしいやつだと思った。ユースティスは、みんなが心をたかぶらせている場面で憎《にく》らしいほどそっけない口をききたがる性格《せいかく》なのだ。

アスランがとつぜん二人を連《つ》れ去《さ》らないかぎり二人が自分たちの世界へもどることはできないと悟《さと》ったティリアンは、こんどは、南方の山々を越《こ》えてアーケン国へ逃《のが》れれば二人とも命が助かるかもしれないと言いだした。しかし、ジルもユースティスもアーケン国へ行く道を知らなかったし、二人に付《つ》きそってやれる者もいなかった。それに、ポギンが言うように、カロールメン軍《ぐん》がナルニアを手に入れたあかつきには、まちがいなく一週間後かそこらにはアーケン国も征服《せいふく》されてしまうだろうと思われた。ティズロックは以前《いぜん》からずっとナルニアやアーケン国など北の国々を手に入れる機会《きかい》をうかがっていたのだ。けっきょく、ユースティスとジルがあまり熱心《ねっしん》に頼《たの》むので、ティリアンも子どもたちが同行して運を天にまかせる――ティリアンのもっと穏当《おんとう》な表《ひょう》現《げん》を借《か》りるならば「アスランから与《あた》えられた冒険《ぼうけん》を受けて立つ」――ことを許《ゆる》した。

当初《とうしょ》、ティリアン王は、暗くなるまで〈厩《うまや》の丘《おか》〉――いまでは聞きたくもない名前だった――にはもどらないほうがいいだろう、という考えだった。しかし、ドワーフが反対の意見を述《の》べた。昼間のうちに〈厩の丘〉に近づけば、おそらくカロールメン人の見張《みは》り番《ばん》が一人いるくらいで、あたりに人気《ひとけ》はほとんどないだろう、というのだ。けものたちは大ザル（とネコのジンジャー）が新しくでっちあげた怒《いか》り狂《くる》ったアスラン――あるいはタシュラン――の話に震《ふる》えあがっているから、身の毛もよだつ真夜中の集会に呼《よ》び集《あつ》められないかぎり、〈厩《うまや》の丘《おか》〉には近づかないはずだ。それに、カロールメン兵《へい》は森の中は得意《とくい》ではない。ポギンの考えでは、昼間の明るい時間でも人に見られずに厩の裏手《うらて》あたりまで近づくことは容易《ようい》だろう、というのだった。逆《ぎゃく》に、夜になってからでは大ザルがけものたちに集合をかけるだろうし、カロールメン兵も全員が配置《はいち》につくので、厩に近づくのはもっと難《むずか》しくなるだろう。それに、集会が始まるのを見はからってパズルを厩の裏手のまったく人目につかない場所に連《つ》れていって隠《かく》しておけば、効果的《こうかてき》なタイミングで連れ出して見せるにも好都合《こうつごう》だ、と。どう考えても、このほうがうまくいきそうだった。ティリアン側《がわ》の唯一《ゆいいつ》の勝ち目は、ナルニア人《びと》たちの不意《ふい》をつくことにかかっているのだから。

みんなこの考えに賛成《さんせい》し、一行《いっこう》は方向転換《ほうこうてんかん》して、忌《い》まわしい丘のある北西の方角に向かうことになった。ワシは上空を行ったり来たりしながらついてきたが、ときには下りてきてパズルの背中《せなか》に乗ることもあった。ユニコーンの背中に乗ることは、誰《だれ》ひとり、国王でさえ、危急《ききゅう》の例外《れいがい》をのぞいては考えもしないことだった。

ジルとユースティスは並《なら》んで歩いていた。少し前にみんなと行動をともにさせてほしいと懇願《こんがん》したときには勇《いさ》ましい気分で胸《むね》がいっぱいだったが、いまでは勇ましい気分などすっかり消えてしまっていた。

「ねえ、ポウル」ユースティスが小声で話しかけた。「正直に言うとさ、ぼく、だんだん心配になってきた」

「あら、あんたはだいじょうぶよ、スクラブ」ジルが言った。「だって、あんたは戦《たたか》えるもの。だけど、わたしは……白状《はくじょう》するけど、わたし、震《ふる》えが止まらないの」

「震えぐらい、どうってことないさ」ユースティスが言った。「ぼくなんか、吐《は》きそうだもん」

「言わないでよ、頼《たの》むから」ジルが言った。

そのあと一、二分のあいだ、二人は無言《むごん》で歩いた。

「ねえ、ポウル」またユースティスが口を開いた。

「何?」ジルが応《おう》じた。

「もしぼくたちがここで殺《ころ》されたら、どうなるんだろう？」

「どうなるって——死ぬんじゃない？」

「そうじゃなくて、ぼくたちの世界では、どうなるんだと思う？　目がさめたらあの列車にもどってた、ってことになるのかな？　それとも、パッと姿《すがた》が消えちゃって、それっきり行方不明《ゆくえふめい》になるのかな？　それとも、イギリスで死ぬのかなあ？」

「うーん、考えたことなかったわ」

「ぼくが列車の窓《まど》から手を振《ふ》ってるのが見えたのに、列車が到着《とうちゃく》してみたら客室がもぬけの殻《から》だったなんてことになったら、ピーターたち、わけわかんないだろうな。それとも、客室に二人の死体が——その、もしぼくたちがイギリスでも死ぬのなら、って話だけど」

「うっ！」ジルが言った。「なんて恐《おそ》ろしい話なの」

「ぼくたちにとっては、べつに恐ろしい話じゃないよ」ユースティスが言った。「ぼくたちは、その場にはいないんだから」

「わたし、こんなことなら——ううん、何でもない」ジルが言いかけてやめた。

「何て言おうとしたの？」

「あのね、こんなことなら来なけりゃよかった、って言おうと思ったの。でも、やっぱりそうは思わない。ぜったい思わない。たとえ殺《ころ》されることになったとしても。イギリスで年をとって、もうろくして、車椅子《くるまいす》に乗るようになるまで生きたとして、それでもやっぱり死ぬんだったら、ナルニアのために戦《たたか》って死ぬほうがよっぽどましだわ」

「それとも、列車事故《じこ》で死ぬとか！」

「どういうこと？」

「あのときのものすごい衝撃《しょうげき》、おぼえてない？　あの衝撃でナルニアまで放り投げられたような感じがしただろ？　あれ、ほんとうに鉄道事故だったんじゃないかと思うんだよね。だから、ぼく、あのあと気がついたらナルニアに来てて、ああよかった、って思ったんだ」

ジルとユースティスがこんな話をしているあいだ、ほかの者たちはこの先の作戦《さくせん》を話しあううちに、だんだんとみじめな気分が薄《うす》らいできていた。それは、まもなくおとずれる今夜に何をすべきか、ということに集中しているからであり、そのおかげでナルニアに起こった悲劇《ひげき》――ナルニアの栄光《えいこう》も歓喜《かんき》もすべてが終わってしまったという現実《げんじつ》――を心のすみへ押《お》しやってしまうことができるからだった。だから、言葉がとぎれれば、そのとたんに悲劇の現実が胸《むね》に迫《せま》ってきて、ふたたびやるせない気分になってしまうのだが、とにかく、みんなは相談を続《つづ》けた。作戦《さくせん》を練るポギンは、かなり明るい口調だった。ポギンの考えでは、イノシシとクマと、それにおそらくイヌたちは全員が一も二もなく王の側《がわ》につくだろう、ということだった。それに、ドワーフたちも、全員がグリフルの側につくはずはない、という読みだった。たき火の暗い光しかない中で、木々のあいだを見《み》え隠《かく》れしながら戦《たたか》うなら、数の少ないほうに有利《ゆうり》だ。それに、もし今夜の戦いに勝利《しょうり》できたとしたら、なにも数日後にカロールメン軍《ぐん》の本隊《ほんたい》とぶつかって命をむだに捨《す》てることもないのではないか。

森の奥《おく》に身をひそめ、なんならば〈大きな滝《たき》〉よりさらに奥地の〈西の荒野《こうや》〉まで退《しりぞ》いて、無法者《むほうもの》として生きのびる方法《ほうほう》もあるのではないか？　そのうちに、だんだんと力をつけることもできるかもしれない。日ごとに〈もの言うけもの〉たちやアーケン国の民《たみ》が合流してくるだろうから。そうやって力をたくわえたうえで、隠《かく》れ処《が》から討《う》って出て、カロールメン軍《ぐん》（そのころには油断《ゆだん》しているにちがいない）をナルニアの地から一掃《いっそう》し、ナルニアを再興《さいこう》するのだ。なんと言っても、それに似《に》たことはミラーズ王の時代にも起こったではないか！

ティリアン王はそんな話を聞きながら、「しかし、タシュはどうなるのだ？」と考えていた。そして、心の奥底《おくそこ》では、そんな夢《ゆめ》のような話は何ひとつ実現《じつげん》しないだろうと思ったが、口には出さなかった。

〈厩《うまや》の丘《おか》〉に近づいてからは、もちろん誰《だれ》もがしゃべるのをやめた。そして、そこから本格的《ほんかくてき》な森林戦《しんりんせん》が始まった。〈厩の丘〉が見えた瞬間《しゅんかん》から、一行《いっこう》が厩の裏手《うらて》に陣《じん》取《ど》るまでに、二時間以上《いじょう》もの時間がかかった。その詳細《しょうさい》は、何ページも費《つい》やさなければとても書ききれるものではない。物陰《ものかげ》から次の物陰までの移動《いどう》ひとつひとつがすべて危険《きけん》な冒険《ぼうけん》であり、冒険と冒険のあいだにはチャンスをうかがう長い待ち時間があった。もうだめかと思う瞬間も何度かあった。ボーイスカウトやガールスカウトとしての経験《けいけん》が豊《ゆた》かな人ならば、この二時間がどんなものだったか、おわかりだろうと思う。しかしとにかく、日が暮《く》れるころには、一行《いっこう》は厩《うまや》の裏手《うらて》一五メートルほどのところにあるヒイラギのこんもりとした木立ちの中に身をひそめることができた。一行はそこでビスケットを食べ、横になった。

そこから、じりじりと夜を待つ最《もっと》もつらい時間が始まった。さいわい子どもたちは二時間ばかり眠《ねむ》ったが、夜になって気温が下がってきたところで寒くて目がさめた。おまけに、のどがからからに渇《かわ》いていたのだが、水を飲むこともできなかった。パズルは緊張《きんちょう》して震《ふる》えながら、何も言わずにじっと立っていた。しかしティリアン王はジュエルの脇腹《わきばら》に頭を預《あず》け、まるでケア・パラヴェルの王のベッドに横たわっているかのようにぐっすりと眠り、あたりにドラの音《ね》が響《ひび》きわたったところで目をさました。王がからだを起こして見ると、厩のむこう側《がわ》にたき火の光が見え、いよいよそのときが来たのだとわかった。

「キスをしてくれ、ジュエル」王は言った。「今夜がこの世で過《す》ごす最後《さいご》の夜になるであろうから。これまでわたしがそなたに対して多少なりとも気にさわるようなことをしたならば、いま、ここで許《ゆる》しを請《こ》う。わたしを許してくれ」

らばいいのに、と思うばかりです。さらばです、王様。わたしは王様とともにすばらしい日々を過《す》ごしてまいりました。たとえアスランがもういちど選《えら》ぶチャンスを与《あた》えてくださるとしても、王様とともに過ごしたこの一生以外《いがい》の道を選ぶ気はありませんし、これから王様とともに迎《むか》える死以外の道を選ぶ気もありません」

「大好《だいす》きな王様」ユニコーンが答えた。「許《ゆる》すと言ってさしあげられることがあった

　そのあと、みんなはファーサイトを起こし（ワシは翼《つばさ》の下に頭を入れて眠《ねむ》っていたので、頭のない鳥のように見えた）、厩《うまや》のほうへじりじりと近づいていった。一行《いっこう》はパズルを厩のすぐ裏手《うらて》に残《のこ》し（もう誰《だれ》もパズルに腹《はら》を立てていなかったので、みんな優《やさ》しい言葉をかけてやった）、誰かが迎《むか》えにくるまでその場から動かないよう言い聞かせた。そして、残りの者たちは、厩の横手の暗闇《くらやみ》に身をひそめた。

　たき火は少し前に火がつけられたばかりで、いままさに勢《いきお》いよく燃《も》えあがろうとしていた。一行が隠《かく》れているところからたき火まではほんの数メートルしかなく、大《おお》勢《ぜい》のナルニア人《びと》はたき火の反対側《はんたいがわ》に集まっていたので、初《はじ》めのうちティリアンはナルニア人の姿《すがた》をはっきりと見ることができなかったが、それでも何十もの目がたき火

の光を反射《はんしゃ》して光るのは見えた。ちょうど、車を運転しているときにウサギやネコの目がヘッドライトに反射して光るのと同じだ。ティリアンが厩《うまや》の暗がりに身をひそめると同時にドラが鳴りやみ、左手のほうから三つの影《かげ》が現《あらわ》れた。一つはカロールメンの指揮官《しきかん》リシュダ・タルカーンだった。二つ目は、大ザル。大ザルは片手《かたて》でタルカーンの手につかまり、めそめそと泣《な》き言《ごと》を垂《た》れていた。「もっとゆっくり。もっとゆっくり歩いてくれ。わしはぐあいが悪いんだ。ああ、頭が痛《いた》い！　こんな真夜中の集会は、からだにこたえるわい。サルは夜中に起きておるようにはできておらんのだ。ネズミやコウモリじゃあるまいし。おお、頭が痛い！」対照的《たいしょうてき》に、大ザルの反対側《はんたいがわ》を足音もたてずに堂々《どうどう》としっぽを上げて歩いているのはネコのジンジャーだった。三人はたき火に向かって歩いていき、ティリアンのすぐそばを通ったので、こちらを見ればいやでもティリアンたちの姿《すがた》が目にはいったはずだが、さいわい三人ともティリアンのほうには目を向けなかった。リシュダ・タルカーンがジンジャーに低《ひく》い声で話しかけるのが聞こえた。

「さあ、ネコよ、持ち場へ行け。しっかり頼《たの》むぞ」

YOO CHAN

「ミユウ、ミユウ、任《まか》しといてください！」ジンジャーが答えた。そして、ネコはたき火のむこう側《がわ》へ回り、集まっているけものたち――まるで観客《かんきゃく》のように見えた――の最前列《さいぜんれつ》に腰《こし》をおろした。

ほんとうに、こうして見ると、全体が劇場《げきじょう》のような眺《なが》めだった。ナルニア人《びと》は客席《きゃくせき》を埋《う》める観客に見え、火がたかれている小さな草地はステージに見えた。そのステージに大ザルとカロールメンの指揮官《しきかん》が立ち、客席に向かって話しかけようとしていた。二人の背後《はいご》にある厩《うまや》は、ステージ奥《おく》に置《お》かれた大道具さながらに見えた。ティリアンたちは大道具の陰《かげ》からステージと客席をのぞいているようなもので、絶好《ぜっこう》の位置《いち》どりだった。もしティリアンたちの誰《だれ》かがたき火の光のあたるところへ出ていけば、たちまち全員の注目を集めることになるだろう。一方で、厩の横手の暗がりにじっと立っているかぎりは、まず人目につく心配はなかった。

リシュダ・タルカーンが大ザルをたき火のそばへ引きずっていった。二人が群衆《ぐんしゅう》のほうを向いたので、当然《とうぜん》ながらティリアンたちに背中《せなか》を向ける形になった。

「いいか、サル」リシュダ・タルカーンが低《ひく》い声で言った。「知恵者《ちえしゃ》から教《おそ》わったとおりに言うんだぞ。ちゃんと顔を上げろ」そう言いながら、タルカーンはつま先で大ザルを背後《はいご》から小さく蹴《け》った。

「うるさいわい」シフトは口の中でもごもご言い返したが、しゃんとすわりなおして、大きな声をはりあげた。「いいか、みんな聞け。たいへんなことが起こった。じつにけしからんことだ。いまだかつてナルニアでは聞いたこともない、まことにけしからんことだ。そのせいで、アスランは――」

「タシュランだ、馬鹿《ばか》め」リシュダ・タルカーンが小声で言った。

「――いや、つまりタシュランだが――」大ザルが言いなおした。「――そのタシュランが、非常《ひじょう》に怒《おこ》っておられる」

こんどはどんな災《わざわ》いが降《ふ》りかかってくるのだろうか――けものたちが息をのんで待つあいだ、恐《おそ》ろしい沈黙《ちんもく》が続《つづ》いた。厩《うまや》の横の暗がりに隠《かく》れているティリアンたちも、同じく息をつめて続きを待った。こんどはいったい何を言い出すのだろう？

「そうだ」大ザルが言葉を続けた。「いま、このとき、かの恐《おそ》ろしいお方がわしらのあいだに、わしのすぐ後ろのあの厩の中におわす、まさにそのときに、一頭のけしからんけものが考えられんような悪事を働《はたら》きおった。たとえ、かの恐《おそ》ろしいお方が何千キロも遠く離《はな》れたところにおわしたとしても、とうてい考えられんようなけしからんことを、やりおったのだ。そいつはライオンの皮をかぶってこのあたりの森をうろついて、アスランのふりをしておる」

それを聞いた瞬間《しゅんかん》、ジルは、大ザルの頭がおかしくなったのかと思った。大ザルは真実を明かそうとしているのだろうか？　けものたちのあいだから、恐怖《きょうふ》と怒《いか》りのうなり声があがった。「ウウウーッ！　そいつは誰《だれ》だ？　どこにおる？　おれの牙《きば》で食いちぎってやる！」

大ザルが声をはりあげた。「偽《にせ》のアスランはきのうの夜に目撃《もくげき》されたが、どこかへ逃《に》げてしまった。そいつはロバだ！　ただのみっともないロバだ！　もし、おまえたちのなかでロバを見かけた者がおったら――」

「ウウーッ！」けものたちがうなった。「わかった、ただじゃすまんぞ。おれたちの前に現《あらわ》れないほうが身のためだな」

ジルはティリアン王を見た。ティリアンは口をあんぐり開けたまま、顔を引きつらせていた。そのうちに、ジルにも敵《てき》の計画がいかに狡猾《こうかつ》に仕組まれたものかがわかってきた。多少の真実を混《ま》ぜこむことによって、うそをはるかに本物らしく聞こえるようにしたのだ。こうなった以上《いじょう》、けものたちをだますためにロバがライオンの皮を着せられていたことを明かしたところで、何になろうか。大ザルは「だから、いま、わしがそう言っただろう」とうそぶくだけだろう。いまさらライオンの皮を着せられたパズルをナルニア人《びと》の前に引き出したところで、何になろうか。パズルがよってたかって八《や》つ裂《ざ》きにされるだけだ。「やられたな」ユースティスが小声で言った。「足もとをすくわれた」ティリアンが言った。「呪《のろ》われたいまいましい悪知恵《わるぢえ》め!」ポギンが言った。「この新しいうそはジンジャーのやつが考えついたにちがいない」

10　誰《だれ》か厩《うまや》にはいる者は？

ジルは何かに耳をくすぐられたような気がした。それは、ユニコーンのジュエルで、馬の大きな口をフガフガさせて小声でささやいているのだった。ジュエルの言っていることを理解《りかい》すると、ジルはすぐにうなずいて、足音を忍《しの》ばせながらパズルを待たせてある厩の裏手《うらて》に回った。そして、ライオンの皮をロバにくくりつけている残《のこ》りのひもを手早く音をたてないように切った。大ザルがあんな作り話を語ったからには、こんな皮をかぶった姿《すがた》で見つかったらたいへんなことになる！　ジルはできればライオンの皮をどこか遠いところに隠《かく》したいと思ったが、重すぎて無理《むり》だった。でも、なんとかがんばって、こんもりとしげった木立ちの奥《おく》へライオンの皮を蹴《け》りこんで隠した。そのあと、ジルは手ぶりでパズルについてくるよう合図して、ほかのみんなが隠れている場所へ連《つ》れもどった。

たき火の前では、あいかわらず大ザルがしゃべっていた。

「そういうけしからんことがあったせいで、アスラン――いやタシュランは、これまでよりいっそうひどく怒《おこ》っておられる。これまで毎晩《まいばん》のように姿《すがた》を見せたりして、おまえたちを甘《あま》やかしすぎた、これからはもう姿は見せぬ、と、こうおっしゃっておられる」

これを聞いた動物たちのあいだから、遠吠《とおぼ》えのような声、ニャオニャオ鳴く声、キィキィいう金切《かなき》り声《ごえ》、ブーブーと鼻を鳴らす声などがあがった。しかし、そこへとつぜん大きな笑《わら》い声が起こり、動物たちとはちがう声が響《ひび》いた。

「みんな、サルの言うことを聞いたか」声が叫《さけ》んだ。「なんでだいじなアスランを出してこないのか、おれたちは知っとるぞ。みんなにも教えてやろう。アスランが手もとにいなくなったからだ。初《はじ》めっから、あいつの手もとには背中《せなか》にライオンの皮をかぶせた老《お》いぼれロバしかいなかったのさ。それが、いまじゃそいつもいなくなったんで、どうしたもんだか困《こま》りはてちまった、ってわけだ」

ティリアンのところからはたき火の反対側《はんたいがわ》に並《なら》ぶ顔はよく見えなかったが、たぶんドワーフの親方グリフルの声だろうと思った。直後に聞こえてきたドワーフたちの声からも、きっとそうにちがいないと思われた。ドワーフたちは全員が声をそろえて「どーしたもんだか、どーしたもんだか、どーしたもんだかなー」と、節《ふし》をつけてはやしたてたのだ。

「黙《だま》れ！」リシュダ・タルカーンが一喝《いっかつ》した。「黙れ、泥《どろ》の子らよ！　ほかのナルニア人《びと》は、わたしの言うことを聞け。さもないと、部下の兵士《へいし》たちに剣《けん》を抜《ぬ》いてそなたらに襲《おそ》いかかるよう命ずるぞ。シフト卿《きょう》がすでに話したように、これは邪悪《じゃあく》なロバのしわざだったのだ。しかし、ロバの悪行《あくぎょう》があったからと言って、厩《うまや》の中に本物の、タシュランがおられぬと、そう思うのか？　よく考えよ。しかと考えてみよ」

「いいえ、いいえ、思いません」ほとんどの群衆《ぐんしゅう》が叫《さけ》んだ。しかし、ドワーフたちは、ちがった。「そうさ、色黒さんよ、そのとおりだ。おい、サル、厩の中に何がおるのか、見せてみろ。百聞《ひゃくぶん》は一見《いっけん》に如《し》かずと言うじゃないか」

次に群衆が静《しず》まった瞬間《しゅんかん》に、大ザルが口を開いた。

「おまえたちドワーフは、自分がよっぽどりこうだとうぬぼれておるようだな。だが、まあ、あわてるな。おまえたちにタシュランを見せぬと言っておるわけではない。タシュランを見たい者は、誰《だれ》でも見ることができる」

集まっていた生き物たちは、しーんと静《しず》まりかえった。そのあと一分近くたってから、クマがのっそりととまどったような口調でしゃべりはじめた。

「おれにはよくわからんのだが、それはつまり、おれが考えるに――」

「おまえが考えるに、だと！」大ザルがクマの言葉をそのまま返した。「おまえの頭の中を通りすぎるものなんぞ、考えと呼《よ》べるか！　みんな、よく聞け。誰でもタシュランを見ることはできる。だが、タシュランは外には出ておいでにならん。タシュランを見るには、厩《うまや》の中にはいっていかねばならんのだ」

「そうか、ありがとう。ありがとう。ありがとう」と、何十もの声があがった。「そうしたかったんだ！　厩の中にはいっていけば、直接《ちょくせつ》会えるんだね。そしたら、きっといまごろは優《やさ》しくなってくれて、むかしどおりになるんだね」鳥たちはにぎやかにさえずり、犬たちは興奮《こうふん》して吠《ほ》えまくった。そのうちに、ざわざわと物音がして、生き物たちが立ちあがった。そしてみんながいっせいに前に出てきて厩《うまや》の扉《とびら》に殺到《さっとう》しそうになった。しかし、そこで大ザルがどなった。

「下がれ！　静《しず》まれ！　あわてるんじゃない」

けものたちはその場で足を止めた。片足《かたあし》を地面から上げたままの者もいれば、しっぽを振《ふ》りつづけている者もあり、みんな小首をかしげていた。

「だって、いまさっき、あんた言ったじゃないか」とクマが言いかけたところを、大ザルがさえぎった。

「誰《だれ》でも厩にはいることはできる。ただし、いっぺんに一人ずつだ。さあ、誰が最初《さいしょ》にはいる？　タシュランはあまり寛容《かんよう》な気分ではないとおっしゃっておられたぞ。この前の夜に邪悪《じゃあく》な王をひと飲みにして以来《いらい》、さかんに舌《した》なめずりをくりかえしておられるしな。けさはかなりうなり声をあげておられた。わしでさえ、今夜は厩にはいるのはご免《めん》こうむりたいところだ。だが、おまえたちの好《す》きにするがいい。誰が最初にはいる？　ひと飲みにされても、わしのせいではないからな。恐《おそ》ろしい瞳《ひとみ》ににらみすえられて黒焦《くろこ》げになっても、わしのせいではないぞ。おまえたちの勝手だ。さて、と！　誰《だれ》が最初《さいしょ》にはいる？　ドワーフよ、おまえさんたちのうちから一人、どうだ？」

「うかうかはいりゃ、イチコロよ！」グリフルがあざけるように言った。「おまえが厩《うまや》の中に何を隠《かく》しとるか、わかったもんじゃないわい」

「ほほう、なるほど！」大ザルが声をはりあげた。「つまり、おまえたちは厩の中にいちおう何かがはいっておるとは思うようになったわけだな？　どうした、みんな、さっきまであんなに大騒《おおさわ》ぎしておったくせに。こんどはむっつり黙《だま》りこんで、どうした？　さあ、誰が最初にはいる？」

しかし、けものたちはたがいに顔を見合わせるばかりで、後ずさりを始めた。しっぽを振《ふ》っている者はほとんどいなくなった。大ザルは左右にからだを揺《ゆ》すって歩きまわりながら、けものたちをあざわらった。「ひっひっひっ！　おまえたちみんな、タシュランを自分の目で見たいんじゃなかったのか？　気が変《か》わったのか？　え？」

ティリアンが頭を下げた。ジルがティリアンの耳に何ごとかささやこうとしたのだ。「厩の中に、ほんとうは何があると思います？」ジルが言った。「見当もつかない」

ティリアンが答えた。「おそらく、カロールメン兵《へい》が二人、抜《ぬ》き身《み》の剣《けん》を構《かま》えて戸口の両脇《りょうわき》に立っているのだろう」「もしかして……あの……」ジルが言った。「あの……昼間に見たあの恐《おそ》ろしいものがいる、とか？」「タシュ？」ティリアンが小声で言った。「さあ、それはわからない。だが、勇気《ゆうき》を出して。われらはみな本物のアスランに抱《いだ》かれ守られているのだ」

そのとき、まったく意外なことが起こった。ネコのジンジャーが憎《にく》らしいほど落ち着きはらった声で、「なんなら、わたしがはいってみましょうか？」と言ったのだ。

生き物たちはひとり残《のこ》らずネコのほうに顔を向け、その姿《すがた》を見つめた。「陛下《へいか》、あいつの悪賢《わるがしこ》さをしかとごらんください」ポギンがティリアンに言った。「罰当《ばちあ》たりなネコめ、連中《れんちゅう》と示《しめ》し合《あ》わせて言っておるのです。しかも、自分が策略《さくりゃく》の中心になって。厩《うまや》の中に何がいようと、ネコのやつに手出しすることはないでしょう、請《う》け合《あ》います。そのあと、ジンジャーは厩から出てきて、すばらしいものを見たとか何とか言うにちがいありません」

しかし、ティリアンがポギンに返事をする暇《ひま》はなかった。大ザルがネコに前へ出てくるよう声をかけたのだ。「ひっひっひっ！　元気のいいネコくんだ。あんたがその目で確《たし》かめようと言うのかね。よろしい、来なさい！　わしが扉《とびら》を開けてやろう。恐《おそ》ろしい目にあってヒゲが吹《ふ》っ飛《と》んでも、わしのせいではないからな。おまえさんが好《す》きでやることだ」

ネコは立ちあがり、優美《ゆうび》にとりすました歩きっぷりで群衆《ぐんしゅう》の中から出てきた。しっぽをピンと高く上げ、艶《つや》やかな毛並《けな》みは毛の一本も乱れたところがなかった。ネコは草地に出てきて、たき火の脇《わき》を通りすぎた。ティリアンが厩《うまや》の壁《かべ》にぴたりと貼《は》りついて立っている暗闇《くらやみ》のすぐそばを通っていったので、ネコの顔がはっきり見えた。ネコの大きな緑色の瞳《ひとみ》は、まばたきひとつしなかった（「落ち着きはらってるな。恐《おそ》ろしいことなんか起こるはずがないってわかってるんだ」と、ユースティスがつぶやいた）。大ザルは、へらへら笑《わら》ったり顔をしかめたりしながら、からだを揺《ゆ》さぶるようにしてネコと並《なら》んで厩の前まで歩いていき、手を上に伸《の》ばしてかんぬきを抜《ぬ》いて、厩の扉を開けた。ティリアンは、ネコが暗い戸口をはいっていきながらのどを鳴らすのを聞いたような気がした。

YOUCHAN

「ギャオギャオ、ギャオウィイイ！」聞いたこともない恐《おそ》ろしいネコの絶叫《ぜっきょう》がとどろいて、みんな跳《と》びあがった。真夜中に屋根の上でけんかしたり求愛《きゅうあい》したりするネコの声で目をさましたことがある読者なら、どんな声か想像《そうぞう》がつくだろう。

このときの絶叫は、それよりはるかにすごかった。大ザルは厩《うまや》の中から全速で飛《と》び出《だ》してきたネコに体当たりされ、もんどりうってひっくり返った。それがネコだと知らなければ、ショウガ色をした稲光《いなびかり》に見えたかもしれない。ネコは草地を飛ぶように走《はし》り抜《ぬ》けて、けものたちの群《む》れのほうへもどっていった。誰《だれ》もこんな状態《じょうたい》のネコとは係《かか》りあいになりたくないから、動物たちは左右に分かれて道をあけた。ネコはそこを通って木に駆《か》け上《あ》がり、くるりと向きを変《か》えて、枝葉《えだは》のあいだから下をうかがった。しっぽは毛がすっかり逆立《さかだ》って、胴体《どうたい》と同じくらいの太さになっていた。まん丸に見開かれた瞳《ひとみ》は、緑色の炎《ほのお》のようにギラギラ燃《も》えていた。背中《せなか》の毛は一本残《のこ》らず逆立っていた。

「はてさて」ポギンが小さな声で言った。「ネコめ、ただの芝居《しばい》なのか、厩の中でほんとうに怖《こわ》いものを見たのか、ぜひとも知りたいもんですな」

「しっ、静《しず》かに」ティリアンが制《せい》した。カロールメン人の指揮官《しきかん》と大ザルが小声で言葉をかわしているのを見て、何を言っているのか聞きたかったのだ。話の内容《ないよう》は聞こえず、大ザルがまた「わしは頭が痛《いた》いんだ……頭が……」と泣《な》き言《ごと》を垂《た》れるのが聞こえただけだったが、ティリアンの目には、指揮官《しきかん》も大ザルも自分と同じようにネコの反応《はんのう》を理解《りかい》しかねているように見えた。

「これ、ジンジャー」カロールメン人の指揮官が言った。「大騒《おおさわ》ぎもいいかげんにせぬか。何を見たのか、みなに話して聞かせよ」

「ギャオギャオ、ギニァオオ」ネコが金切《かなき》り声《ごえ》をあげた。

「そなたは〈もの言うけもの〉ではなかったか？」指揮官が言った。「ならば、悪魔《あくま》のように叫《さけ》ぶのをやめて、話をせよ」

そのあとに起こったのは、身の毛もよだつ恐《おそ》ろしいことだった。ティリアンの目にも、ほかの者たちの目にも、ネコが何かを言おうとしているにはちがいないと見えた。ところが、ネコの口からは一つの言葉も出ず、イギリスの裏庭《うらにわ》で見かけるふつうの老《お》いぼれネコが怒《おこ》ったり怖《こわ》がったりして発するような、ありきたりの耳ざわりな声が出るばかりだった。しかも、ネコがギャオギャオ鳴けば鳴くほど、その顔つきが〈もの言うけもの〉とはかけ離《はな》れた表情《ひょうじょう》になっていくのだ。ほかの動物たちのあいだから、不安《ふあん》げな鼻声や小さな悲鳴がもれた。

「見ろよ、見ろよ！」クマの声がした。「話せないんだ。ものが言えなくなっちゃったんだ！〈もの言わぬ愚《おろ》かなけもの〉にもどっちゃったんだ。見ろよ、あの顔」誰《だれ》が見ても、そのとおりだった。その場に居合《いあ》わせたナルニアの民を、とほうもない恐《きょう》怖《ふ》が襲《おそ》った。ナルニアの民は、誰もが小さなヒナや仔《こ》イヌや仔グマのころから教えられているのだ。この世界が始まった日に、アスランがナルニアのけものたちを〈もの言うけもの〉にしてくれたことを。そして、心正《こころただ》しく生きないと、いつか、ほかの国々で見かけるような愚かで哀《あわ》れな〈もの言わぬけもの〉にもどってしまうと戒《いまし》められたことを。「とうとうその日がやってきたんだ」けものたちはうめいた。

「お慈悲《じひ》を！　お慈悲を！」けものたちが泣《な》き叫《さけ》んだ。「お許《ゆる》しください、シフト様、わたしらとアスランの仲立《なかだ》ちをしてください。なにとぞ、わたしらに代わって厩《うまや》にはいっていって、アスランに話をしてください。わたしらには無理《むり》です、わたしらにはできません」

　ネコのジンジャーは、木の上のほうへ姿《すがた》を消した。その後ジンジャーの姿を見た者はいない。

　ティリアンは剣《けん》のつかに手をかけたまま、うつむいていた。想像《そうぞう》を絶《ぜっ》する展開《てんかい》に呆《ぼう》然《ぜん》としていたのだ。ティリアンの心は揺《ゆ》れていた。いますぐこの場で剣を抜《ぬ》いてカロールメン兵《へい》たちに斬《き》りかかるのが最善《さいぜん》だと思えたり、また一方で、この先がどう展開していくのかいましばらく見守るのが最善だとも思われた。そして、いま、事態《じたい》は新しい方向へ転じようとしていた。

「わが父よ」群衆《ぐんしゅう》の左手のほうから、よく通るはっきりとした声がかかった。ティリアンには、すぐにそれがカロールメン人の声だとわかった。というのは、ティズロックの軍隊《ぐんたい》においては身分の低《ひく》い兵卒《へいそつ》は士官《しかん》に対して「わが主人《あるじ》よ」と呼《よ》びかけるが、士官は上官《じょうかん》に対して「わが父よ」と呼びかけるのが習慣《しゅうかん》だったからだ。ジルとユースティスはこのことを知らなかったが、あちこち見まわしたあと、声の主を見つけた。群衆の真ん中近くに立っている者たちの姿は、たき火の光が目にはいるせいで黒っぽく見えてしまい見分けがつきにくいが、端《はし》のほうにいる者は比較的《ひかくてき》見やすかった。声をあげたのは背《せ》の高いすらりとした若者《わかもの》で、肌《はだ》が浅黒《あさぐろ》く傲慢《ごうまん》な感じのカロールメン人ではあるが、それなりに美しいと形容《けいよう》してもいいような青年だった。

「わが父よ」若者は指揮官《しきかん》に言った。「わたくしも厩《うまや》の中にはいってみたいと存《ぞん》じます」

「黙《だま》れ、エメス」指揮官が言った。「誰《だれ》がそなたの意見を聞きたいと言ったか。若造《わかぞう》の出る幕《まく》ではない」

「わが父よ」エメスが言った。「たしかに、わたくしは貴官《きかん》よりも若輩《じゃくはい》でありますが、しかし、わたくしも貴官と同じくタルカーンの血を引く者、そしてタシュの僕《しもべ》であります。それゆえ……」

「黙れと言っておる」リシュダ・タルカーンが言った。「わたしはそなたの指揮官であるぞ。そなたはこの厩とは何の関係《かんけい》もない。これはナルニアの民《たみ》のためのものだ」

「否《いな》、そうではありませぬ、わが父よ」エメスが答えた。「わが父は仰《おお》せられたではありませぬか、彼《かれ》らのアスランとわれらのタシュは同じひとつのものであると。それがまことならば、タシュ御《おん》みずからがあの厩《うまや》の中におわすことになります。なれば、なにゆえに、わたくしには関《かか》わりのないこととおっしゃるのですか？　わたくしは、一度でもタシュのご尊顔《そんがん》を拝《おが》むことができれば、千の死を賜《たまわ》っても本望《ほんもう》であります」

「そなたは愚《おろ》か者《もの》だ、何もわかってはおらぬ」リシュダ・タルカーンが言った。「これは至極《しごく》重大な問題なのだ」

エメスはますますかたくなな表情《ひょうじょう》になった。「それでは、タシュとアスランが同じひとつのものであるという話は、まことではないのですか？　大ザルはわれらに偽《いつわ》りを聞かせたのですか？」

「もちろん同じひとつのものに決まっておるわい」大ザルが口を出した。

「誓《ちか》って申してみよ、大ザル」エメスが迫《せま》った。

「やれやれ！」シフトが愚痴《ぐち》っぽい声を出した。「みんな、わしを責《せ》めるのはやめてもらいたいもんだ。わしは頭が痛《いた》いんだ。ああ、そうさ。誓って、そのとおりだ」

「それでは、わが父よ」エメスが言った。「わたくしはどうあっても厩の中にはいる決意であります」

「馬鹿者《ばかもの》が」リシュダ・タルカーンが言いかけたが、同時にドワーフたちのあいだから大きな声があがった。「いいじゃないか、色黒さんよ。なんで入れてやらないんだ？　なんでナルニア人《びと》は厩《うまや》にはいれて、おたくの部下はだめなんだ？　厩の中に、部下には見せたくないものでもはいってるのか？」

ティリアンたちのところからはリシュダ・タルカーンの背中《せなか》しか見えなかったので、タルカーンがどんな表情《ひょうじょう》をしていたかはわからなかったが、とにかくタルカーンは肩《かた》をすくめ、こう言った。「それでは皆《みな》の者、よく見ておくがよい。この若き愚《おろ》か者《もの》が血を流したとしても、わたしのせいではないからな。さあ、厩にはいるがよい、向こう見ずの若造《わかぞう》め。さっさと行け」

エメスは、さきほどのジンジャーと同じように、たき火と厩にはさまれた草地へ出てきた。瞳《ひとみ》をきらきらと輝《かがや》かせ、凛《りん》と引《ひ》き締《し》まった表情で、片手《かたて》を剣《けん》のつかにそえ、昂然《こうぜん》と顔を上げて進んできた。その顔を見て、ジルは泣《な》きたいような気分に襲《おそ》われた。ジュエルもティリアン王の耳にささやいた。「ライオンのたてがみにかけて、カロールメン人ではありますが、この若き勇者《ゆうしゃ》には思いをかけてやりたい気もちになります。

この若者《わかもの》には、タシュよりましな神こそふさわしい」

「あの中にほんとうは何があるのか、わかったらなあ」ユースティスがつぶやいた。

　エメスは扉《とびら》を開けて真っ暗な厩《うまや》の中へはいっていき、そして扉を閉《し》めた。それからほんの数秒後――もっと長く感じられたが――ふたたび厩の扉が開いた。カロールメンの鎧《よろい》かぶとに身を固《かた》めた人物がよろめきながら厩から出てきて、あおむけに倒《たお》れ、そのまま動かなくなった。そして、厩の扉が閉まった。リシュダは倒れた人物に駆《か》け寄《よ》り、腰《こし》をかがめて顔をのぞきこんだとたんにハッと驚《おどろ》いたそぶりを見せた。しかし、すぐに平静《へいせい》を取りもどし、群衆《ぐんしゅう》に向かって大声でこう言った。

「向こう見ずな若者は、望《のぞ》みをとげた。タシュのお姿《すがた》を見て、命を落としたのだ。これは、おまえたち全員に対する警告《けいこく》である」

「わかりました、わかりました」哀《あわ》れなけものたちは声をあげた。しかし、ティリアンと仲間《なかま》たちは、死んだカロールメン兵《へい》をよくよく見たあと、たがいに顔を見あわせていた。群衆はたき火をはさんで反対側《はんたいがわ》の遠いところにいるので見えなかったのだが、すぐ近くに立っているティリアンたちには見えたのだ。目の前の死体は、エメスではなかった。見た目がまったくちがった。死体はエメスよりも年配の男で、もっとがっしりとした体格《たいかく》で、エメスほど背《せ》が高くなく、しかも豊《ゆた》かなひげをたくわえていた。

「ひっひっひっ！」大ザルが笑《わら》った。「ほかには、おらんかね？　誰《だれ》か、中にはいりたい者は？　そうか、みんな遠慮《えんりょ》しておるのだな。それなら、わしが選《えら》んでやろう。おい、そこのイノシシ。次はおまえだ。カロールメン兵《へい》どもよ、やつを引っ立ててこい。タシュランの顔を拝《おが》ませてやる」

「ううむ」イノシシがうなり声をあげ、のっそりと立ちあがった。「来るなら来い。おれの牙《きば》を見舞《みま》ってやる」

勇敢《ゆうかん》なイノシシが命がけで戦《たたか》う覚悟《かくご》を決めたのを目《ま》のあたりにし、カロールメン兵たちが抜《ぬ》き身《み》の三日月刀を構《かま》えてじりじりとイノシシを囲《かこ》む輪《わ》を縮《ちぢ》めていくのに誰ひとりとしてイノシシを助けようとしないのを見たティリアン王の中で、何かがプッツリと切れた。もはや、出ていくタイミングが最善《さいぜん》かどうかなど、考えられなくなっていた。

「剣《けん》を抜《ぬ》け」ティリアン王は仲間《なかま》たちに声をかけた。「矢をつがえよ。あとに続《つづ》け」

次の瞬間《しゅんかん》、あっけにとられたナルニアの民《たみ》が見守る前に、七つの影《かげ》が飛《と》び出《だ》した。そのうちの四人は、炎《ほのお》にきらめく鎖《くさり》かたびらを身につけていた。王が頭上にふりかざした剣《けん》がたき火の明かりを反射《はんしゃ》して鋭《するど》い光を放ち、王は大音声《だいおんじょう》で呼《よ》びかけた。

「われこそはナルニアのティリアン王。アスランの御名《みな》において、わが一身《いっしん》をもって証《しょう》するものなり。すなわち、タシュは汚《けが》らわしき悪魔《あくま》であり、大ザルは逆賊《ぎゃくぞく》の中の逆賊であり、こなたのカロールメン人どもには死がふさわしい。ナルニアのまことの民よ、われに続《つづ》け。新たなる主人のもとで一人ずつ順《じゅん》に殺《ころ》されるのを座《ざ》して待つつもりか？」

11　急転直下

電光石火のすばやさで、リシュダ・タルカーンはティリアン王の剣《けん》が届《とど》かないところまで跳《と》びのいた。リシュダは臆病者《おくびょうもの》ではないから、相手がティリアン王とドワーフだけならば、自分ひとりで応戦《おうせん》することに躊躇《ちゅうちょ》はなかっただろう。しかし、それに加《くわ》えてワシとユニコーンまで相手に回すとなると、話は別《べつ》だった。ワシは顔をねらって突《つ》っこんできて目をつつくし、翼《つばさ》で戦士《せんし》の視界《しかい》をふさいでしまう。ユニコーンについては、戦場《せんじょう》でナルニア軍《ぐん》とまみえたことのある父親から聞いた話では、弓矢あるいは長い槍《やり》を手にしていないかぎり、人間はとうてい太刀打《たちう》ちできないという。ユニコーンは後ろ足で立ちあがり、下りてくる勢《いきお》いでひづめと角《つの》と歯を同時に使って攻撃《こうげき》してくるのだ。そこで、リシュダ・タルカーンは群衆《ぐんしゅう》の中へ逃《に》げこんで、声をあげた。

「わが方《ほう》へ！　ティズロック（御世《みよ》とこしえに！）の戦士《せんし》たちよ、わが方へ参集《さんしゅう》せよ！　忠実《ちゅうじつ》なるナルニアの民《たみ》よ、わが方へ参集せよ！　さもなくばタシュランのお怒《いか》りが下るであろうぞ！」

この局面で、同時にあと二つのことが起こっていた。大ザルはタルカーンほどすばやく身の危険《きけん》を察知《さっち》できず、一秒ほどのあいだ、たき火のそばにしゃがみこんだまま新たに姿《すがた》を現《あらわ》した者たちを見つめていた。そこへティリアンが駆《か》け寄《よ》り、このあさましい生き物の首すじをつかんで吊《つ》りあげ、「扉《とびら》を開けろ！」と叫《さけ》びながら厩《うまや》のほうへ駆けもどったのだ。ポギンが厩の扉を開けた。「シフトめ、相応《そうおう》の目にあうがよい！」ティリアンはそう叫《さけ》んで大ザルを暗闇《くらやみ》の中へ放りこんだ。ドワーフがバタンと扉を閉《し》めたとたん、目もくらむ青緑色の光が厩の中からあふれ、大地が揺《ゆ》れて、気味の悪い音が聞こえた。それは巨大《きょだい》な怪鳥《かいちょう》がしわがれ声でコッコッと鳴いたりギャアギャアと叫《さけ》ぶような音だった。けものたちはうめき声や遠ぼえのような声をあげて「タシュランだ！　お助けを！」と叫び、多くの者が地面に倒《たお》れ、翼《つばさ》や前足で顔を隠《かく》した。唯一例外《ゆいいつれいがい》だったのはワシのファーサイトで、あらゆる生き物の中でもっとも鋭《するど》い目を持つワシはその場面でリシュダ・タルカーンの顔にうかんだ表情《ひょうじょう》を見のがさなかった。ファーサイトには、リシュダがほかの者たちと同じように驚愕《きょうがく》し恐《おそ》れおののいたのが一目でわかった。「そら見ろ」ファーサイトは思った。「信《しん》じもしない神々の名を唱《とな》えたあげくが、このざまだ。その神々がほんとうに現《あらわ》れたとしたら、どうするつもりなのだ？」

その場で同時に起こった三つ目のことは、この晩《ばん》に起こったただ一つの喜《よろこ》ばしいできごとだった。集会に出ていた一五頭の〈もの言う犬〉たち全員が喜びのあまり飛《と》び跳《は》ねたり吠《ほ》えたりしながら王のもとへ走ってきたのだ。ほとんどががっしりした肩《かた》と強靭《きょうじん》なあごを持つ超大型犬《ちょうおおがたけん》で、砂浜《すなはま》に砕《くだ》ける大波のような勢《いきお》いで走ってきて、ティリアンたちを押《お》し倒《たお》しそうになった。というのも、彼《かれ》らは〈もの言う犬〉ではあるものの、このうえなく犬らしい犬たちだったからで、みんな後ろ足で立ちあがって人間の肩に前足をかけ、顔をペロペロ舐《な》め、勢《いきお》いこんで言った。「もちろん、もちろんです！　ぼくたちお役に立ちます。ぜひ！　ぜひ！　ぜひ！　何をしましょうか？

お申しつけください！　ワン！　ワン！　ワン！　ワン！」

　それは思わず涙《なみだ》ぐんでしまいそうな心暖《こころあたた》まる光景《こうけい》だった。これこそ、ティリアンたちが期待していた展開《てんかい》だったのだ。犬たちに続《つづ》いてネズミ、モグラ、リスなどの小動物たちもうれしそうに甲高《かんだか》い声をあげながら小走りにやってきて、「ここです、ここです、わたしたちもおります」と言った。さらに、そのあとからクマとイノシシもやってきた。その光景を見て、ユースティスは、ひょっとしたら何もかもうまくいくんじゃないか、という気がしはじめた。しかし、ティリアンはあたりを見まわし、大多数の動物たちがその場から動こうとしていないことを見て取った。

「わが方《ほう》へ！　わが方へ参集《さんしゅう》せよ！」ティリアンは声をはりあげた。「わたしを王と仰《あお》いだころの勇気《ゆうき》はどこへ行った？　みな臆病者《おくびょうもの》になってしまったのか？」

「無理《むり》です」何十もの声が泣《な》きながら訴《うった》えた。「タシュランの怒《いか》りが恐《おそ》ろしいのです。わたしらをタシュランからお守りください」

「〈もの言う馬〉たちはどうした？」ティリアンが聞いた。

「見ました、見ました」ネズミたちが甲高い声で答えた。「大ザルが働《はたら》かせていました。みんな縄《なわ》でつながれています――丘《おか》のふもとで」

「では、小さき者たちよ」ティリアンが言った。「そなたたちはかじることや食いちぎることや殻《から》を割《わ》ることが得意《とくい》であろうから、全速力で駆《か》けていって、馬たちがわが方《ほう》に味方するかどうか確《たし》かめてくれ。そして、わが方に味方するのであれば、そなたたちの歯で縄を食いちぎって馬たちを解《と》き放《はな》ち、ここへ連《つ》れてきてくれ」

「かしこまりました、陛下《へいか》」小さな声たちの返事があり、しっぽを一振《ひとふ》りしたあと、鋭《するど》い目と鋭い歯を持つ者たちは走り去っていった。ティリアンは愛《いと》おしそうにその後《うし》ろ姿《すがた》を見送ったが、すぐに次の手を考えなくてはならなかった。リシュダ・タルカーンのほうは、兵《へい》たちに次々と命令《めいれい》を出していた。

「進め！　可能《かのう》なかぎり生《い》け捕《ど》りにしろ。そして厩《うまや》へ放りこむか、厩の中へ追いこむのだ。全員を放りこんだら、厩に火を放って、タシュ様への生贄《いけにえ》にする」

「ふん！」ファーサイトはつぶやいた。「それで自分の不信心《ふしんじん》を許《ゆる》してもらうつもりか」

敵《てき》の隊列《たいれつ》（リシュダの軍《ぐん》の約半数《やくはんすう》）が向かってくるのを見て、ティリアンは矢継《やつ》ぎ早《ばや》に命令を出した。

「ジル、左へ出て、敵《てき》が迫《せま》ってくる前にできるだけ矢を射《い》かけてくれ。イノシシとクマは、ジルの横へ。ポギンはわたしの左へ、ユースティスはわたしの右へ。ジュエル、右翼《うよく》を頼《たの》む。パズル、ジュエルのそばにいろ。ひづめを使うのだ。ファーサイト、空中から襲《おそ》いかかれ。犬たちはすぐ後ろに控《ひか》えて、白兵戦《はくへいせん》になったら相手に飛《と》びかかれ。アスランよ、守りたまえ！」

ユースティスは心臓《しんぞう》をばくばくさせながら、どうぞ勇敢《ゆうかん》に戦《たたか》えますようにと祈《いの》る思いでいた。前の冒険《ぼうけん》でドラゴンや大ウミヘビを見たことはあったが、浅黒《あさぐろ》い顔に目だけぎらぎらと光らせた兵士《へいし》たちの戦列《せんれつ》と向きあう、これほど血の凍《こお》る場面は初《はじ》めてだった。敵はカロールメン兵が一五名、ナルニアの〈もの言う雄《お》ウシ〉が一頭、キツネのスリンキー、サタイア[1]のラグルだった。そのとき、ユースティスの左側《ひだりがわ》からビーン！ヒュン！という音が聞こえ、カロールメン兵が一人倒《たお》れた。そしてまたビーン！ヒュン！という音が聞こえ、こんどはサタイアが倒れた。「よくやったぞ、姫《ひめ》！」

1　人間の上半身にヤギまたは馬の下半身を持つ森の神。

YOUCHAN

ティリアンの声がした。と思ったら、敵が襲《おそ》いかかってきた。

そのあとの二分間に何が起こったのか、ユースティスはどんなに考えても思い出せなかった。何もかもが夢《ゆめ》（ただし、高熱《こうねつ》にうなされているときに見る夢）のようで、気がついたら遠くからリシュダ・タルカーンの声が聞こえた。

「退却《たいきゃく》！　もどれ、隊列《たいれつ》を再編制《さいへんせい》する！」

ユースティスがハッと気づいたときには、カロールメン兵《へい》たちが自陣《じじん》へ駆《か》けもどっていくところだった。ただし、全員がもどっていったわけではない。二人の兵士《へいし》がジュエルの角《つの》に貫《つらぬ》かれ、死体となって転がっていた。一人はティリアンの剣《けん》で斬《き》られて死んでいた。ユースティスの足もとにはキツネが死んでおり、これは自分が殺《ころ》したのだろうか、とユースティスは考えた。雄《お》ウシも死んでいた。ジルが放った矢に目を射《い》ぬかれ、イノシシの牙《きば》で脇腹《わきばら》を裂《さ》かれていた。しかし、ティリアンの側《がわ》にも犠牲《ぎせい》が出ていた。犬が三匹《びき》殺され、もう一匹は戦線《せんせん》の後方に逃《のが》れて三本足でよろめきながら哀《あわ》れな声をあげていた。クマは地面に横たわり、弱々しく手足を動かしていた。そして、かすれた声で、最後《さいご》まで当惑《とうわく》したように「あの……よくわからんのだが……」

とつぶやいたあと、子どもが眠《ねむ》りにつくときのように大きな頭を草むらにそっと下ろし、そのまま動かなくなった。

カロールメン軍《ぐん》の第一回目の攻撃《こうげき》は、事実上失敗《しっぱい》に終わった。しかし、ユースティスは戦《たたか》いの展開《てんかい》を見て喜《よろこ》ぶ気にはなれなかった。のどがからからに渇《かわ》き、腕《うで》も痛《いた》かった。

撃退《げきたい》されたカロールメン兵《へい》たちが指揮官《しきかん》のもとへもどってきたのを見て、ドワーフたちがはやしたてた。

「どうだ、まいったか、色黒さんたちよ？　いいざまじゃないか。なんで、おたくの偉《えら》いタルカーンは自分で戦わずに、おまえたちを死にに行かせるんだ？　気《き》の毒《どく》にな！」

「ドワーフたちよ」ティリアン王が呼《よ》びかけた。「わが方《ほう》に加《くわ》わって、口ではなく剣《けん》の腕前《うでまえ》を見せよ。いまならまだ遅《おそ》くはない。ナルニアのドワーフたちよ！　そなたちの勇猛《ゆうもう》な戦いぶりは、よく知っている。主君のもとへもどってこい！」

「やなこったい！」ドワーフたちがせせら笑《わら》った。「お断《ことわ》りだね。そっちだって、むこうと同じペテンだろうよ。王様なんか、もうたくさんだ。ドワーフはドワーフだけでやっていく。べえー、だ！」

そのとき、太鼓《たいこ》の音が鳴りだした。今回はドワーフの太鼓ではなく、大きな雄《お》ウシの革《かわ》を張《は》ったカロールメンの陣太鼓《じんだいこ》だった。子どもたちは、聞いた瞬間《しゅんかん》からいやな音だと思った。ドーン、ドーン、ドドドーン、と太鼓の音が響《ひび》いた。それが何を意味するのかを知っていたならば、子どもたちの耳にはもっと不吉《ふきつ》な音に聞こえたことだろう。ティリアンは、知っていた。それは、どこか遠くないところにカロールメンの別《べつ》の部隊《ぶたい》がいて、リシュダ・タルカーンがその部隊に助けを求《もと》める合図だったのだ。ティリアンとジュエルは悲しげに顔を見あわせた。もしかしたら今夜は自分たちが勝利《しょうり》できるかもしれないと思いかけたところに、その音が聞こえたからだ。新たな援軍《えんぐん》が現《あらわ》れれば、万事休《ばんじきゅう》すだ。

ティリアンは必死《ひっし》の思いであたりを見まわした。ナルニアの生き物たちの中には、王を裏切《うらぎ》ったのか、それとも「タシュラン」がほんとうに恐《おそ》ろしいのか、カロールメンの側《がわ》についたと見える者たちもいた。ほかの者たちは、その場にすわりこんだまま戦況《せんきょう》を見つめ、どちらにつくようすもなかった。しかし、とにかく動物たちの頭数《あたまかず》が少なくなっていた。集まっていた動物たちの群《む》れが小さくなっているのだ。あきらかに、戦《たたか》いのあいだにひっそりと姿《すがた》を消した者が少なからずいたようだった。

ドーン、ドーン、ドドドーンと、気味の悪い太鼓《たいこ》の音が響《ひび》いた。そのうちに、太鼓の音にまじって別の音が聞こえてきた。「聞け！」ジュエルが言った。そのあと、ファーサイトが「見よ！」と言った。その直後、音の正体がはっきりした。ひづめの音をとどろかせ、頭を高く上げ、鼻の穴《あな》を広げ、たてがみを振《ふ》り乱《みだ》して、二〇頭を超《こ》えるナルニアの〈もの言う馬〉たちが丘《おか》を駆《か》け上《あ》がってきたのだ。ネズミたちが託《たく》された仕事をなしとげたのだった。

ドワーフのポギンと子どもたちは喜《よろこ》びの声をあげようと口を開きかけたが、声が出る前に事態《じたい》が急変《きゅうへん》した。弓の弦《つる》がビーン！と鳴る音が響き、シュルシュルと矢の飛《と》ぶ音が聞こえたのだ。矢を放っているのは、ドワーフたちだった。一瞬《いっしゅん》、ジルは自分の目を疑《うたが》った。ドワーフはナルニアの馬に向けて弓を引いていた。ドワーフたちの弓の腕《うで》は必殺《ひっさつ》だ。馬たちは次々と横倒《よこだお》しに倒《たお》れた。そして、この気高《けだか》いけものたちは、一頭たりとも王のもとへ馳《は》せ参《さん》じることはできなかった。

「チビどもめ！」ユースティスが金切《かなき》り声《ごえ》をあげ、怒《いか》りのあまり地団駄《じだんだ》を踏《ふ》んだ。

「汚《きたな》いぞ！　裏切《うらぎ》り者《もの》！」ジュエルでさえ、「陛下《へいか》、わたくしがあのドワーフどもを蹴《け》ちらして、この角《つの》で一〇人ずつまとめて串刺《くしざ》しにしてやりましょうか？」と言った。

しかし、ティリアンは石のように厳《きび》しい表情《ひょうじょう》を崩《くず》さないまま言った。「動くな、ジュエル。涙《なみだ》を流さずにいられぬのであれば、姫《ひめ》よ――」（これはジルに向けた言葉だった）「――顔をそむけて弓の弦《つる》を濡《ぬ》らさぬように。そして、ユースティス、黙《だま》りなさい。汚い言葉でののしってはならぬ。武人《ぶじん》たるもの、ののしりの言葉を口にするものではない。礼儀正《れいぎただ》しき言葉で応《おう》ずるか、さもなくば黙《だま》って苦難《くなん》に耐《た》えるのみである」

しかし、ドワーフたちはユースティスに意地の悪い言葉を返した。「意外だっただろう、坊《ぼう》や、え？　わしらが味方につくと思っておったんだろうが？　とんでもない！〈もの言う馬〉なんぞに用はないさ。むこうに勝ってほしくはないが、あんたらにも勝ってほしくない。わしらを丸めこめると思うなよ。ドワーフはドワーフだけでやっていくんだ」

リシュダ・タルカーンは、ひきつづき部下たちに指示《しじ》を与《あた》えていた。次の攻撃《こうげき》に向けて隊列《たいれつ》を立てなおしているにちがいない。おそらく、最初《さいしょ》の攻撃に全兵力《ぜんへいりょく》を投入すればよかったと後悔《こうかい》したのだろう。陣太鼓《じんだいこ》の音は続《つづ》いていた。やがて、恐《おそ》れていたとおり、それに呼応《こおう》する太鼓の音がはるか遠くからかすかに聞こえてきた。カロールメンの別《べつ》の部隊《ぶたい》がリシュダの太鼓の合図を聞いて、援軍《えんぐん》に駆《か》けつけようとしているのだ。ティリアンの表情《ひょうじょう》からは、これですべての希望《きぼう》がついえたと覚悟《かくご》した内心の絶望《ぜつぼう》は読み取れなかった。

「みんな、聞いてくれ」ティリアン王が何ごともなかったような声でささやいた。「いますぐ攻撃に打って出なくてはならない。あの邪教《じゃきょう》の信者《しんじゃ》どもが援軍を得《え》て力を増《ま》す前に」

「陛下《へいか》、よくお考えください」ポギンが言った。「ここにとどまれば、背後《はいご》の厩《うまや》を壁《かべ》がわりに背負《せお》って戦《たたか》うことができます。しかし、打って出れば、敵《てき》に囲《かこ》まれて皆《みな》がばらばらに切《き》り離《はな》されてしまうことになりませんか？」

「ドワーフよ、たしかにそれは一理ある」ティリアンが言った。「敵《てき》の計略《けいりゃく》がわれわれを厩《うまや》に押《お》しこむことでなければ、それもよかろう。しかし、いまは、あの恐《おそ》ろしい扉《とびら》からできるだけ離《はな》れたほうがよいと思う」

「王のおっしゃるとおりだ」ワシのファーサイトが言った。「何をおいても、とにかくこの呪《のろ》われた厩と中に棲《す》みついている悪霊《あくりょう》から離れたほうがいい」

「そうだ、そうしよう」ユースティスも言った。「こんな厩なんか、見るのもいやだ」

「よろしい」ティリアンが言った。「ここから左手のほうを見よ。たき火に照《て》らされて白い大理石のごとく輝《かがや》いている大きな岩が見えるだろう。われらは、まず最初《さいしょ》にカロールメン軍《ぐん》に攻撃《こうげき》をしかける。姫《ひめ》よ、そなたは左へ出て次々と可能《かのう》なかぎりのすばやさで敵の隊列《たいれつ》めがけて矢を射《い》かけてくれ。そして、ワシよ、そなたは右から敵の顔をねらって飛《と》びこんでくれ。それ以外《いがい》の者たちは、敵に向かって突撃《とつげき》する。ジル、われらが敵の近くまで攻《せ》めこんで、味方を誤射《ごしゃ》する危険《きけん》が大きくなったら、あの白い岩のところへ退《しりぞ》いて、そこで待機《たいき》するように。ほかの者たちは、戦《たたか》いのあいだも耳をすましておくように。最初《さいしょ》の数分で敵を蹴散《けち》らすことができなければ、次の手はない。こちらのほうが人数が少ないから。わたしが『退《ひ》け！』と叫《さけ》んだら、みんなジルの待つ白い岩のところまで駆《か》けもどるように。あそこまでもどれば、背後《はいご》を岩が守ってくれるから、一息つけるだろう。さ、頼《たの》んだぞ、ジル」

ジルはひどく心細い気もちで五、六メートルほど左へ走り出たあと、右足を後ろへ引き、左足を前に踏《ふ》み出《だ》して、弓に矢をつがえた。手が震《ふる》えてどうしようもなかった。

「あ、しまった！」ジルがつぶやいた。一本目の矢は敵《てき》のほうへ飛《と》んでいったものの、頭の上を通過《つうか》してしまった。しかし、次の瞬間《しゅんかん》にジルは二の矢をつがえていた。この場面ではとにかくスピードが肝心《かんじん》だとわかっていたからだ。そのとき、何か黒くて大きいものがカロールメン兵《へい》たちの顔めがけてすごい速さで襲《おそ》いかかるのが見えた。ワシのファーサイトだった。最初に一人の兵士《へいし》が、続《つづ》いてもう一人の兵士が、手に持っていた剣《けん》を放り出し、目を守ろうとして両手で顔を押《お》さえた。そのうちにジルが放った矢が兵士に命中し、もう一本がナルニアのオオカミに命中した。オオカミは敵の側《がわ》についたものらしい。だが、ジルが弓を引いていたのは、ほんの短いあいだだった。ナルニアの剣《けん》やイノシシの牙《きば》やジュエルの角《つの》がきらりと光ったと思ったら、犬たちの低《ひく》い吠《ほ》え声《ごえ》とともに、ティリアンたちが一〇〇メートル競走《きょうそう》のような勢《いきお》いで敵《てき》に突進《とっしん》していったのだ。ジルは、カロールメンの兵士《へいし》たちが不意《ふい》を突《つ》かれたように混《こん》乱《らん》しているのを見て、驚《おどろ》いた。自分が放った矢とワシの空からの攻撃《こうげき》が功《こう》を奏《そう》したことに気づいていなかったのだ。一方から飛《と》んでくる矢に顔をねらわれ、反対側《はんたいがわ》からワシにつつかれては、どんな軍隊《ぐんたい》といえどもまともに正面を見すえて戦《たたか》うことはできないだろう。

「いいぞ！　がんばれ！」ジルは叫《さけ》んだ。ティリアン王の勢力《せいりょく》は敵陣《てきじん》の中央に深く切りこんでいった。ユニコーンは干《ほ》し草《くさ》を熊手《くまで》で放り上げるように敵の兵士たちを角《つの》にかけて放り投げていた。ジルの目には、ユースティスさえも勇猛《ゆうもう》な戦いぶりに見えた（ジルにはそもそも剣術《けんじゅつ》というものがよくわかっていなかった）。犬たちはカロールメン兵ののどぶえに食《く》らいついていた。作戦《さくせん》はうまくいきそうだ！　ついに勝利《しょうり》に手が届《とど》くかと……そのとき、背《せ》すじの凍《こお》るようなショックとともに、ジルは妙《みょう》なことに気づいた。ナルニア軍《ぐん》の剣の一振《ひとふ》りごとにカロールメン兵が倒《たお》れていくのに、いつまでたっても敵《てき》の数が減《へ》らないのだ。というよりも、実際《じっさい》には戦いが始まった当《とう》初《しょ》よりもカロールメン兵《へい》の数は増《ふ》えていた。敵兵《てきへい》は刻々《こっこく》と増えつづけており、四方八方から丘《おか》を駆《か》けのぼってきた。それは新手のカロールメン兵たちだった。しかも、彼《かれ》らは手に槍《やり》を持っていた。敵兵の数が多すぎて、ジルのところからは味方の姿《すがた》がほとんど見えないくらいだった。そのとき、ティリアンの声が響《ひび》いた。

「退《ひ》け！　岩までもどれ！」

敵の援軍《えんぐん》が到着《とうちゃく》したのだ。太鼓《たいこ》の合図が功《こう》を奏《そう》したのだった。

12　厩《うまや》の中へ

ジルは、とうに白い岩のところまでもどっていなければならなかったのだが、戦闘《せんとう》のなりゆきを見ているうちに夢中《むちゅう》になって、ティリアンの指示《しじ》をすっかり忘《わす》れていた。いまようやく命令《めいれい》を思い出したジルは、くるりと向きを変《か》えて白い岩のほうへ駆《か》けだし、ほかの仲間《なかま》たちよりほんの一瞬《いっしゅん》だけ早く岩にたどりついた。そんなわけで、少しのあいだ、ティリアンたちは全員が敵《てき》に背《せ》を向けるかっこうになった。白い岩にたどりついたとたん、みんなは急いで背後《はいご》をふりかえった。すると、恐《おそ》ろしい光景《こうけい》が目にはいった。

一人のカロールメン兵《へい》が厩の扉《とびら》に向かって走っていく。その腕《うで》には何かが抱《だ》きかかえられていて、足を蹴《け》ったり全身でもがいたりしていた。兵士《へいし》がティリアンたちとたき火のあいだにさしかかったとき、兵士《へいし》の姿《すがた》も、兵士が抱《かか》えているものの形も、はっきりと見えた。抱えられているのは、ユースティスだった。

ティリアンとユニコーンはユースティスを救《すく》おうとして駆《か》けだしたが、二人よりもカロールメン兵のほうが厩《うまや》の扉《とびら》にずっと近いところにいた。ティリアンとジュエルが厩までの距離《きょり》の半分も走らないうちに、カロールメン兵はユースティスを厩に放りこんで扉をバタンと閉《し》めてしまった。さらに六人のカロールメン兵があとから走ってきて厩の前の空き地に横一列に並《なら》んだので、もはや厩に近づくことはできなくなった。

そんな場面でも、ジルは弓の弦《つる》を濡《ぬ》らさないよう顔をそむけることを忘《わす》れなかった。「泣《な》くのはがまんできなくても、弓の弦は濡らさないわ」ジルは言った。

そのとき急にポギンが声をあげた。「矢が飛《と》んでくるぞ、気をつけろ!」

みんな姿勢《しせい》を低くして、かぶとを鼻のところまで深く下ろした。犬たちは後方にうずくまった。しかし、矢は何本か飛んできたものの、すぐに、自分たちがねらわれているのではないとわかった。グリフル率《ひき》いるドワーフたちがふたたび弓を引きはじめ、こんどは冷徹《れいてつ》にカロールメン兵をねらっていたのだ。

「その調子だ、みんな！」グリフルの声が聞こえた。「みんな力を合わせて、しっかりとねらいをつけろ。おれたちは色黒どもに用はない。サルにも用がないし、ライオンにも用はない。王様もいらん。ドワーフはドワーフだけでやっていくんだ」

ドワーフに関《かん》してはさまざまな意見があろうが、彼《かれ》らが勇敢《ゆうかん》であることに異論《いろん》をはさむ者はいないだろう。その気になれば、ドワーフたちはいくらでも安全な場所に逃《に》げるチャンスがあったのだ。しかし、彼らはその場にとどまり、戦《たたか》いの当事者双方《そうほう》をできるだけたくさん倒《たお》すことを選《えら》んだ——都合よく当事者どうしで殺《ころ》し合《あ》いをしてくれているあいだは別《べつ》として。ドワーフたちは、ナルニアをドワーフだけのものにしたいと望《のぞ》んだのだった。

ドワーフたちに計算ちがいがあったとしたら、それは、カロールメン兵《へい》が無防備《むぼうび》な馬とちがって鎧《よろい》かぶとに身を固《かた》めていたという点だった。しかも、カロールメン軍《ぐん》には指揮官《しきかん》がいた。リシュダ・タルカーンの大声が響《ひび》いた。

「三〇人は白い岩のところで馬鹿《ばか》どもを見張《みは》っておけ。残《のこ》りはわたしに続《つづ》け。地の息《むす》子《こ》どもに教訓《きょうくん》を与《あた》えてくれようぞ」

ティリアンと仲間《なかま》たちは戦闘《せんとう》の直後で息が乱《みだ》れており、数分でも休憩《きゅうけい》できることをありがたく思いながら、白い岩の前に立って、タルカーンが部下たちを指揮《しき》してドワーフと戦《たたか》うようすを見ていた。あたりは異様《いよう》な光景《こうけい》に変《か》わりつつあった。たき火は下火になり、一帯《いったい》を照《て》らすのはほの暗く赤い光になっていた。目の届《とど》くかぎり、集会がおこなわれていた場所には誰《だれ》もいなくなり、残《のこ》っているのはドワーフとカロールメン兵《へい》だけだった。赤黒い光の中では、何が起こっているのか、はっきりと見ることはできなかった。聞こえてくる物音からすると、ドワーフはなかなか善戦《ぜんせん》しているようだった。ティリアンの耳に、グリフルがどなる恐《おそ》ろしい言葉が聞こえた。そして、ときおり、「できるだけ生《い》け捕《ど》りにせよ！　生け捕りにするのだ！」と叫《さけ》ぶタルカーンの声も聞こえた。

どんな戦いだったかははっきりしないが、いずれにせよ、それほど長くは続《つづ》かなかった。そのうちに物音がやみ、タルカーンが厩《うまや》のほうへもどってくるのが見えた。タルカーンに続いて一一人の人影《ひとかげ》が見え、それぞれが縄《なわ》で縛《しば》りあげた一一人のドワーフを引きずっていた（ほかのドワーフたちが全員殺《ころ》されたのか、それとも何人か逃《に》げたのかは、わからずじまいだった）。

「こやつらをタシュの神殿《しんでん》に放りこめ」リシュダ・タルカーンが言った。

一一人のドワーフたちが次から次へと放り投げられたり蹴《け》られたりしながら真っ暗な戸口の中へ消え、ふたたび厩《うまや》の扉《とびら》が閉《し》められたあと、リシュダ・タルカーンは厩に向かって深々と頭を下げ、こう言った。

「タシュよ、この者たちも火あぶりにして生贄《いけにえ》として捧《ささ》げます」

そして、カロールメン兵《へい》たちは全員が剣《けん》のひらを盾《たて》に打ちつけて、「タシュ！　タシュ！　偉大《いだい》なるタシュ！　侵《おか》すべからざるタシュ！」と叫《さけ》んだ（もはや「タシュラン」などというふざけた方便《ほうべん》は使われなかった）。

白い岩の前に陣取《じんど》ったティリアンたちは、戦況《せんきょう》を見ながら小声でささやきあっていた。岩の上から一すじの清水《しみず》が流れ出ているのが見つかり、みんなごくごくと水を飲んだ。ジルとポギンとティリアン王は両手で水をすくって飲み、四本足の動物たちは岩の根もとにできた小さな水たまりからぴちゃぴちゃと飲んだ。みんなものすごくのどが渇《かわ》いていたので、生まれてからこんなにおいしいものは飲んだことがないと思うほどおいしい水だった。水を飲んでいるあいだは心がひたすら満《み》ち足《た》りて、ほかのことは何も考えられなかった。

「わたしの直感ですが」と、ポギンが口を開いた。「あすの朝までには、わたしら全員、順《じゅん》にあの暗い扉《とびら》の中へはいっていくことになるんでしょうな。どんな死にかたをするにせよ、できるものなら、ちがう死にかたを願《ねが》いたいもんですが」

「たしかに、気味の悪い扉だ」ティリアンが言った。「まるで何かが口を開けているように見える」

「ああ、何か打つ手はないの?」ジルが震《ふる》える声で言った。

「いや、美しき友よ、残念《ざんねん》ながら」ジュエルがジルに鼻先を優《やさ》しく寄《よ》せて言った。「しかし、われらにとっては、あれはアスランの国へ通じる扉かもしれません。そうであれば、今夜はアスランのテーブルで夕食をいただくことになるでしょう」

リシュダ・タルカーンが厩《うまや》を背《せ》にして、ゆっくりと白い岩のほうへ歩いてきた。

「そこにおる者ども、聞け」タルカーンが言った。「イノシシと犬とユニコーンは、わが軍門《ぐんもん》に降《くだ》るならば、命は助けてやる。イノシシは檻《おり》に入れられて、わがティズロックの庭園に送られることになろう。犬どもはティズロックの犬舎《けんしゃ》に送られ、ユニコーンは、その角《つの》をのこぎりで切り落としたあと、馬車馬として使ってやろう。しかし、ワシと子どもたちと王のなれの果《は》ては、今夜タシュへの生贄《いけにえ》とする」

返事は低《ひく》いうなり声だけだった。

「者ども、かかれ」タルカーンが号令《ごうれい》を下した。「けものは殺《ころ》せ。ただし、二本足の者たちは生《い》け捕《ど》りにせよ」

こうして、ナルニア最後《さいご》の王の最後の戦《たたか》いが始まった。

ティリアンたちにとって不利《ふり》だったのは、敵《てき》の多勢《たぜい》もさることながら、敵が槍《やり》を手にしていたことだった。初《はじ》めから大ザルのそばにいたカロールメン人たちは、槍を持っていなかった。というのは、以前《いぜん》からナルニアにいたカロールメン人は一人か二人ずつ何くわぬ顔で商人のふりをしてナルニアにはいってきたからであり、言うまでもなく槍のように隠《かく》し持《も》つことのできない武器《ぶき》は持っていなかったのだ。しかし、新しくやってきたカロールメン人たちは、ずいぶんあとになって、大ザルがすでに権勢《けんせい》を誇《ほこ》り、カロールメン人が兵士《へいし》のなりで大手《おおで》を振《ふ》って歩けるようになってからナルニアにはいってきたものであろう。槍《やり》があるとないとでは、大ちがいだった。長い槍があれば、イノシシの牙《きば》に突《つ》かれる前にイノシシをしとめることができるし、ユニコーンの角《つの》に貫《つらぬ》かれる前にユニコーンを倒《たお》すことができる——槍の使い手が敏捷《びんしょう》かつ冷《れい》静《せい》に立ち回れば。そしていま、水平に構《かま》えられた何本もの槍が、ティリアンと最後《さいご》に残《のこ》った仲間《なかま》たちに迫《せま》ってきた。次の瞬間《しゅんかん》、命がけの戦《たたか》いが始まった。

ある意味では、これは想像《そうぞう》するほど絶望的《ぜつぼうてき》なものではなかった。全身の筋肉《きんにく》を限界《げんかい》まで働《はたら》かせて、すばやくかがんで突き出された槍を避《さ》け、跳《と》びあがって足もとを払《はら》う槍を避け、剣《けん》を構えて前へ突いて出たり、後ろへ引いたり、ひらりと身をかわしたりしているあいだは、恐怖《きょうふ》を感じる余裕《よゆう》もなければ悲しいと嘆《なげ》く余裕もないからだ。ここまで来たら仲間《なかま》のために自分ができることは何もないと、ティリアンは諦観《ていかん》していた。みんな、行く先はひとつなのだ。ティリアンの目に、脇《わき》のほうでイノシシが倒《たお》れるのがぼんやりと見えた。反対側《はんたいがわ》では、ジュエルががむしゃらに戦っているのが見えた。視界《しかい》の端《はし》にほんのちらりと、大柄《おおがら》なカロールメン兵《へい》がジルの髪《かみ》をつかんで引きずっていくのが見えた。しかし、ティリアンはそれらを見てもほとんど何も考えなかった。頭の中にあるのは、自分がやられる前にどれだけ多くの敵《てき》を道連《みちづ》れにできるか、ということだけだった。ただ、まずいことに、ティリアンは戦《たたか》いを始めた場所すなわち白い岩の下から少しずつ離《はな》れはじめていた。一〇人以上《いじょう》の敵を同時に相手にしては、とりあえず有利《ゆうり》なほうへ打って出るしかない。敵の胸《むね》やのどもとが無防備《むぼうび》と見えるところに突《つ》いて出るしかないのだ。二、三回そのように突きをくりかえすと、最初《さいしょ》の場所からはずいぶん離れたところまで移動《いどう》してしまう。ティリアンはすぐに自分がどんどん右のほうへ、厩《うまや》のほうへ近づいていることに気づいた。頭のどこかに厩には近づかないほうがいいという意識《いしき》があるにはあったものの、なぜそうだったのか、いまとなっては思い出せなかった。それに、どのみち、それ以外《いがい》の方向へは動きようがなかった。

そのうちに、とつぜん、すべての状況《じょうきょう》がはっきりと見て取れるようになった。気がつくと、ティリアンはタルカーンと戦っていた。たき火（もうほんの残《のこ》り火《び》になっていた）が、まっすぐ前方に見えた。いつの間にか、ティリアンは厩の戸口のすぐ前で剣《けん》をふるっていた。厩の扉《とびら》は開かれ、二人のカロールメン兵《へい》が扉を押《お》さえており、ティリアンが中にはいったらすぐに扉《とびら》を閉《し》めようと待ちかまえていた。ティリアンは、ようやくいろいろなことを思い出し、戦《たたか》いが始まって以来《いらい》ずっと敵《てき》どもが自分を厩《うまや》の戸口へ追いつめようとしていたことを悟《さと》った。そんなことを考えながらも、タルカーンとの死闘《しとう》は続《つづ》いていた。

ふと、ティリアンの頭に新しい考えがうかんだ。ティリアンは手にしていた剣《けん》を捨《す》て、タルカーンが振《ふ》りまわす三日月刀の下をかいくぐって突進《とっしん》し、タルカーンの腰《こし》のベルトを両手でつかむと、「さあ来い、自分でタシュの顔を拝《おが》むがいい！」と叫《さけ》びながら、敵もろとも背後《はいご》の厩に飛《と》びこんだ。

直後に耳をつんざく轟音《ごうおん》が起こり、大ザルが厩に放りこまれたときと同じように大地が揺《ゆ》れ、目もくらむ閃光《せんこう》が走った。

厩の外にいたカロールメン兵《へい》たちは「タシュだ！　タシュだ！」と絶叫《ぜっきょう》し、扉をバタンと閉めた。タシュが自分たちの指揮官《しきかん》をご所望《しょもう》とあらば、その思《おぼ》し召《め》しに従《したが》うほかはない。いずれにせよ、兵士《へいし》たちはタシュの姿《すがた》など拝みたくなかった。

少しのあいだ、ティリアンは自分がどこにいるのかわからず、自分が何者であるのかさえもわからなくなっていた。そのあと体勢《たいせい》を立て直し、まばたきしながら周囲《しゅうい》を見まわしてみると、厩《うまや》の内部は想像《そうぞう》していたような真《ま》っ暗闇《くらやみ》ではなく、まばゆい光があふれていた。思わずまばたきしたのは、そのせいだった。

ふりかえってリシュダ・タルカーンを見ると、リシュダはティリアンのほうを見てはいなかった。リシュダは大声で泣《な》き叫《さけ》び、一点を指さしたあと、両手で顔をおおって、うつ伏《ぶ》せに倒《たお》れこんでしまった。ティリアンはタルカーンが指さした方向へ目をやった。そして、理解《りかい》した。

見るからに恐《おそ》ろしい怪物《かいぶつ》がこちらへ近づいてくるのだ。要塞《ようさい》の塔《とう》の近くで見たあの影《かげ》にくらべればはるかに小さいが、それでも人間よりはずっと大きく、あのときと同じものだとわかった。それはハゲワシの頭部と四本の腕《うで》を持ち、鋭《するど》いくちばしを開け、目は炎《ほのお》のように燃《も》えていた。怪物のくちばしの奥《おく》から、しわがれた声が出た。

「リシュダ・タルカーンよ。そちは、わしをナルニアの地へ呼《よ》びだした。それゆえ、こうして来てやった。用件《ようけん》を言うてみよ」

しかし、タルカーンは地面に顔を伏《ふ》せたまま口をきくこともできず、ひどいしゃっくりをくりかえす人のようにひくひく震《ふる》えていた。この男は、戦場《せんじょう》ではたしかに勇《ゆう》猛果敢《もうかかん》であった。しかし、その夜の早い段階《だんかい》で、もしかしたら本物のタシュが降臨《こうりん》したのかもしれないという疑《うたが》いが頭をかすめたとき、リシュダの勇気《ゆうき》は半分失《うしな》われた。そしていま、残《のこ》りの勇気も消《け》し飛《と》んでしまったのだった。

タシュは、メンドリがミミズをついばむようにいきなり身をかがめ、哀《あわ》れなリシュダに襲《おそ》いかかったと思ったら、そのからだを二本ある右腕《みぎうで》のうちの上の一本で抱《かか》えこみ、そのあと顔を横に向けてティリアンを恐《おそ》ろしい目で見すえた。タシュは鳥の頭をしているので、顔を正面に向けてものを見ることはできないのだ。

そのとき、タシュの背後《はいご》から夏の海を思わせる力強く穏《おだ》やかな声が響《ひび》いた。

「化け物よ、失《う》せよ。おのれにふさわしい獲物《えもの》を持って、おのが棲処《すみか》へもどるがよい。アスランの御名《みな》において、そしてアスランの偉大《いだい》なる父、大海のかなたにあらせられる皇帝《こうてい》の御名において、申しつける」

おぞましい化け物は、タルカーンを脇《わき》に抱えたまま消え去った。誰《だれ》の声だったのだろうと思って、ティリアンはふりむいた。そして目の前の光景《こうけい》を見たティリアンは、戦場《せんじょう》では経験《けいけん》したことがないような胸《むね》の高鳴りを感じた。

ティリアンの前には、七人の王と女王が立っていた。みな頭に王冠《おうかん》を戴《いただ》き、きらびやかな服装《ふくそう》だった。王たちは服の上にみごとな鎖《くさり》かたびらをつけ、手には抜《ぬ》き身《み》の剣《けん》を握《にぎ》っていた。ティリアンがていねいに頭を下げて口を開こうとしたとき、いちばん若《わか》い女王が笑《わら》い声《ごえ》をあげた。その女王の顔をじっと見つめたティリアンは、驚《おどろ》きのあまり息をのんだ。それはティリアンの知っている人、ジルだったのだ。しかし、最後《さいご》に見たジルの姿《すがた》とはちがっていた。ティリアンが最後に見たジルは泥《どろ》まみれの顔で泣《な》き叫《さけ》び、着古したジャンパードレスの肩《かた》が片方《かたほう》脱《ぬ》げかけていたが、いま目の前にいるジルはすっかり落ち着いて、さっぱりとした姿だった。実際《じっさい》、風呂《ふろ》あがりかと思うようなさっぱりとした姿だった。ティリアンの目にはジルがどことなく大人びて見えたが、でも、あらためて見なおすとそうでもなくて、どっちなのか自分でもよくわからなかった。次にティリアンが気づいたのは、いちばん年下の王がユースティスだということだった。ただし、ユースティスもジルと同じように、ようすがすっかり変《か》わっていた。

ティリアンは、この人たちを前にして、にわかに居心地《いごこち》が悪くなった。というのも、自分は戦場《せんじょう》から血まみれ泥《どろ》まみれ汗《あせ》まみれで飛《と》びこんできたからだ。しかし、次の瞬間《しゅんかん》、ティリアンは自分がさっきまでの姿《すがた》ではなくなっていることに気がついた。ティリアン自身もさっぱりと涼《すず》しげで清潔《せいけつ》な姿になっており、ケア・パラヴェルで大《だい》宴会《えんかい》が催《もよお》されるときの正装《せいそう》に変《か》わっていた（ただし、ナルニアでは、上等な装《よそお》いだからといって着心地《きごこち》の悪い服というわけではない。ナルニアには見た目が美しいのと同じくらいに着心地のいい服を作る技術《ぎじゅつ》があって、洗濯糊《せんたくのり》やフランネルやゴムひもなどはナルニアの国を端《はし》から端まで探《さが》したとしても見つからないのである）。

「陛下《へいか》」ジルが前に出てきて、優雅《ゆうが》に膝《ひざ》を折《お》っておじぎをした。「ナルニアのすべての王を統《す》べられるピーター上級王にご紹介《しょうかい》いたしましょう」

ティリアンは、わざわざ聞かなくても、誰《だれ》が上級王なのかわかっていた。夢《ゆめ》で見た上級王の顔をおぼえていたからだ（ただし、この場ではピーター上級王はいっそう気《け》高《だか》く見えた）。ティリアンは前に出て地面に片膝《かたひざ》をつき、ピーター上級王の手にキスをした。

YOUCHAN

「上級王陛下《へいか》、よくぞおいでくださいました」

上級王はティリアンを立たせ、上級王にふさわしい物腰《ものごし》でティリアンの両頬《りょうほほ》にキスをした。そのあと、上級王はティリアンをいちばん年配の女王——と言っても、年《とし》老《お》いているわけではなく、頭に白髪《しらが》もなければ顔にしわもなかった——の前へ連《つ》れていき、「この方がナルニア創世《そうせい》の日、アスランがナルニアに木々を生やされ、けものたちに言葉を与《あた》えられたその場に立ち合われたレディ・ポリーです」と紹介《しょうかい》した。次に、上級王はティリアンを年配の男性《だんせい》の前に連れていった。その男性は胸《むね》まで届《とど》くほど豊《ゆた》かな金色のひげをたくわえ、叡智《えいち》に満《み》ちた表情《ひょうじょう》をしていた。「こちらはディゴリー卿《きょう》、ナルニアの創世にレディ・ポリーとともに立ち合われた方です。そして、こちらがわたしの弟、エドマンド王です。そして、こちらはわたしの妹、ルーシー女王です」

「陛下」紹介を受けた全員に挨拶《あいさつ》をしたあと、ティリアンがたずねた。「わたくしがナルニアの年代記を正しく読んでおりましたならば、もう一人女王がいらっしゃるのではありませんか？　陛下には妹君が二人おられたはず。スーザン女王はいずこにおられるのでしょうか?」

「わが妹スーザンは、もはやナルニアの友ではありません」ピーターが言葉少なに暗い表情《ひょうじょう》で答えた。

「そうなのです」ユースティスが言った。「みんなでナルニアの話をしたりナルニアに関係《かんけい》のあることをしようと誘《さそ》っても、スーザンは『あなたたち、記憶力《きおくりょく》がいいのねえ! 子どものころに遊んだへんてこなゲームを、まだずっとおぼえているなんて』などと言うのです」

「ああ、スーザンたら!」ジルが言った。「スーザンは、いまではもうナイロンストッキングや口紅《くちべに》やパーティーの招待状《しょうたいじょう》みたいなものにしか興味《きょうみ》がないのです。ずっとむかしから、大人っぽくなることばかり夢見《ゆめみ》ていましたから」

「大人っぽくなること、ね」レディ・ポリーが口を開いた。「スーザンには、ほんとうの意味で大人になってもらいたいものです。学生のあいだじゅうずっと、早くいまの年齢《ねんれい》になりたくて時間をいたずらにやりすごし、そして、この先は、一生いまの年齢にとどまりたくて時間をむだに費《つい》やすことになるでしょう。あの子の考えていることといえば、一刻《いっこく》も早く人生でいちばん愚《おろ》かな年齢《ねんれい》に達《たっ》したい、そしてできるだけ長くその年齢にとどまりたい、ということばかりなのです」

「まあ、その話はいまはやめておきましょう」ピーターが言った。「ごらんなさい！　木にうまそうな果物《くだもの》がなっている。味見してみようではありませんか」

そのとき初《はじ》めてあたりを見まわしたティリアンは、なんと不思議《ふしぎ》なことばかり続《つづ》くのだろう、とつくづく思った。

13　かたくななドワーフたち

　ティリアンの考えでは――考える暇《いとま》があればこそ、であるが――自分たちは奥行《おくゆ》き三、四メートル、幅《はば》二メートルたらずの小さな草葺《くさぶき》の厩《うまや》に飛《と》びこんだはずだった。ところが実際《じっさい》には自分は草地に立っており、頭上には真っ青な空が広がり、頬《ほお》を優《やさ》しくなでる風は初夏《しょか》を思わせるさわやかさだった。さほど遠くないところに葉のよくしげった木立ちがあり、どの葉の下にも果物《くだもの》が顔をのぞかせていた。果物は金色、淡《あわ》い黄色、紫色《むらさきいろ》、あるいは燃《も》えるように赤い色で、わたしたちの世界では見ることのない果物だった。ティリアンは果物がなっているのを見て季節《きせつ》は秋なのかと思ったが、そよ風の感触《かんしょく》からすると、やはり六月よりあとの季節だとは思えなかった。ティリアンたちは木立ちに近づいていった。

みんなは手を伸《の》ばし、それぞれに気に入った色や形の果物《くだもの》を摘《つ》もうとしたところで、ふと手を止めた。果物があまりに美しいので、みんな、「これは自分に許《ゆる》された果物であるはずがない……摘みとってはいけないのではないか」と感じたのだ。

「だいじょうぶ」ピーターが言った。「みんなが何を考えているかは、わかる。しかし、そのような心配は、まったく必要《ひつよう》ない。ぼくが請《う》けあう。ぼくの感覚《かんかく》では、ぼくたちはいま何もかも許される国にやってきたのだと思う」

「じゃあ、いただこう!」ユースティスが言った。そして、みんな果物を食べはじめた。

果物がどんな味だったか? 残念《ざんねん》ながら、味を描写《びょうしゃ》することはできない。わたしに言えることは、これらの果物にくらべたら、読者諸君《しょくん》が食べたことのあるいちばん新鮮《しんせん》なグレープフルーツでさえ味気《あじけ》なく感じられ、いちばん果汁《かじゅう》たっぷりなオレンジでさえひからびて感じられ、とろけるように柔《やわ》らかな洋ナシでさえ固《かた》くてボソボソに感じられ、これ以上《いじょう》ないほど甘《あま》い野イチゴでさえ酸《す》っぱく感じられるだろう、ということぐらいだ。しかも、果物には種《たね》もなければ、ハチもたかっていなかった。一度でもその果物《くだもの》を口にしたならば、この世のありとあらゆるおいしい食べ物でさえ、まずい薬のように感じられるにちがいない。しかし、わたしには味を文字で表現《ひょうげん》することはできない。ピーターたちのいる国へ行って実際《じっさい》にその果物を食べてみる以外《いがい》に、どんな味がするかを知る方法《ほうほう》はなさそうだ。

みんなが果物をたっぷり食べたあと、ユースティスがピーター王に言った。「話がとちゅうになっていましたけど、それで、みなさんはどうやってここへ来たのですか？　さっき聞かせてくれようとしていたときに、ちょうどティリアン王が現《あらわ》れたから」

「たいした話じゃないんだけど」ピーターが口を開いた。「エドマンドとぼくは駅のホームに立っていて、ちょうどきみたちの乗った列車がホームにはいってくるところだった。ずいぶん速いスピードでカーブを曲がるんだな、と思ったことはおぼえているんだけど。それと、うちの家族がたぶん同じ列車に乗りあわせてるっていう巡《めぐ》り合《あ》わせも不思議《ふしぎ》だなと思ったのをおぼえている。ルーシーは知らなかったんだけどね」

「上級王、ご家族とおっしゃいますと？」ティリアンがたずねた。

「父と母だよ――エドマンドとルーシーとぼくの両親」

「どうして?」ジルが聞いた。「まさか、ご両親はナルニアのことはご存《ぞん》じないのでしょう?」

「もちろん。ナルニアとは関係《かんけい》ないんだ。両親はちょうどブリストルへ向かうところでね。その日の朝に発《た》つって聞いただけなんだけど、エドマンドが、それなら二人はその列車に乗ってるにちがいない、って言うから」(エドマンドは俗《ぞく》に言う鉄道マニアだった)。

「それで、どうなったの?」ジルが続《つづ》きをたずねた。

「それが、ちょっと説明《せつめい》しにくいんだ。な、エドマンド?」上級王が言った。

「そうなんだよ」エドマンドが言った。「これまでみたいに魔法《まほう》の力でぼくたちの世界からナルニアへ連《つ》れ出《だ》されたときの感じとは、ぜんぜんちがったんだ。ガガガガーっていうものすごい音がして、何かがバーン!とぶつかってきた。でも、痛《いた》くはなかった。それほど怖《こわ》いっていう感じもなくて――それより、わくわくする感じだったな。あ、それから、妙《みょう》なことが一つあったんだ。ぼく、ラグビーで足を蹴《け》られて膝《ひざ》がかなり痛《いた》んでたんだけど、その痛みが急に消えたんだ。それに、からだがすごく軽くなった感じがした。それで——そしたらここにいた、ってわけ」

「列車に乗っていたわたしたちも、まあ同じようなものだった」ディゴリー卿《きょう》が金色のひげについた果物《くだもの》の汁《しる》を拭《ふ》き取《と》りながら、口を開いた。「ただ、わたしたち、つまりポリーとわたしは、からだのこわばりがなくなったように感じた。きみたち若者《わかもの》にはわからないだろうが。とにかく、年老《としお》いた感じがしなくなった」

「若者だなんて！」ジルが言った。「お二人とも、ここにいるわたしたちとくらべて、それほど年とっては見えませんよ」

「いまはそうかもしれないけれど、あのときまではそんな感じがしていたのよ」レディ・ポリーが言った。

「それで、みなさんがここに来てから、どうなったんですか？」ユースティスがたずねた。

「そうだなあ」ピーターが口を開いた。「長いあいだ（少なくとも、ぼくには長く感じられた）、何も起こらなかった。そのうちに、ようやく扉《とびら》が開いて——」

「扉《とびら》?」ティリアンが聞いた。

「そう」ピーターが答えた。「きみがはいってきた──というか、出てきた──扉だよ。忘《わす》れたのかい?」

「でも、扉なんて、どこにあるのです?」

「見てごらん」ピーターが指をさした。

ティリアンが見ると、そこには想像《そうぞう》もおよばない不思議《ふしぎ》なもの、ありえないものが立っていた。ほんの数メートル離《はな》れたところに、明るい太陽の光を浴《あ》びて、粗末《そまつ》な木の扉が立っているのだ。扉のまわりには枠《わく》があったが、それ以外《いがい》は何もなかった。壁《かべ》もなければ、屋根もない。ティリアンは当惑《とうわく》しながら扉のほうへ歩いていった。ほかのみんなも、ティリアンがどうするのか見ようと、いっしょについてきた。ティリアンは扉の裏側《うらがわ》へ回ってみた。しかし、裏側から見ても、扉はやっぱり扉にしか見えなかった。扉の裏側も同じように夏の日の朝で、ティリアンは青い空の下にいた。扉は、まるでその場所から生え出たように、何の支《ささ》えもなしにぽつんと立っているのだ。

「陛下《へいか》」ティリアンが上級王に話しかけた。「これは、なんとも驚《おどろ》くべきことです」

YOUCHAN

「きみは五分前に例《れい》のカロールメン人といっしょにその扉《とびら》を通ってここへ来たんだよ」ピーターがにこにこ笑《わら》いながら言った。

「いや、わたしは森をあとにして、厩《うまや》の中へ飛《と》びこんだはず。されど、この扉は、ひとところから別《べつ》の場所へ通じているようには見えません」

「扉のまわりを歩いてみても、たしかにそうなんだけどね」ピーターが言った。「でも、戸板と戸板のすき間に目を当ててのぞいてごらん」

ティリアンは戸板のすき間に目を当てて、のぞいてみた。初《はじ》めのうちは真っ暗で何も見えなかったが、そのうちに目が慣《な》れてくると、消えかかっているたき火の赤黒い光が見え、その上に広がる真っ黒な夜空に星が見えた。やがて、自分とたき火のあいだで歩きまわったり立ち止まったりしている黒っぽい人影《ひとかげ》がいくつも見えるようになった。話し声が聞こえ、その声からするとカロールメン兵《へい》のようだった。つまり、ティリアンは厩の扉の内側《うちがわ》から、自分が最後《さいご》の戦《たたか》いを戦った〈街灯《がいとう》の荒《あ》れ地《ち》〉の暗がりをのぞいていたのだ。カロールメン兵たちは、厩の中へはいってリシュダ・タルカーンを探《さが》すべきか（しかし、誰《だれ》ひとり自分がはいると言う者はいなかった）、それとも厩《うまや》に火をかけるべきか、相談していた。

ティリアンがふりかえって見ると、そこにはあいかわらず信《しん》じられない景色《けしき》が広がっていた。頭の上にはさっきと同じ青い空があるし、どちらの方向を見ても、目の届《とど》くかぎり草地が続《つづ》いていた。そして、新しい友たちの笑顔《えがお》が自分を取《と》り囲《かこ》んでいるのだ。

「つまり、こういうことですね」ティリアンは、自分もにっこりしながら言った。「内側《うちがわ》から見た厩と、外側から見た厩は、まるっきり別《べつ》の場所である、と」

「そうだ」ディゴリー卿《きょう》が言った。「内側のほうが外側よりも大きいのだよ」

「そうよ」ルーシー女王が言った。「わたしたちの世界でも、かつて厩の中に全世界よりも大きなものがはいっていたことがあったわ[1]」ルーシー女王が言葉を発したのは、そのときが初《はじ》めてだった。はずむ声の響《ひび》きから、ティリアンにはその理由がわかった。ルーシー女王はほかの誰《だれ》よりもこの状況《じょうきょう》に感激《かんげき》しており、あまりの幸福感に言葉を

1　ベツレヘムの厩でイエス・キリストが誕生《たんじょう》したことを示唆《しさ》している。

失《うしな》っていたのだ。ティリアンはルーシー女王の声をもっと聞きたいと思って、こう言った。

「女王陛下《へいか》、どうぞ続《つづ》きをお話しください。どのような冒険《ぼうけん》をしていらしたのか、余《あま》さずお聞かせください」

「衝撃《しょうげき》があって大きな音がしたあと、わたしたち、気がついたらここにいたんです」ルーシー女王が言った。「わたしたちも、あなたと同じようにあの扉《とびら》を見て不思議《ふしぎ》に思いました。そのうちに、扉が初《はじ》めて開いて（開いた扉のむこうは暗闇《くらやみ》でした）、抜《ぬ》き身《み》の剣《けん》を持った大きな男の人が戸口を通ってこちら側《がわ》へ来ました。鎧《よろい》かぶとや剣の形から、カロールメン兵《へい》だとわかりました。その男の人は扉のすぐ脇《わき》に立って、剣を振《ふ》りかぶって、戸口からはいってくる者を即座《そくざ》に斬《き》り殺《ころ》そうと待ちかまえているようでした。わたしたちはその男の人のところへ行って話しかけたのですが、どうやらその人はわたしたちの姿《すがた》が見えず、声も聞こえないようでした。それに、青空や太陽の光や草地にも、目もくれませんでした。それも見えなかったんだろうと思います。そのあと、わたしたちは長いこと待ちました。すると、扉のむこう側でかんぬきがはずされる音がしました。でも、扉《とびら》のこちら側《がわ》に立っている男の人はすぐに剣《けん》で斬《き》りかかるのではなくて、誰《だれ》がはいってきたのか確《たし》かめようとしているみたいでした。おそらく、誰なら斬る、誰なら斬らない、というようなことを言《い》い含《ふく》められているんだろう、とわたしたちは思いました。ところが、扉が開いた瞬間《しゅんかん》に、いきなりタシュが現《あらわ》れたんです。扉のこちら側に。どこから来たのか、わたしたちの誰も見ていませんでした。そこへ扉が開いて、はいってきたのは大きなネコでした。ネコはタシュの姿《すがた》を一目見たとたんに死《し》に物狂《ものぐる》いで逃《に》げだしました。間一髪《かんいっぱつ》のタイミングでした。タシュがネコに襲《おそ》いかかった瞬間に扉が閉《し》まって、タシュのくちばしが扉に当たりましたから。扉のこちら側に立っていた男の人にはタシュの姿が見えたようで、男の人は真っ青になって化け物の前に這《は》いつくばりました。でも、タシュは姿を消してしまいました。

そのあと、また、わたしたちは長いこと待ちました。すると、ようやく三度目に扉が開いて、若《わか》いカロールメン兵《へい》がはいってきました。わたしの目には、よさそうな人に見えました。扉のこちら側にいた見張《みは》り番《ばん》は、はいってきたカロールメン兵を見てハッとして、ずいぶん驚《おどろ》いたようすでした。誰《だれ》かぜんぜんちがう人がはいってくると思っていたみたいで――」

「これでぜんぶわかったぞ」ユースティスが言った（ユースティスは他人《ひと》の話のとちゅうに口をはさむ悪い癖《くせ》があった）。「ネコが最初《さいしょ》にはいっていく段取《だんど》りになってたんだ。で、見張《みは》り番《ばん》はネコを斬《き》らないように命令《めいれい》されていた、ってわけ。それで、ネコは厩《うまや》から出てきたあとで恐《おそ》ろしいタシュランとやらを見たって話をして、震《ふる》えあがったふりをして、ほかの動物たちを怖《こわ》がらせることになっていたんだ。ところが、大ザルが想像《そうぞう》もしてなかったことが起きた。本物のタシュが現《あらわ》れたんだ。それで、ネコはほんとうに肝《きも》をつぶして厩から飛《と》び出《だ》してきた。で、そのあとは、大ザルが邪《じゃ》魔《ま》だと思う相手をどんどん厩に送りこんで、それを見張り番が斬《き》り殺《ころ》すことになってたんだ。それで――」

「友よ」ティリアンが穏《おだ》やかな口調でたしなめた。「まだ女王のお話が終わっていない」

「それでね」と、ルーシーが話を再開《さいかい》した。「見張り番はびっくりしたんだけど、そのおかげで、厩《うまや》にはいってきた男の人は身構《みがま》える時間があったわけ。二人は斬《き》りあいになって、男の人が見張《みは》り番《ばん》を殺《ころ》して、扉《とびら》の外へ放り出して――。そのあと、男の人はゆっくりと歩いて、わたしたちの立っているところへ来たわ。その人にはわたしたちの姿《すがた》が見えていて、ほかの景色《けしき》なんかもぜんぶ見えていたみたい。わたしたち、その男の人に声をかけたんだけど、その人は心ここにあらずっていう感じで、『タシュ、タシュ、タシュはいずこにおわします？　タシュの御許《みもと》にまいりとうございます』って、ずっとつぶやいているの。それで、わたしたちはあきらめて、男の人はどこかへ行っちゃった――むこうのほうへ。わたしには、よさそうな人に見えたわ。そして、そのあと……うっ！」ルーシーが顔をしかめた。

「そのあと」エドマンドが話を引き取った。「誰《だれ》かが扉を開けてサルを放りこんできたんだ。で、タシュがまた姿を現《あらわ》した。妹のルーシーは心が優《やさ》しいからその場面の話をするのは耐《た》えられないんだろうけど、タシュは鳥が獲物《えもの》をついばむみたいにくちばしで一突《ひとつ》きして、サルを食っちゃったんだ！」

「いい気味だ！」ユースティスが言った。「でも、サルを食ったタシュが食あたりでも起こしたらおもしろいんだけどな」

「そのあと」と、エドマンドが話を続けた。「ユースティスがはいってきて、それからドワーフが一ダースぐらい放りこまれてきて、そのあとジルが来て、最後《さいご》にティリアン、あなたがはいってきたのだ」

「ドワーフもタシュに食われちまえばいいんだ。ちびブタどもめ」ユースティスが言った。

「いいえ、タシュには食べられなかったわ」ルーシーが言った。「そんなひどいこと言わないで。ドワーフたちは、まだこっちにいるわよ。ほら、ここからでも見えるでしょう？　わたし、ドワーフたちとお友だちになろうとしてさんざんやってみたんだけど、だめだったわ」

「あんなやつらと友だちになる、だって⁉」ユースティスが声をあげた。「あいつらが何をしやがったか、知らないからそんなことが言えるんだ！」

「やめなさいよ、ユースティス」ルーシーが言った。「いいから、こっちへ来て、ドワーフたちを見てみてよ。ティリアン王、あなたならなんとかしてあげられるのではありませんか?」

「わたしもきょうはドワーフたちに格別《かくべつ》の愛情《あいじょう》を抱《いだ》く気分にはなれませんが」ティリアンが言った。「しかし、女王がぜひにとおっしゃるのであれば、努力《どりょく》はしてみましょう」

ルーシーの案内《あんない》で、一同はまもなくドワーフたちの姿《すがた》が見えるところまでやってきた。ドワーフたちは、ずいぶんと奇妙《きみょう》なようすをしていた。あたりを歩きまわるでもなく、楽しそうにしているわけでもなく(縛《しば》りあげられていた縄《なわ》は消えたように見えたが)、横になって休んでいるわけでもなかった。全員が肩《かた》を寄《よ》せあって小さな輪《わ》になり、たがいに向かいあってすわりこんでいるのだ。ドワーフたちはあたりを見まわすこともなく、ルーシーとティリアンが手の届《とど》きそうなくらい近くへ来るまで人間たちにも気がつかないようだった。二人が近づくと、ドワーフたちは全員が首をかしげた。誰《だれ》の姿も見えないらしく、耳をすまして何が起こっているのか音から手がかりを得ようとしているようなそぶりに見えた。

「気をつけろよ!」ドワーフの一人が不《ふ》きげんな声で言った。「前を見て歩け。真正面からぶつかってくるんじゃねえ！」

「わかってるよ！」ユースティスが憤慨《ふんがい》した声で言った。「こっちはちゃんと見えてるんだ。目が二つついてるからな」

「そりゃ、ずいぶんりっぱな目だな、こんな中で見えるなんてよ」さっきと同じディグルという名のドワーフが言った。

「こんな中って？」エドマンドが聞いた。

「ここん中にきまっててんじゃねえか、ボンクラめ」ディグルが言った。「この真っ暗で、狭《せま》っ苦《くる》しくて、ひでえ臭《にお》いプンプンの厩《うまや》の中さ」

「そなたたちは目が見えぬのか？」ティリアンが言った。

「真《ま》っ暗闇《くらやみ》ん中じゃ、誰《だれ》だって目なんか見えねえだろうが！」ディグルが言った。

「でも、ここは真っ暗じゃないわよ。あなたたち、おばかさんねえ」ルーシーが言った。「見えないの？　上を見上げてごらんなさいよ！　まわりを見まわしてごらんなさいよ！　空や木や花が見えないの？　このわたしの姿《すがた》が見えないの？」

「でたらめを言うな。ありもしねえもんが見えるはずなかろうが。この真っ暗闇の中じゃ、おたがい見えっこねえさ」

「だけど、わたしにはあなたたちが見えるのよ」ルーシーが言った。「見えるってことを証明《しょうめい》してあげるわ。あなた、口にパイプをくわえているでしょう?」

「そんなこたぁ、タバコのにおいを知ってりゃ誰《だれ》だってわかるわい」ディグルが言った。

「ああ、気《き》の毒《どく》に！　こんなひどいことって、ないわ」ルーシーが言った。そのあと、ルーシーはあることを思いつき、かがんで足もとに咲《さ》いていたスミレの花を摘《つ》んだ。「ドワーフたち、お聞きなさい」ルーシーが言った。「目は見えなくても、たぶん鼻はきくでしょう。この香《かお》り、わかるかしら?」ルーシーはドワーフたちのほうへ身を乗り出して、摘んだばかりのみずみずしいスミレの花束《はなたば》をディグルの醜《みにく》い鼻先にかざしたが、あわてて後ろへ跳《と》びのかなくてはならなかった。ドワーフの小さな握《にぎ》りこぶしが殴《なぐ》りかかってきたのだ。

「やめろ！」ディグルがどなった。「何をしやがる！　厩《うまや》の汚《きた》ねえ寝《ね》ワラを人の鼻先につきつけやがって、いったいどういうつもりだ?　アザミも混《ま》じってたぞ。ふざけた真似《まね》をしやがって。てめえ、何者《なにもん》だ？」

「地の民《たみ》よ」ティリアンが言った。「この方は、ルーシー女王であられる。アスランにより、遠い過去《かこ》から遣《つか》わされたお方だ。女王の御前《おんまえ》でなければ、そなたたちの正当なる王として、このティリアンが首をかたっぱしからはねてやるところだ、この許《ゆる》しがたい裏切《うらぎ》り者《もの》どもめ」

「おもしろいことを言いやがる！」ディグルが声をはりあげた。「いつまでたわごとをほざいてんだ？　あんたのご自慢《じまん》のライオンさんは助けにこなかったじゃねえか、え？　どうなんだ？　なのに、いまだに、さんざん殴《なぐ》られてこの真っ暗な穴倉《あなぐら》にわしらといっしょに押《お》しこまれても、まだ寝《ね》ぼけたこと言ってんのかよ。性懲《しょうこ》りもなく新手《あらて》のうそをでっちあげて！　またわしらをだまそうってのか？　誰《だれ》も厩《うまや》に閉《と》じこめられちゃおらん、だと？　真っ暗でもない、だと？　よくもまあ言ったもんだ」

「真っ暗な穴倉など、そなたたちの想像《そうぞう》にすぎぬわ、愚《おろ》か者《もの》め。いいかげんに目をさませ！」ティリアンは大声でそう言うと、身をかがめてディグルのベルトとフードをつかみ、輪《わ》になってすわっていたドワーフたちの中から引きずり出して振《ふ》りまわした。

しかし、地面に下ろされたとたん、ディグルは一目散《いちもくさん》に仲間《なかま》たちのところへもどり、鼻をさすりながら大声でわめいた。

「おう！　おう！　なんてことしやがる！　わしの顔を壁《かべ》にたたきつけやがって。鼻がつぶれるところだったぞ」

「まあ！」ルーシーが声をあげた。「あの人たち、どうしてあげればいいのかしら？」

「ほっとけばいいんだよ」ユースティスが言った。しかし、ユースティスの言葉が終わらないうちに、大地が揺《ゆ》れた。あたりのかぐわしい香《かお》りがいっそう強くなり、背後《はいご》からまぶしい光がさした。全員がふりむいた。ティリアンだけは、みんなより遅《おく》れて最後《さいご》にふりむいた。怖《こわ》かったのだ。そこに立っていたのは、ティリアンが心から待《ま》ち望《のぞ》んだ存在《そんざい》、金色をした巨大《きょだい》な本物のライオン、アスランそのひとだった。ほかの者たちはすでにアスランの前足のまわりにひざまずき、両手や顔をライオンのたてがみにうずめていた。アスランは大きな頭を低《ひく》くして舌先《したさき》でみんなに触《ふ》れたあと、ティリアンをひたと見すえた。ティリアンはわなわなと震《ふる》えながらアスランのそばまで行き、ライオンの足もとにひれ伏《ふ》した。ライオンはティリアンにキスをし、こう言った。

「よくやった、ナルニア最後《さいご》の王よ。いまだかつてない暗愚《あんぐ》の時代に、よく踏《ふ》んばって耐《た》えた」

「アスラン」ルーシーが涙声《なみだごえ》で言った。「この哀《あわ》れなドワーフたちのために、何かできませんか？　なんとかしていただくことはできませんか？」

「最愛《さいあい》なる子よ」アスランが言った。「わたしにできることとできないことを、見せてあげよう」アスランはドワーフたちに近づき、低《ひく》いうなり声をあげた。それは低い声だったが、あたりの空気をビリビリと震《ふる》わせた。しかし、ドワーフたちはたがいに「聞いたか？　あれは厩《うまや》のむこう端《はし》におる連中《れんちゅう》のしわざだ。わしらを脅《おど》かそうとして、何かの機械《きかい》を使ってやっておるんだろうよ。相手にするな。二度とだまされてたまるか！」などと言いあうばかりだった。

　アスランが頭を上げ、たてがみを揺《ゆ》らした。するとたちまち、ドワーフたちの膝《ひざ》の上にすばらしいごちそうが現《あらわ》れた。パイ。舌平目《したびらめ》。ハト肉。トライフル[2]。アイスクリーム。ドワーフたちの右手には、上等なワインのはいった盃《さかずき》が握《にぎ》られていた。それでも、たいして何も変《か》わりはしなかった。ドワーフたちは待ってましたとばかりに飲み食いしはじめたが、どうやら味がわからないようだった。みんな、厩《うまや》の中にありそうなものを飲み食いしていると思いこんでいたのだ。一人のドワーフは自分の口にはいったのは干《ほ》し草《くさ》だと言い、別《べつ》のドワーフは古くなったカブを食べさせられたと言い、三人目のドワーフは生のキャベツの葉を口に入れたと言った。そして、ドワーフたちは上等な赤ワインのはいった金の盃《さかずき》を口に運んだものの、「げっ！　ロバの野郎《やろう》が飲んでた水桶《みずおけ》からくんだ汚《きたな》い水を飲まされるとはな！　ずいぶん落ちぶれたもんだ」と言った。しかし、まもなく、ドワーフたちはほかのドワーフが自分よりもおいしい食べ物にありついたらしいと勘繰《かんぐ》りはじめ、食べ物をひったくりあい、じきに言《い》い争《あらそ》いが始まり、数分後には相手かまわずの大げんかになって、ごちそうはみんなドワーフたちの顔や服になすりつけられ、あるいは足で踏《ふ》みつけられてしまった。あげくに、みんなすわりこんで、黒あざになった目や鼻血の出ている鼻をさすりなが

2　さまざまな果物《くだもの》の上に洋酒に浸《ひた》したスポンジケーキの薄切《うすぎ》りをのせ、さらにカスタードソースと生クリームをのせたデザート。

ら、こう言ったのだった。

「とにかく、ここにはペテンだけはないからな。誰《だれ》にもだまされなくてよかった。ドワーフはドワーフだけでやっていくんだ」

「わかったかな」アスランが言った。「助けてやろうと思っても、彼《かれ》らが受けいれないのだ。彼らは、信《しん》じることよりも疑《うたが》うことを選《えら》んだ。彼らは自分勝手な思いこみにとらわれて、そこから出ることができない。だまされることを警戒《けいかい》するあまり、信じることができないのだ。しかし、来なさい、子どもたちよ。まだほかになすべきことがある」

アスランは扉《とびら》のところへ歩いていき、

一同はアスランのあとについていった。アスランは頭を高くもたげて、四方に声をとどろかせた。「時は至れり！」そして、さらに大きな声で「時だ！」と叫《さけ》んだ。そしてさらに、空の星たちをも震《ふる》わせるほどの大音声《だいおんじょう》で「時よ！」と吼《ほ》えた。扉《とびら》が、さっと勢《いきお》いよく開いた。

14　ナルニア、夜となる

一同はアスランの右側《みぎがわ》に立って、開いた戸口からその先をのぞいた。たき火はすでに消え、地上はどこまでも闇《やみ》におおわれていた。実際《じっさい》、正面に森があることさえ、木々の黒い影《かげ》がとぎれて星空が始まる境《さか》い目《め》が見えなければ、わからなかっただろう。しかし、アスランがもういちど吼《ほ》えると、一同から見て左のほうに森とは別《べつ》の黒い影が現《あらわ》れた。それもまた星空をさえぎる黒いかたまりとして見えたのだが、その黒いかたまりはどんどん高くなっていき、人の形になった。それも、どんな巨人《きょじん》よりも大きな人の形だった。その場にいた者たちはみなナルニアをよく知っていたから、黒い人影《ひとかげ》がどのあたりに立っているのか、見当がついた。黒い人影は、ナルニアの北の果《は》て、シュリブル川を越《こ》えたもっと先のヒースの荒《あ》れ野《の》が連《つら》なる丘《おか》のあたりに立っているものと思われた。そのとき、ジルとユースティスは思い出した。ずっとむかしに、あのヒースの荒れ野《あれの》の地下深いところに広がる洞窟《どうくつ》の中で、ものすごく大きな人が眠《ねむ》っているのを見たことがあった、と。そして、その人の名は〈時の翁《おきな》〉であった、と。その人は世界が終わる時に目ざめるのだと、二人は聞かされたのだった。

「そうだ」ジルとユースティスは何も言わなかったが、アスランが答えた。「横たわって夢《ゆめ》を見ていたあいだは、彼《かれ》は『時』という名だった。しかし、目ざめたいまは、新しい名を持つことになろう」

とほうもなく大きな巨人《きょじん》が角笛《つのぶえ》を口もとへ持っていった。それも、星空を背景《はいけい》にして見える黒い影《かげ》の形が変化《へんか》したので、それとわかったのだ。そのあと、かなり時間がたってから——というのは、音は伝《つた》わるのが遅《おそ》いからだが——角笛の音が聞こえてきた。それは高くすさまじい音だったが、一方で、どこか死を思わせる美しい音色《ねいろ》でもあった。

たちまち、空全体に流れ星が尾《お》を引きはじめた。流れ星は一つだけでも美しいが、このときの夜空には一〇個以上《こいじょう》の流れ星が現《あらわ》れ、それが何十個にもなり、やがて何百個もの流れ星が落ちはじめ、ついには夜空に銀色の雨が降《ふ》りしきる光景《こうけい》になった。そして、それがいつまでも続《つづ》いた。しばらくすると、星空をさえぎる巨大《きょだい》な人形《ひとがた》のほかに、もう一つ別《べつ》の黒い影《かげ》が見えてきた。それは巨大な人とは別の場所にあって、頭の真上、いわば空の天井《てんじょう》とでも呼《よ》べそうな場所に出現《しゅつげん》した。「たぶん雲だろう」と、エドマンドは思った。いずれにしても、そこには星は一つもなく、ただ真っ暗な闇《やみ》があるだけで、その周囲《しゅうい》ではどしゃぶりの流れ星が続いていた。そのうちに、星のない暗闇《くらやみ》が大きくなり、中天から外側《そとがわ》へ向かって広がりはじめた。やがて空の四分の一が真っ暗闇になり、空の半分が真っ暗闇になり、ついには流れ星の雨は地平線近くの低《ひく》い空で見られるだけになった。

心の震《ふる》えるような驚《おどろ》きと同時に底知《そこし》れぬ恐怖《きょうふ》をおぼえながら、一同は空で起こりつつあることをいまようやく理解《りかい》した。しだいに大きくなっていく暗闇は雲ではなく、何もない空間なのだ。空の黒く見えたところは、星ひとつ残《のこ》っていない虚無《きょむ》の空間だったのだ。すべての星たちが空から落ちてこようとしていた。アスランが星たちにもどってくるよう命じたのだ。

流れ星の雨が終わる直前の数秒間は、目をみはるような光景《こうけい》だった。星たちが一同の周辺《しゅうへん》に次々と着地しはじめたのだ。ナルニアの星たちはわたしたちの世界の星のように燃《も》えさかる巨大《きょだい》な球体ではなく、人の姿《すがた》をしている（エドマンドとルーシーは、かつて人の姿をした星たちに出会ったことがあった）。だから、いま、一同のまわりに降《お》りてきているのはきらめく人の姿をした星たちで、どの星も銀色に燃える長い髪《かみ》をなびかせ、白熱《はくねつ》した金属《きんぞく》のような槍《やり》を手に持って、落下する石よりも速いスピードで、夜空を見上げる者たちに向かって落ちてくるのだった。星たちは着地するときにシューシューと音を発し、地面に生えている草を焦《こ》がした。そして、ピーターたちの脇《わき》をすっと通りすぎ、後方の少し右のほうに控《ひか》えた。

これは、たいへん好都合《こうつごう》だった。というのも、空にひとつの星もないいまとなっては、星たちが後方から放つ光がなければ、真っ暗で何ひとつ見えなかっただろうからだ。実際《じっさい》には、集まった星たちがすさまじい明るさの白い光を一同の背後《はいご》から放っていたので、ナルニアの森が何キロも先まで広がっているようすを投光器《とうこうき》で照《て》らしたようにはっきりと見ることができた。ひとつひとつのしげみが、一本一本の草の葉が、背後《はいご》に濃《こ》い影《かげ》を作っていた。草や葉の輪郭《りんかく》があまりにくっきりときわだっていて、指を触《ふ》れたら切れそうに見えた。

目の前の草地に一同の影が黒く伸《の》びていた。しかし、それよりはるかに大きいのは、アスランの影だった。アスランの影は左手のほうへ長く伸び、とても大きく、とても恐《おそ》ろしく見えた。そして、ナルニアの上に広がる夜空には、もはや永遠《えいえん》に星は輝《かがや》かないのだった。

一同の背後、やや右のほうから差《さ》す星の光は強烈《きょうれつ》で、ナルニアの北方に広がるヒースの荒《あ》れ野《の》の斜面《しゃめん》まで照《て》らしだされて見えた。そのあたりで何か動くものがあった。おびただしい数のけものが斜面を這《は》ったり滑《すべ》ったりしながらナルニアへ下りてこようとしているのだ。大きなドラゴン。ばかでかいトカゲ。コウモリに似《に》た翼《つばさ》をもつ羽根《はね》のない鳥たちもいた。動物たちはいったん森の中に姿《すがた》を消し、しばらくのあいだ静寂《せいじゃく》があたりを支配《しはい》したが、やがて音が聞こえはじめた。最初《さいしょ》はとても遠いところから聞こえるむせび泣《な》きのような音だったが、そのうちに四方八方からさまざまな音が耳に届《とど》くようになった。カサコソと地を這《は》う足音。パタパタと小走りに駆《か》ける足音。翼《つばさ》を羽《は》ばたく音。音はぐんぐん迫《せま》ってきた。まもなく、小さな足で急いで走る足音と大きな足でどすどす走る足音が聞き分けられるようになった。コツコツ軽いひづめの音と雷鳴《らいめい》のようにとどろく重いひづめの音も聞き分けられるようになってきた。そして、何千という目が光を反射《はんしゃ》して闇《やみ》に浮《う》かびあがり、あらゆる種類《しゅるい》の生き物たちが何万、何百万と森の暗がりから姿《すがた》を現《あらわ》して必死《ひっし》で丘《おか》を駆け上がってくるのが見えた。〈もの言うけもの〉。ドワーフ。サタイア。フォーン。巨人《きょじん》。カロールメン人。アーケン国の民《たみ》。〈あんぽん足〉。さらには、はるか遠くの島々や西方の未踏《みとう》の荒野《こうや》から逃《のが》れてきた奇怪《きかい》な姿形《すがたかたち》の生き物たち。そうした生き物すべてがアスランの立つ戸口めがけて走ってきた。

冒険《ぼうけん》のこの部分だけは、当時でさえ夢《ゆめ》のように思われたし、あとになってもはっきりとは思い出せなかった。とくに、こういう場面がどのくらいの時間続《つづ》いたのかは、誰《だれ》も正確《せいかく》にはわからなかった。ほんの数分だったような気がする一方で、何年も続いたような気もした。どう考えても、戸口がものすごく大きく広がったか、さもなければ生き物たちがとつぜんブユくらいに小さくなったのでもないかぎり、あれほど大《たい》量《りょう》の生き物が戸口を通りぬけるのは、とうてい無理《むり》だっただろう。しかし、あの場面では、そんなことは誰《だれ》ひとり考えてもみなかった。

生き物たちは先を争《あらそ》って駆《か》けてきた。戸口のこちら側《がわ》に立っている星たちに近づくにつれて、生き物たちの目がらんらんと輝《かがや》きを増《ま》した。しかし、アスランの真ん前までやってくると、その反応《はんのう》は二つに分かれた。生き物たちはみな否応《いやおう》なしに真正面からアスランの顔を見ることになったのだが、なかにはアスランの顔を見たとたんに表情《ひょうじょう》を激《はげ》しく変《か》える者たちがいた——彼《かれ》らの顔にうかんだのは、恐《おそ》れと憎《にく》しみの表情だった。ただし、〈もの言うけもの〉の場合には、恐れと憎しみが顔に現《あらわ》れたのはほんの一瞬《いっしゅん》で、直後に〈もの言うけもの〉でなくなったのがわかった。ふつうの動物になってしまったのだ。恐れと憎しみの表情でアスランを見た者たちは、みな右へ、すなわちアスランから見て左側《ひだりがわ》へそれて、ライオンの巨大《きょだい》な黒い影《かげ》の中へ姿《すがた》を消した。前にも書いたように、アスランの影は戸口の左側へ大きく伸《の》びており、その先は暗闇《くらやみ》に消えていた。子どもたちは、影の中へ消えていった生き物たちの姿を二度

YOUCHAN

と目にすることはなかった。筆者も、彼らがどうなったのか知らない。しかし、それ以外《いがい》の生き物たちは、アスランの顔を見て非常《ひじょう》に驚《おどろ》く者もいたが、みな一様《いちよう》にアスランへの愛《あい》があふれる表情《ひょうじょう》になった。そういう生き物たちは、アスランの右側《みぎがわ》を通って戸口からこちらへはいってきた。そのなかには、不可解《ふかかい》な顔ぶれもあった。ユースティスは、〈もの言う馬〉に向かって弓を引いた憎《にく》いドワーフが一人まじっているのに気づいた。しかし、そんなことをあれこれ考える暇《ひま》もないうちに（どのみちユースティスが口を出すことではなかった）、歓喜《かんき》が押《お》し寄《よ》せてきてユースティスの頭の中からほかのことを吹《ふ》き飛《と》ばしてしまった。喜《よろこ》び勇《いさ》んで戸口をくぐってティリアンたちのまわりに駆《か》けつけたのは、みんながてっきり死んだものと思っていた仲間《なかま》たちだったのだ。その中にはケンタウロスのルーンウィットやユニコーンのジュエルがいたし、良《よ》きイノシシや良きクマもいたし、ワシのファーサイト、かわいい犬たち、馬たち、そしてドワーフのポギンもいた。

「もっと中へ、もっと高く！」ルーンウィットが雄叫《おたけ》びをあげ、ひづめの音をとどろかせてギャロップで西のほうへ駆けていった。みんなはルーンウィットの言葉の意味を理解《りかい》できなかったが、その言葉を聞いただけで不思議《ふしぎ》と全身にぞくぞくする興奮《こうふん》が広がった。イノシシがティリアンたちの姿《すがた》を見てうれしそうに鼻を鳴らした。クマは、「まだよくわからんのだが……」と言いかけたところで、ティリアンたちの後方に果物《くだもの》のなっている木を見つけた。クマはよたよたと果物の木に駆《か》け寄《よ》り、クマにもまちがいなくよくわかるものを見つけたようだった。犬たちは、ティリアン一行《いっこう》のそばを離《はな》れずにしっぽを振《ふ》りつづけていた。ポギンも正直な顔いっぱいに笑《え》みをうかべて、みんなと握手《あくしゅ》をかわしていた。そして、ジュエルは雪のように白い頭をティリアン王の肩《かた》にのせ、王もジュエルの耳に何ごとかささやきかけていた。そのあと、みんなはふたたび戸口のむこうに広がる光景《こうけい》に目を向けた。

いまやナルニアはドラゴンと巨大《きょだい》トカゲが跋扈《ばっこ》する世界になっていた。ドラゴンと巨大トカゲはナルニアじゅうを動きまわって木々を根っこから引《ひ》き抜《ぬ》き、ルバーブ[1]の

1　フキに似《に》た外見をした植物。独特《どくとく》の香《かお》りと酸味《さんみ》があり、ソース、パイ、ジャムなどに料理《りょうり》される。

茎《くき》でも食べるようにバリバリと食いつくした。見る見るうちにナルニアの森が消えていった。そして、ナルニア全土が丸ぼうずになり、それまで見えなかった小さな丘《おか》や谷まであらゆる地形があらわになった。草は枯《か》れはて、ティリアンの目に映《うつ》るナルニアはむき出しの岩と地面だけの世界になった。その地にかつて生き物たちが住んでいたとは想像《そうぞう》すらできない眺《なが》めだった。そのうちに、ナルニアの森を食いつくした怪物《かいぶつ》たちも年老《としお》いて倒《たお》れ、死んでいった。屍肉《しにく》がしなびて縮《ちぢ》み、骨《ほね》があらわれた。ほどなく怪物たちは巨大《きょだい》な骸骨《がいこつ》だけを残《のこ》す姿《すがた》となって不毛《ふもう》な岩山のあちこちに横たわり、何千年も前に死《し》に絶《た》えたような光景になった。それから長いあいだ、何もかもがひっそりと音もなく過《す》ぎた。

しばらくすると、何か白いもの、背後《はいご》に立つ星たちの光を受けて白銀にきらめく長くて水平な線が一本見えてきた。それは世界の東の果《は》てのほうからだんだんと近づいてきた。四方八方から押《お》し寄《よ》せる音が沈黙《ちんもく》を破《やぶ》った。音ははじめ遠いざわめきのように聞こえ、しだいに雷鳴《らいめい》のような低《ひく》い響《ひび》きに変《か》わり、やがて耳を聾《ろう》するほどの轟音《ごうおん》となった。そのうちに何が近づいてこようとしているのか、そしてそれがどれほど速いスピードで近づいてきているのかが見えてきた。それは白く泡立《あわだ》つ水の壁《かべ》だった。海面が上がりはじめたのだ。木々のなくなったナルニアの世界で、水位《すいい》がぐんぐん上がっていくようすがはっきりと見えた。川という川がまたたく間に幅《はば》を増《ま》し、湖が大きくなり、別々《べつべつ》だった湖が一つにつながり、谷間が新しく湖になり、あちこちで丘《おか》の頂上《ちょうじょう》が島になり、その島も水の下に消えていった。一同の左のほうに見えていたヒースの丘や右のほうにそびえていたもっと高い山々が次々と崩《くず》れ落《お》ち、地滑《じすべ》りを起こして、轟音《ごうおん》と水しぶきをあげながら、刻々《こっこく》と上昇《じょうしょう》しつづける水に飲みこまれていった。水は渦《うず》を巻《ま》きながら一同が立っている戸口のすぐ前まで押《お》し寄《よ》せ（ただし戸口を越《こ》えることはなかった）、アスランの前足に水しぶきがかかった。いまや、一同が立っているところから、はるか遠くの海と空が一つにとけあうところまで、すべてが平らな水面となった。

ほどなくして、かなたに光がさしはじめた。わびしく不吉《ふきつ》な夜明けの光が水平線にそって薄《うす》く広がり、しだいに厚《あつ》みを増し、明るくなっていき、ついには一同の背後《はいご》に立っている星たちの光がかすむほどに明るくなった。そして、太陽が昇《のぼ》りはじめた。

その太陽を目にしたディゴリー卿《きょう》とレディ・ポリーは顔を見合わせ、小さくうなずきあった。この二人は、かつてナルニアとは別《べつ》の世界で死にゆく太陽を見たことがあったのだ。だから、いま昇《のぼ》ってきた太陽も死が近いことを、二人はすぐに察《さっ》した。昇ってきた太陽は本来の大きさの三倍、いや二〇倍も大きく、どす黒い赤色をしていた。その光に照《て》らされて、〈時の巨人《きょじん》〉が赤く見えた。はてしなく広がる荒涼《こうりょう》とした水面も、赤い太陽の光を反射《はんしゃ》して血の色に染《そ》まった。

そこへ、月が昇ってきた。太陽のすぐ近くのとんでもない場所に昇った月は、これもまた真っ赤に染まっていた。月が現《あらわ》れたのを見た太陽は、月に向かって赤黒いひげのような、あるいは大蛇《だいじゃ》のようにも見える大きな炎《ほのお》をくねくねと伸《の》ばしはじめた。まるで、触手《しょくしゅ》で月を引《ひ》き寄《よ》せようとする巨大《きょだい》なタコのようだった。そして、おそらく、ほんとうに太陽が月を引き寄せたのであろう。いずれにしても月は初《はじ》めのうちはゆっくりと、そしてしだいに速度を増《ま》しながら太陽に近づいていき、ついには太陽の発する長大な炎が月を舐《な》めるように包《つつ》みこんで、太陽と月は燃《も》えさかる石炭のように一つの巨大な熱球《ねっきゅう》となった。そこから大きな火の玉がいくつもこぼれて海に落ち、もくもくと蒸気《じょうき》が立《た》ち昇《のぼ》った。

そのとき、アスランが言った。「さあ、終わりにしよう」

〈時の巨人《きょじん》〉が角笛《つのぶえ》を海に投《な》げ捨《す》て、空を横切るように片方《かたほう》の腕《うで》を伸《の》ばして——腕は真っ黒な影《かげ》で、何千キロもの長さがあるように見えた——太陽をつかんだ。そして、オレンジを握《にぎ》りつぶすかのように太陽を握りつぶした。一瞬《いっしゅん》でナルニアは真っ暗な闇《やみ》の世界になった。

アスランをのぞく全員が戸口から吹《ふ》きこんできた凍《い》てつく風に驚《おどろ》いて跳《と》び下《さ》がった。戸口にはすでにつららがいっぱいできていた。

「ナルニアの上級王ピーターよ、扉《とびら》を閉《し》めなさい」アスランが言った。

ピーターは寒さに震《ふる》えながら暗闇《くらやみ》に身を乗り出し、扉を手前に引いて閉めた。扉は氷のこすれる音をたてて閉《と》じた。そのあと、ピーターはぎこちない手つきで（たったそれだけのあいだに両手がかじかんで真っ青になっていたのだ）金色の鍵《かぎ》を取り出し、扉に鍵をかけた。

一同は戸口のむこうに不思議《ふしぎ》な光景《こうけい》をたくさん見たが、もっと不思議なのは、ふり

YOUCHAN

かえると自分たちの周囲《しゅうい》に暖《あたた》かい陽光があふれ、頭上に青空が広がり、足もとに花が咲《さ》き乱《みだ》れ、アスランの瞳《ひとみ》に笑《え》みがうかんでいることだった。

アスランはくるりと向きを変《か》え、腰《こし》を低《ひく》くためて、自分のからだを打つように尾《お》を大きく振《ふ》ったあと、金色の矢のようにものすごい勢《いきお》いで走りだした。

「来たれ、もっと中へ！　来たれ、もっと高く！」アスランが肩《かた》ごしに声をかけた。しかし、アスランのスピードについていける者など、どこにいよう？　一同はアスランのあとを追って西のほうへ歩きだした。

「さて、と」ピーターが口を開いた。「ナルニアは夜になったというわけだ。なんだい、ルーシー！　もしかして、泣《な》いているの？　ぼくたちの行く先にアスランがいて、ここにみんながそろっているのに？」

「止めないでよ、ピーター」ルーシーが言った。「アスランなら、きっと泣いてもいいって言うにちがいないわ。ナルニアのために涙《なみだ》を流すのは、まちがってはいないでしょ。扉《とびら》のむこうで死《し》に絶《た》えて凍《こお》りついたもののすべてのことを考えてみてよ」

「そうね。たしかに、わたしもナルニアが永遠《えいえん》に続《つづ》くんじゃないかと思ってた」ジルが言った。「わたしたちの世界は永遠《えいえん》には続《つづ》かないとわかってたけど、ナルニアは永遠かもしれないと……」

「わたしはナルニアが誕生《たんじょう》するところを見た」ディゴリー卿《きょう》が言った。「生きているあいだにナルニアの死まで見届《みとど》けようとは思わなかった」

「みなさま」ティリアンが口を開いた。「ご婦人方《ふじんがた》が涙《なみだ》を流されるのは無理《むり》もないと思います。わたくしとて、涙を流しております。わが母の死を目《ま》のあたりにしたのですから。わたくしにとって、ナルニアは唯一《ゆいいつ》の母なる国。ナルニアの死を悲しまないとすれば、それは雄々《おお》しさどころか、おおいなる非礼《ひれい》にあたるでしょう」

一行《いっこう》は扉《とびら》に背《せ》を向け、いまだに想像《そうぞう》の世界で厩《うまや》にこもって肩《かた》を寄《よ》せあっているドワーフたちの横を通りすぎた。歩きながら、みんなはむかしの戦《いくさ》のこと、平和だった時代のこと、大むかしの王たちのこと、そしてナルニアのあらゆる栄光《えいこう》の思い出を語りあった。

犬たちはあいかわらずみんなのそばについて歩いていた。たまに人間たちの会話に加《くわ》わることもあったが、それほどしょっちゅうではなかった。というのは、全速力で先のほうへ駆《か》けていったかと思うと、また全速力で駆けもどってきて、あちこちへ寄《よ》り道《みち》しては草のにおいを嗅《か》いでくしゃみをし、というようなことをくりかえしていたからだ。そのとき突然《とつぜん》、何かひどく興味《きょうみ》を引くにおいを嗅ぎつけたらしく、犬たちがいっせいにしゃべりだした。「そうだよ」「いや、ちがう」「だから、いまおれがそう言っただろう」「あのにおいなら、誰《だれ》だって嗅ぎわけられるさ」「おまえのでかい鼻をどけて、誰かほかのやつに嗅がせろ」

「いったい何の騒《さわ》ぎなのだ？」ピーターが犬たちに声をかけた。

「カロールメン人です、陛下《へいか》」何頭かの犬たちがいっせいに答えた。

「では、そこへ案内《あんない》してくれ」ピーターが言った。「われわれに友好的《ゆうこうてき》な者であろうと、敵対《てきたい》する者であろうと、この世界に歓迎《かんげい》しようではないか」

犬たちは一目散《いちもくさん》に走りだしたかと思ったら、すぐにまたもどってきて、まるでこれに命がかかっていると言わんばかりのあわてようで吠《ほ》えたてて、まちがいなくカロールメン人だと報告《ほうこく》した〈もの言う犬〉といえども、ふつうの犬と同じで、いま自分の関《かか》わっていることほど重大な使命はないと思っているようにふるまうのだ）。

みんなが犬たちについていくと、若《わか》いカロールメン人が一人、澄《す》んだ小川のほとりに立つクリの木にもたれて腰《こし》をおろしていた。それはエメスだった。エメスはすぐに立ちあがり、うやうやしく頭を下げた。

「陛下《へいか》」エメスがピーターに話しかけた。「あなたがわたくしの友であるのか敵《てき》であるのか存《ぞん》じませぬが、いずれにせよあなたと相見《あいまみ》えることができて、まことに名誉《めいよ》に存じます。詩人の一人が、こう申してはおりませんでしたでしょうか。気高《けだか》き友は最《さい》高《こう》の賜物《たまもの》であり、気高き敵はそれに次ぐ賜物である、と？」

「そなたとわれらのあいだに争《あらそ》わねばならぬ理由は思いあたらぬが」ピーターが応《おう》じた。

「あなたが何者なのか、あなたの身に何が起きたのか、ぜひ聞かせてください」ジルが言った。

「これから物語が始まるんなら、とりあえずその前に水を飲ませてください」犬たちが吠《ほ》えたてた。「息が切れちゃって」

「そりゃそうだろうよ、あんなふうに走りまわってたら」ユースティスが言った。

そういうわけで、人間たちは草むらに腰《こし》をおろした。犬たちはぴちゃぴちゃと盛大《せいだい》に音をたてて小川の水を飲んだあと、草むらに腰をおろし、口の横から舌《した》を垂《た》らしてハアハアと息をつきながら、きちんとしたおすわりの形で話を聞く態勢《たいせい》になった。ジュエルはあいかわらず立ったまま、脇腹《わきばら》で角《つの》を磨《みが》いていた。

15　もっと高く、もっと中へ！

「武勇《ぶゆう》の誉《ほま》れ高《たか》き殿方《とのがた》よ」エメスが口を開いた。「また、その美貌《びぼう》にて森羅万象《しんらばんしょう》を照《て》らしたもうご婦人方《ふじんがた》よ。わたくしはエメスと申す者、ハルパ・タルカーンの七番目の息子《むすこ》にして、砂漠《さばく》の西、テヒシュバーンの街《まち》より出《い》でたる者でございます。少し前のこと、わたくしは九と二〇人の同僚《どうりょう》とともに、リシュダ・タルカーンの指揮《しき》のもと、ナルニアへまいりました。ナルニアへ出陣《しゅつじん》すると聞かされました折《おり》には、わたくしはおおいに歓喜《かんき》いたしました。あなたがたの国についてはあまた聞きおよんでおり、ぜひ合戦《かっせん》にて相見《あいまみ》えたいものと念願《ねんがん》しておったからであります。しかし、ナルニアにはいるについては商人に身をやつして行くのだと聞かされ、かつまた偽《いつわ》りと策略《さくりゃく》によって事を成《な》すのだと聞かされた折には、わたくしの歓喜はわが身より去りました。

商人の姿《すがた》に身をやつすなど、武人《ぶじん》にとりましても、またタルカーンの息子《むすこ》といたしましても、恥《は》ずべき行為《こうい》であります。そして何よりも、サルに仕えねばならぬと知ったときには、しかもタシュとアスランが同じひとつのものであると言われるようになった折《おり》には、わが眼《まなこ》に映《うつ》るこの世は暗くなりました。なぜならば、幼少《ようしょう》のころよりひたすらに、わたくしはタシュに仕えてまいった身であり、タシュのことをより深く知り、かなうことなればタシュのご尊顔《そんがん》を拝《はい》することこそわが大いなる望《のぞ》みであったからでございます。アスランの名は、わたくしには憎《にく》むべき響《ひび》きでございました。

そして、皆々様《みなみなさま》もごらんになられましたように、われらは夜ごと藁葺《わらぶき》の馬小屋の外に集められ、毎夜たき火がたかれ、大ザルめが馬小屋から何やら四本足のものを引き出したのですが、わたくしにはよく見えませんでした。そして人々もけものたちもその四本足のものを拝《おが》み、あがめたてまつったのであります。しかし、わたくしは、タルカーンがあの大ザルに欺《あざむ》かれておるものと思いました。と申しますのも、馬小屋から出てくるものはタシュでもなければ、ほかの神でもなかったからであります。されど、タルカーンの顔を仔細《しさい》に見守り、タルカーンがサルにしゃべりかける言葉の一つひとつに耳を傾《かたむ》けるうちに、わたくしは考えが変《か》わりました。と申しますのも、タルカーンもまた、馬小屋から引き出されるものを信仰《しんこう》などしてはおらぬことがあきらかになったからでございます。それればかりか、タルカーンはタシュさえも信じておらぬことがわかってまいりました。そうでなければ、タシュを冒瀆《ぼうとく》することなどできるはずもないではござりませぬか？

それを理解《りかい》したとき、おおいなる憤怒《ふんぬ》がわが胸《むね》に迫《せま》り、わたくしは本物のタシュが天より炎《ほのお》を下してサルめとタルカーンを罰《ばっ》してはくださるまいかと願《ねが》いました。しかしながら、わたくしは怒《いか》りをわが胸ひとつに収《おさ》め、口をつぐんで、いかなる決着が訪《おとず》れるのであろうかと見ておりました。ところが、昨晩《さくばん》、皆様方《みなさまがた》の中にもご存《ぞん》じの方がおられますように、サルめは黄色いものを小屋から連《つ》れ出《だ》すことなく、タシュラン――これはタシュとアスランが一つのものだと思わせるために、二つの名をつなげたものです――の姿《すがた》を拝《おが》みたい者はみな一人ずつ順《じゅん》に馬小屋にはいらねばならぬ、と申しました。わたくしは思いました、『これもまた新手《あらて》のごまかしにちがいない』と。けれども、ネコが小屋へはいっていったあと、恐怖《きょうふ》のあまり半狂乱《はんきょうらん》になって飛《と》び出《だ》してきたときには、わたくしは思いました、『知識《ちしき》も信仰《しんこう》も持たぬくせに御名《みな》を唱《とな》えた結果《けっか》、本物のタシュが姿《すがた》を現《あらわ》されたにちがいない、タシュが復讐《ふくしゅう》に現れたにちがいない』と。そして、タシュの偉大《いだい》さと恐《おそ》ろしさを思うがゆえにわが心《しん》の臓《ぞう》は水のごとくに正体をなくしましたが、タシュを拝《おが》みたいという思いは恐怖《きょうふ》に勝《まさ》り、わたくしはわが膝《ひざ》に力をこめて震《ふる》えを止め、歯に力をこめて食いしばり、たとえ八《や》つ裂《ざ》きにされようともタシュのお顔を拝むのだと心に決めました。そして、馬小屋にはいりたいと申し出ました。タルカーンは不承《ふしょう》不承《ぶしょう》ながらわたくしを行かせてくれました。

馬小屋の扉《とびら》をくぐると、まず驚《おどろ》いたのは、いま皆様《みなさま》とともにおりますこの明るい陽光のもとに出たことでした。外から見たときには、馬小屋の中は真っ暗でしたのに。しかし、そのようなことに驚いておる暇《ひま》はございませんでした。なぜならば、直後にわたくしと同じカロールメン兵《へい》に首をねらわれ、応戦《おうせん》せざるをえなかったからです。その男の姿《すがた》を見た瞬間《しゅんかん》に、わたくしは理解《りかい》いたしました。サルめとタルカーンが謀《はか》ってその男を馬小屋の中に潜《ひそ》ませ、企《たくら》みに加担《かたん》しておらぬ者がはいってきたら即《そく》座《ざ》に斬《き》り殺《ころ》すよう命じてあったのだ、と。つまり、この男もうそつきであり、神を冒《ぼう》瀆《とく》する者であり、タシュの正しき僕《しもべ》ではなかったということです。戦《たたか》う気力はわたくしのほうが勝《まさ》っておりましたがゆえに、わたくしは悪者を斬り殺し、自分がはいってきた扉《とびら》から外へ放り出しました。

そして、わたくしはあたりを見まわしました。そこには空があり、広々とした草地があり、かぐわしい香《かお》りが漂《ただよ》っておりました。わたくしは思いました、『神々の御名《みな》にかけて、ここはまことにすばらしい場所である。自分はタシュの国にやってきたのではないか』と。そして、わたくしは見知らぬ土地に足を踏《ふ》み出《だ》し、タシュの姿《すがた》を探《さが》しはじめたのです。

わたくしは花々の咲《さ》き乱《みだ》れる広い草地を進み、色とりどりのうまそうな実をつけた健《すこ》やかなる木々のあいだを縫《ぬ》って進みました。すると、なんということか、二つの岩にはさまれた狭《せま》い場所で、むこうからライオンがやってきたのです。ライオンはダチョウのごとき速さで走り、そのからだはゾウのごとき大きさでありました。その毛は混《ま》じりけのない金色に輝《かがや》き、その瞳《ひとみ》は炉《ろ》でとかされた純金《じゅんきん》のごときまばゆさでした。その姿《すがた》はラグールの火を噴《ふ》く山よりも恐《おそ》ろしく、その美しさはバラのつぼみが砂漠《さばく》の砂《すな》の美しさをしのぐと同様に、この世のすべてをしのぐ美しさでした。わたくしはライオンの足もとにひれ伏《ふ》し、覚悟《かくご》いたしました。『いまこそ自分に死が訪《おとず》れるにちがいない』と。なぜなら、そのライオンはこのうえなく誉《ほま》れ高《たか》き姿ではございましたが、わたくしという人間がこれまでの一生においてつねにタシュに仕えてきた者であり、ライオンに仕えてきた者ではないことを見抜《みぬ》くに相違《そうい》ないと思われたからです。それでも、このライオンをひと目見て死ぬほうが、世界を統《す》べるティズロックとなってライオンの姿を見ることなく死するよりもましであろうと思われました。ところが、この〈輝《かがや》かしきお方〉は金色の頭を下げて、舌《した》でわたくしの額《ひたい》に触《ふ》れ、『息子《むすこ》よ、よく来た』とおっしゃってくださったのです。わたくしは申しました、『ああ悲しいかな、主よ、わたくしはあなたの息子ではございません。わたくしはタシュの僕《しもべ》なのでございます』と。すると、〈輝かしきお方〉は答えられました、『わが子よ、そなたがタシュのためにおこなったすべての勤《つと》めは、わたしのためにおこなった勤めとみなされるのである』と。それを聞いたわたくしは、叡智《えいち》と理知を求《もと》むるおおいなる情《じょう》おさえがたく、恐怖《きょうふ》を乗《の》り越《こ》えて〈輝《かがや》かしきお方〉にたずねました。『主よ、それでは大ザルが申しておりましたように、あなた様とタシュが同じ一つのものであるという話は真実なのでございますか?』と。ライオンはうなり声を発し、大地が揺《ゆ》れました（しかし、ライオンのおおいなる怒《いか》りはわたくしに向けられたものではありませんでした）。〈輝かしきお方〉は答えられました。『それは偽《いつわ》りである』と。『タシュとわたしが一つのものであるからではなく、タシュとわたしが正反対のものであるがゆえに、あなたがタシュのためにおこなった勤《つと》めをわたしのためとして受けるのである。わたしとタシュはかくも異《こと》なる性質《せいしつ》のものであるがゆえに、わたしのために心卑《こころいや》しき勤めをおこなうことはできず、また、タシュのために心正《こころただ》しき勤めをおこなうこともできないのである。それゆえ、何人《なんぴと》たりともタシュの名において良《よ》き誓《ちか》いを立て、その誓いを守りとおした者は、本人はそれと知らずとも、真実においてわたしの名で誓いを守ったことになるのであり、それに報《むく》いてやるのはこのわたしなのである。そしてまた、何人たりともわたしの名において非道《ひどう》なるふるまいをなした場合、その者がアスランの名をとなえておこなったとしても、それはタシュに対して勤《つと》めをおこなったものであり、その行為《こうい》にはタシュが報《むく》いるのである。わが子よ、理《り》解《かい》できるかな?』と。わたくしは申しました、『主よ、わたくしがどこまで理解したか、主はお見通しであると存《ぞん》じます』と。しかし、また、わたくしは真実を究《きわ》めたいがゆえに、こう申さずにはおられませんでした。『それでもわたくしは、これまでずっとタシュを探《さが》し求《もと》めてきたのでございます』と。『最愛《さいあい》の者よ』と〈輝《かがや》かしきお方〉はおっしゃいました。『そなたの希《き》求《きゅう》がわたしに向いておらぬかぎり、かくも長くかくも真摯《しんし》に求めることはなかったであろう。何人《なんぴと》も、おのれが真から求むるもののところへ行き着くのである』と。

そのあと、〈輝かしきお方〉はわたくしに息を吹《ふ》きかけて手足の震《ふる》えを止めてくださり、わたくしを立ちあがらせました。そのあとは多くはおっしゃらなかったのですが、わたしたちはいずれまた出会うことになろう、とだけおっしゃって、もっと高くもっと中へ行きなさい、とおっしゃいました。そして、くるりと向きを変《か》え、金色のつむじ風を残《のこ》して、あっという間に去っていかれたのです。

それからというもの、おお、皆々様《みなみなさま》よ、わたくしはあの方を見つけるためにこうしてさまよい歩いておるのです。至福《しふく》の歓《よろこ》びがあまりに大きくて、わたくしはまるで深手を負ったように弱ってしまいました。これぞまことに驚《おどろ》きにもまさる驚き、あの方はわたくしを『最愛《さいあい》の者』とお呼《よ》びになったのです。犬畜生《いぬちくしょう》のごときこのわたくしを——」

「え、何だって?」犬たちの一頭が聞きとがめた。

「これは失礼《しつれい》」エメスが言った。「これはカロールメン流の言葉の綾《あや》でありまして」

「ふん。気に入らないね」犬が言った。

「まあ、あの人も悪気があって言ったわけではないから」少し年配の犬がとりなした。

「おれたちだって、仔犬《こいぬ》を叱《しか》るときに、このいたずらぼうず、なんて言い方をするだろう?」

「たしかに」最初《さいしょ》に口を開いた犬が言った。「メスの仔犬にも、このおてんばむすめ、なんて言うしな」

「しっ!」年配の犬がたしなめた。「そういう言葉は、よくない。ここがどこだか、心得《こころえ》なさい」

「見て！」ジルがとつぜん声をあげた。誰《だれ》かがひどく遠慮《えんりょ》がちなようすで一行《いっこう》のほうへ近づいてきたのだ。それは気品のある四本足の動物で、全身が銀鼠色《ぎんねずいろ》だった。一同はたっぷり一〇秒ものあいだその動物を見つめたあと、五、六人がいっせいに「なんだ、パズルじゃないか！」と叫《さけ》んだ。みんな、ライオンの皮を着せられていないパズルを日の光のもとで見るのは初《はじ》めてだった。パズルはまるで別《べつ》の動物に見えた。ようやく本来の姿《すがた》にもどったパズルは、柔《やわ》らかな灰色《はいいろ》の毛皮に包《つつ》まれた美しいロバで、見るからに穏《おだ》やかで正直そうな顔をしており、一目見たら、誰だってジルやルーシーと同じことをしただろう。二人は駆《か》けだしていってパズルの首に抱《だ》きつき、鼻づらにキスをして、耳を撫《な》でてやったのだ。

いままでどこにいたのかと聞かれたパズルは、ほかの生き物たちといっしょに戸口を通ってこちら側《がわ》にはいってきたのだけれど、正直、できるだけみんなと顔を合わせないように、そしてアスランとも顔を合わせないようにしていたのだ、と言った。だって、本物のライオンの姿を見たら、ライオンの皮をかぶっていた自分の行為《こうい》があまりにも愚《おろ》かしく思われて恥《は》ずかしく、とてもみんなに顔向けできないと思ったから、と。でも、みんなが西へ向かって進んでいくのが見えたし、草を一口食べてみたら(「こんなにうまい草はいままで食べたことがなかったよ」とパズルは言った)勇気《ゆうき》が湧《わ》いてきたので、みんなのあとをついてきたのだ、と。「でも、いざアスランと顔を合わせるとなったら、あたしゃ、どうすればいいのかわからないよ」と、パズルは付《つ》け加《くわ》えた。

「実際《じっさい》に会ってみれば、きっとだいじょうぶよ」ルーシー女王が言った。

そのあと、一行《いっこう》はふたたび歩きはじめた。そして、つねに西をめざして進んでいった。アスランが「もっと高く、もっと中へ!」と声をかけたのは、西の方角を目ざして行くようにという意味だと思われたからだった。ほかの多くの生き物たちもゆっくりとした足取りで同じ方向へ進んでいたが、草地の続《つづ》くその場所はとても広かったので、生き物が多すぎて混《こ》みあうことはなかった。

時刻《じこく》はまだ朝早いように思われ、空気には朝のさわやかさが残《のこ》っていた。一行はたびたび足を止め、あたりを見まわしたり背後《はいご》をふりかえったりした。景色《けしき》がとても美しかったこともあるが、どこか腑《ふ》に落ちないものを感じていたからでもあった。

「ねえ、ピーター」ルーシーが言った。「ここって、どこだと思う？」

「わからない」上級王が答えた。「どこかで見たことがある気もするけど、名前が出てこないんだ。ぼくたちがすごく小さかったころに夏休みを過《す》ごした場所かな？」

「だとしたら、よっぽどすばらしい夏休みだったんだろうね」ユースティスが口をはさんだ。「ぼく、思うんだけど、ぼ、ぼくたちの世界には、どこにもこんな場所はないんじゃないかな。あの色を見てよ！　あの山脈《さんみゃく》の青い色。あんな色合いは、ぼくたちの世界にはありえないよ」

「ここはアスランの国なのではないでしょうか？」ティリアンが言った。

「でも、世界の東の果《は》てにある山の頂上《ちょうじょう》で見たアスランの国とは似《に》ていないわ」ジルが言った。「わたし、行ったことがあるもの」

「ぼくの感じだと、ナルニアの世界のどこかのような気がするな」エドマンドが言った。「正面にそびえてる山脈を見てよ。それに、その奥《おく》に見える氷におおわれた大きな山脈も。ナルニアから眺《なが》めた山によく似ていると思わない？　ずっと西のほうの、〈大きな滝《たき》〉を越《こ》えた先にそびえていた山脈に似てない？」

「ああ、そうだね」ピーターが言った。「でも、こっちのほうが大きく見えるな」

「正面に見える山脈《さんみゃく》は、それほどナルニアの風景《ふうけい》に似《に》てるとは思わないけど……でも、あっちを見て」ルーシーが左手すなわち南の方角を指さした。みんな足を止めて、そっちの方向を見た。「あのあたりを見て。森におおわれたすてきな丘《おか》と、そのむこうの青い山。ナルニアの南の国境《こっきょう》にすごく似てると思わない?」

「似てるどころか!」一瞬《いっしゅん》の沈黙《ちんもく》があったあと、エドマンドが言った。「まるでそっくりだよ。見てよ、峰《みね》が二つに分かれたパイア山も見える。それに、アーケン国へ通じる峠《とうげ》も何もかも!」

「でも、そっくり同じではないわ」ルーシーが言った。「ちょっとちがうの。あそこに見える丘は色がずっと鮮《あざ》やかだし、わたしがおぼえているより遠く見えるし、それに、もっと……その……ああ、なんて言えばいいのか……」

「もっと本物らしく見える、ということだね」ディゴリー卿《きょう》が静《しず》かな声で言った。

ワシのファーサイトがいきなり翼《つばさ》を広げて一〇メートルばかり上空へ飛《と》びあがり、ぐるりと輪《わ》を描《えが》いたあと、下りてきた。

YOUCHAN

「王様、女王様」ワシが大きな声で言った。「わたしたちは、いままで何も見えていませんでした。いまやっと、自分たちがどこにいるのかわかってきました。空の上からすべてが見えました――〈エティン荒野《こうや》〉も、〈ビーバー・ダム〉も、〈大川〉も、すべて。〈ケア・パラヴェル〉も、〈東の海〉の波打ちぎわでちゃんと輝《かがや》いています。ナルニアは滅《ほろ》んではおりません。ここはナルニアです」

「いや、そんなはずはない」ピーターが言った。「ぼくら年上の者たちはアスランから言われたんだ、もう二度とナルニアにもどってくることはないだろう、って。それなのに、いま、ぼくらはここにいる」

「そうだよ」ユースティスも言った。「それに、ぼくたち、ナルニアが滅びるのを見たし、太陽が消えるのも見た」

「それに、何もかもナルニアとはずいぶんちがうわ」ルーシーも言った。

「ワシの言うとおりなのだよ」ディゴリー卿《きょう》が口を開いた。「聞きなさい、ピーター。アスランが二度とナルニアへもどってこられないと言ったのは、きみの考えているナルニアへはもどれない、という意味だったのだ。しかし、それは本物のナルニアではない。そのナルニアには始まりがあり、終わりがあったのだからね。それは本物のナルニアの影《かげ》か写しのようなもので、本物のナルニアはずっとここに存在《そんざい》していたし、これから先もここに存在するのだ。わたしたちの世界であるイギリスやほかの国々も同じで、アスランの本物の世界の影か写しにすぎないのだ。ルーシー、ナルニアがなくなったといって悲しむ必要《ひつよう》はないのだよ。むかしのナルニアの大切な部分はすべて、愛《あい》すべき生き物たちもすべて、あの扉《とびら》を通って本物のナルニアへと移《うつ》ってきた。このナルニアがちがって見えるのは、当然《とうぜん》なのだ。本物が影とはちがうようにね。あるいは、目ざめている時間が夢《ゆめ》の中とはちがうように」ディゴリー卿《きょう》の話し声はトランペットの音色《ねいろ》のように高らかに響《ひび》き、みんなの心を奮《ふる》いたたせた。しかし、ディゴリー卿が小声で「こんなことは、すべてプラトン[1]に書いてある。すべて、プラトンに。まったく、いまの学校は生徒《せいと》に何を教えておるのかな！」とつぶやいたときには、年長の者たちは笑《わら》ってしまった。その言葉は、みんながずっと前に別《べつ》の世界で、金色で

1　古代ギリシアの哲学者《てつがくしゃ》。ソクラテスの弟子。

はなく白髪《しらが》まじりのひげをたくわえていたディゴリー教授《きょうじゅ》の口から聞かされた文句《もんく》とそっくり同じだったからだ。ディゴリー卿《きょう》もみんなが笑《わら》っている理由がわかって、いっしょに笑いだしてしまった。しかし、すぐにみんな真顔《まがお》にもどった。ひとことで幸福や感動といっても、なかには思わず厳粛《げんしゅく》な気分にさせられる幸福や感動があり、それはジョークなどで笑いとばすような軽いものではないのだ。

陽光に照《て》らされたこの国がかつてのナルニアとどんなふうにちがうのか、説明《せつめい》するのは難《むずか》しい。この国の果物《くだもの》がどんなにおいしいかを説明するのが難しいのと同じだ。たぶん、こんなふうに考えたら、わかってもらえるかもしれないと思う。たとえば、読者諸君《しょくん》がある部屋の中にいて、美しい海の入江《いりえ》を見わたせる窓《まど》がある、あるいは山すそを縫《ぬ》って続《つづ》く緑深い谷間を見下ろすことのできる窓があるとしよう。そして、その部屋の窓と反対側《はんたいがわ》の壁《かべ》に鏡《かがみ》がかかっているとしよう。窓から外を眺《なが》めていた読者諸君がふりかえると、鏡の中に、さっきまでとそっくり同じ入江や谷間が見えるだろう。そして、鏡に映《うつ》った入江、あるいは鏡に映った谷間は、ある意味では本物とそっくりだ。しかし、同時に、どこかがちがう――もっと深く、もっとすばらしく、もっと物語に出てくるような景色《けしき》に似《に》ているのだ。いつかぜひ読んでみたいとあこがれている物語の景色に。古いナルニアと新しいナルニアのちがいも、そのようなものだった。新しいナルニアのほうが、もっと奥深《おくぶか》い国なのだ。岩も、花も、草の葉も、ひとつひとつがもっと深い意味を持つように見えるのだ。わたしには、これ以上《いじょう》うまく説明《せつめい》することができない。読者諸君《しょくん》も、そこに行ってみれば、そのときにはわたしの言っていることの意味がわかるだろうと思う。

みんなが感じていることをうまく言葉にしてみせたのは、ユニコーンだった。ジュエルは右の前足で地面をトンと踏《ふ》み鳴《な》らし、一声いなないて、こう言った。

「とうとう帰ってきました！　これこそ、わたくしのほんとうの国です！　わたくしの居場所《いばしょ》は、ここだったのです。生まれてからずっと、わたくしはこの国を探《さが》していました。いままでそのことに気づかなかっただけで。わたくしたちが古いナルニアを愛《あい》したのは、それがともすればこの国に似て見えたからです。ブリーヒーヒー！　来たれ、もっと高く、来たれ、もっと中へ！」

ジュエルはたてがみを一振《ひとふ》りし、すばらしいギャロップで走りだした。ユニコーンが全力疾走《しっそう》を始めたら、わたしたちの世界では、たちまち姿《すがた》が見えなくなってしまうだろう。しかし、いま、とても不思議《ふしぎ》なことが起こっていた。誰《だれ》も彼《かれ》もが走りだし、驚《おどろ》いたことに、みんなユニコーンのギャロップに取《と》り残《のこ》されずついていけたのだ。犬や人間だけでなく、太った小さなロバのパズルも、足の短いドワーフのポギンも。みんな、高速で走る車のフロントガラスがなくなったかと思うほどの強い風を顔に受けて走っていた。あたりの景色《けしき》が特急《とっきゅう》列車の窓《まど》から見るような速さで後ろへ飛《と》び去《さ》っていく。走る速度はぐんぐん速くなっていくのに、汗《あせ》をかく者もいなければ、疲《つか》れる者もおらず、息を切らす者もいなかった。

16　影《かげ》の国に別《わか》れをつげて

どんなに走っても疲《つか》れないのだったら、人間はそれ以外《いがい》にしたいことをあまり思いつかないかもしれない。とはいえ、足を止める特別《とくべつ》な理由はあるもので、ユースティスが叫《さけ》んだのも、そんな特別の理由があったからだ。

「ちょっと待って！　みんな止まって！　この先を見てよ！」

ユースティスが声をかけたのには、たしかに一理あった。一行《いっこう》の行く手に〈大釜《おおがま》池《いけ》〉があり、池の先はとても登れそうもない断崖絶壁《だんがいぜっぺき》になっていて、崖《がけ》の上から流れ落ちてくるのは毎秒何千トンという量《りょう》の水で、あるところではダイヤモンドのようにきらめき、またあるところではガラスのように深い緑色をたたえた〈大滝《おおたき》〉だったのである。すでに滝の轟音《ごうおん》が一行の耳に届《とど》いていた。

「止まるな！　もっと高く、もっと中へ！」ワシのファーサイトが飛《と》ぶ向きを少し上へ修正《しゅうせい》しながら言った。

「あいつはそれでいいさ」ユースティスが言った。しかし、ジュエルも同じく大声で言った。

「止まるな。もっと高く、もっと中へ！　だいじょうぶ、越《こ》えられる」

ジュエルの声は滝《たき》を流れ落ちる水の轟音《ごうおん》にかき消されそうだったが、次の瞬間《しゅんかん》、みんなはジュエルが〈大釜池《おおがまいけ》〉に飛びこんだのを見た。そして、ジュエルに続《つづ》いて次々に水しぶきが上がり、誰《だれ》もが先を争《あらそ》うようにして池に飛びこんだ。水はみんな（とくにパズル）が心配していたような身を切る冷《つめ》たさではなく、白く泡立《あわだ》つ水は心地《ここち》よい冷たさだった。気づいたら、みんなまっすぐ〈大滝《おおたき》〉に向かって泳いでいた。

「どうかしてるよ、こんなこと」ユースティスがエドマンドに話しかけた。

「だよね。でも――」エドマンドが言った。

「すてきだと思わない？」ルーシーが言った。「みんな、気がついた？　怖《こわ》いと思おうとしても、思えないのよ。やってみて」

「うわっ、ほんとだ。ぜんぜん怖《こわ》くない」ユースティスが実際《じっさい》に試《ため》してみて声をあげた。

最初《さいしょ》に〈大滝《おおたき》〉の滝《たき》つぼまで泳ぎついたのはジュエルだった。そのすぐあとをティリアンが泳いでいた。ジルはいちばん後ろだったので、みんなのようすがよく見えた。ジルの目に、何か白いものが〈大滝〉の表面をずんずんと登っていくのが見えた。その白いものは、ユニコーンだった。泳いでいるのか、よじ登っているのか、そこはよくわからなかったが、とにかくユニコーンの姿《すがた》はぐんぐんと滝の上のほうへ進んでいった。ユニコーンの頭のすぐ上、角《つの》のところで滝の流れが左右に分かれ、虹色《にじいろ》に輝《かがや》きながらユニコーンの両肩《りょうかた》を流れ落ちていく。そのすぐ後ろにティリアン王が続《つづ》いた。ティリアン王は泳いでいるようなかっこうで手足を動かしていたが、そのからだは垂直《すいちょく》に滝を登っていた。まるで家の壁《かべ》を泳いで登っていくように見えた。

何より笑《わら》えたのは、犬たちの姿だった。全速力で走りまわっているあいだは犬たちは息を切らすこともなかったのだが、いまは群《むら》がってもがくようにして滝をさかのぼりながら、盛大《せいだい》に水をはね散《ち》らかし、くしゃみを連発《れんぱつ》していた。というのも、たえず吠えまくっているせいで、吠えるたびに口や鼻に水がはいるからだった。しかし、それらのことをすみずみまでよく見届《みとど》ける前に、ジル自身も〈大滝《おおたき》〉を登りはじめていた。こんなことは、わたしたちの世界ではありえない。たとえ溺《おぼ》れずにすんだとしても、滝の水のものすごい重さを受けて滝《たき》つぼの無数《むすう》のとがった岩に叩《たた》きつけられ、バラバラになってしまうだろう。しかし、この新しい世界では、それが可能《かのう》だった。ぐんぐん滝をさかのぼって泳いでいくうちに、水に反射《はんしゃ》したさまざまな色の光に包《つつ》まれ、水の底《そこ》からあらゆる色の石が光を放つのが見えて、まるで光そのものを登っているように思えてくるのだった。もっと高くもっと高く登っていくにつれ、恐怖《きょうふ》という感《かん》覚《かく》がまだ残《のこ》っていたとしたらあまりの高さにおびえてしまうところだったかもしれないが、いまとなっては、ただただ愉快《ゆかい》で興奮《こうふん》がたかまるばかりだった。そのうち、ついに、水が美しく滑《なめ》らかな緑色の曲線を描《えが》いて落下しはじめる滝の頂点《ちょうてん》にたどりつき、〈大滝〉の上、川が平らに流れているところまで登りきったのがわかった。川の水は後方へ向かってどんどん流れていくが、みんな泳ぎがすばらしくうまくなっていたので、川の流れにさからってすいすい進んでいった。まもなく、一行《いっこう》はずぶ濡《ぬ》れだけれどもとても満足《まんぞく》した気分で川岸に上がった。

行く手にはずっと先まで谷が続《つづ》いていて、雪をいただく大きな山脈《さんみゃく》が、さきほどまでよりもずいぶん近くに、空を背景《はいけい》にしてそそりたつのが見えた。

「もっと高く、もっと中へ！」ジュエルの声で、みんなはふたたび走りだした。

一行《いっこう》はすでにナルニアを出て〈西の荒野《こうや》〉にさしかかっており、そこはティリアンもピーターも、ワシのファーサイトでさえも見たことのない土地だった。しかし、ディゴリー卿《きょう》とレディ・ポリーは、この荒野を見たことがあった。「おぼえてる？」「思い出すわね」と、二人は走りながら言葉をかわしていた。しかも、いまや一行は宙《ちゅう》を飛《と》ぶ矢よりも速いスピードで走っているにもかかわらず、二人とも声を乱《みだ》すことも息を切らすこともなかった。

「何とおっしゃいました、ディゴリー卿？」ティリアンが言った。「それでは、むかし話に伝《つた》えられているように、世界が作られたその日にあなたがたお二人がここまで旅してこられたという話はほんとうなのですか？」

「そうだよ」ディゴリーが言った。「まるできのうのような気がするなあ」

ねた。

「そして、天馬に乗って？　その部分もほんとうなのですか？」ティリアンがたず

「もちろん」ディゴリーが答えた。しかし犬たちが「もっと早く！　もっと早く！」

とせきたてた。

一行《いっこう》が走るスピードはますます速くなり、もはや走るというより飛《と》んでいるような

スピードで、上空を飛ぶワシでさえもついてくるのがやっとなくらいだった。一行は

曲がりくねった谷間を次々に駆《か》け抜《ぬ》け、丘《おか》の急斜面《きゅうしゃめん》を駆けのぼり、さらにスピード

を増《ま》して反対側《はんたいがわ》の急斜面を駆けくだり、川の流れにそって進み、ときには川を渡《わた》り、

山あいに広がる湖の水面をモーターボートも顔負けの高速で横切り、ついにトルコ石

のように青い水をたたえた細長い湖の端《はし》まで来たとき、前方になでつけたようになめ

らかな緑色の丘が見えた。丘の斜面はピラミッドのように急な傾斜《けいしゃ》になっていて、

頂上《ちょうじょう》にはぐるりと緑の堤《つつみ》がめぐらされていた。堤の上からは木々が枝《えだ》を外に張《は》り

出《だ》していて、その葉は銀でできているように見え、木になっている実は金でできてい

るように見えた。

「もっと高く、もっと中へ！」ユニコーンが声高くいななき、誰《だれ》ひとりためらう者はいなかった。みんな丘《おか》のふもとを目ざして脇目《わきめ》もふらずに走り、気づいたときには、岬《みさき》に砕《くだ》ける波頭《なみがしら》が岩場を一気に駆《か》け上《あ》がるような勢《いきお》いで丘を登りはじめていた。丘の斜面《しゃめん》は家の屋根のように急な傾斜《けいしゃ》で、足もとはローンボウリング[1]をする芝生《しばふ》のようにすべすべだったが、足を滑《すべ》らせる者は一人もいなかった。丘の頂上《ちょうじょう》までやってきて、ようやく一行《いっこう》はスピードを落とした。行く手にものすごく大きな金色の門が見えたからだ。少しのあいだ、その門を開けてみようとする者はいなかった。みんな、木になった果物《くだもの》を見たときと同じことを感じていたのだ――「いいのだろうか？　正しいことなのだろうか？　これはわたしたちのために用意されたものなのだろうか？」と。

こうして一同が立ちつくしていたところへ、高らかなラッパの音が聞こえた。それ

1　芝生《しばふ》の上で木製《もくせい》のボールを転がして、目標《もくひょう》のボールにどれだけ近づけられるかを競《きそ》うイギリス発祥《はっしょう》のスポーツ。

は朗々《ろうろう》と響《ひび》きわたる心地《ここち》よい音色で、堤《つつみ》のめぐらされた庭園の内側《うちがわ》から響いてくるようだった。そして、さっと門が開いた。

ティリアンは固唾《かたず》をのんで、誰《だれ》が出てくるのだろう、と門を見つめた。門から出てきたのは、ティリアンが想像《そうぞう》もしなかった動物だった。それは小さいながらもりゅうとした身なりの〈もの言うネズミ〉で、その瞳《ひとみ》はきらきらと輝《かがや》いていた。ネズミは頭につけた細い輪飾《わかざ》りに赤い羽根《はね》をはさみ、左手を長い剣《けん》のつかにそえたかっこうで、この上なく優雅《ゆうが》に腰《こし》を折《お》って頭を下げ、甲高《かんだか》い声を出した。

「ライオンの御名《みな》において、皆々様《みなみなさま》を歓迎《かんげい》いたします。もっと高く、もっと中へ、おはいりください」

見守るティリアンの前でピーター王とエドマンド王とルーシー女王がネズミに駆《か》け寄《よ》り、ひざまずいてネズミに挨拶《あいさつ》しながら、声をそろえて「リーピチープ！」と叫《さけ》んだ。目の前の信《しん》じられない光景《こうけい》に、ティリアンの息づかいが速くなった。いま自分が目にしているのは、ナルニアの名にし負う英雄《えいゆう》の一人、〈ベルーナの大戦《たいせん》〉で勇猛果《ゆうもうか》敢《かん》に戦《たたか》い、その後カスピアン航海王《こうかいおう》とともに世界の東の果《は》てまで行ったネズミのリーピチープなのだ。しかし、そのことをゆっくりと考える暇《ひま》もないうちに、二本のがっしりした腕《うで》がティリアンを抱《だ》きかかえ、ひげ面《づら》がティリアンの頬《ほお》にキスをし、よくおぼえている声が話しかけてきた。

「おや、おまえ、この前会ったときよりも胸板《むないた》が厚《あつ》くなったな。それに、背《せ》も高くなった！」

それはティリアンの良《よ》き父、エルリアン王だった。ただし、ティリアンが最後《さいご》に見た父の姿《すがた》、巨人《きょじん》との戦《いくさ》で深手を負って城《しろ》まで運ばれてきた父王の血の気の失《う》せた顔ではなかった。それどころか、晩年《ばんねん》の頭《こうべ》に霜《しも》をいただく勇士《ゆうし》の姿でもなかった。ティリアンの目の前に立っているのは若《わか》くて陽気だったころの父王、ティリアン自身の幼《おさな》い記憶《きおく》にかろうじて残《のこ》っている父王の姿、夏の夜、ベッドにはいる少し前にケア・パラヴェルの中庭でまだ幼かったティリアンと遊んでくれた父王エルリアンの姿だった。あのころ食べたパンに温かいミルクをかけた夕食のにおいがまざまざと記憶によみがえった。

「積《つ》もる話もあるだろうから、しばらく二人をそっとしておいてあげよう」と、ジュエルは思った。「そのあとで、エルリアン王に挨拶《あいさつ》に行こう。わたしがほんの仔馬《こうま》だったころ、王様はよく真っ赤なリンゴをくださったものだ」しかし、次の瞬間《しゅんかん》、そんな余裕《よゆう》など吹《ふ》っ飛《と》んでしまうことが起こった。金色の門から、ユニコーンでさえ気後《きおく》れしてしまうほどに力強く高貴《こうき》な馬が姿《すがた》を現《あらわ》したのだ。それは、伝説《でんせつ》の天馬《てんば》だった。天馬は一瞬《いっしゅん》ディゴリー卿《きょう》とレディ・ポリーに目をとめ、いななくような声で「なんと！　あなたがたでしたか！」と言った。ディゴリーとポリーは「フレッジ！　なつかしいなあ、フレッジじゃないか！」と大声で叫《さけ》びながら天馬に駆《か》け寄《よ》り、キスを浴《あ》びせた。

しかし、リーピチープがふたたび門の中へはいるよう声をかけたので、一同は金色の門を通って、おいしそうな香《かお》りが漂《ただよ》ってくる庭園の中へ、木もれ日の躍《おど》る明るくて涼《すず》しい庭の奥《おく》へとはいっていった。足もとはふかふかの芝生《しばふ》で、あちこちに白い花が咲《さ》いていた。誰《だれ》もが最初《さいしょ》に驚《おどろ》いたのは、庭園の中が外から見たよりはるかに広いことだった。けれども、誰もそんなことを深く考えている暇《ひま》はなかった。新しくやってきた客たちに会おうと、あちこちからさまざまな生き物たちが姿を現したからだ。

ナルニアと周辺《しゅうへん》の国々の歴史《れきし》に詳《くわ》しい読者諸君《しょくん》ならばきっと聞いたことのある生き物たちが顔をそろえていた。フクロウのグリムフェザー、〈ヌマヒョロリ〉のパドルグラム、魔法《まほう》からさめたリリアン王、星の娘《むすめ》だったリリアンの母君、そしてリリアンの偉大《いだい》なる父王カスピアンの姿《すがた》もあった。カスピアン王のかたわらにはドリニアン卿《きょう》やバーン卿の姿があり、ドワーフのトランプキンや良《よ》きアナグマのトリュフハンター、ケンタウロスのグレンストームをはじめ〈ナルニア解放戦争《かいほうせんそう》〉で活躍《かつやく》した一〇〇匹《ぴき》もの勇士《ゆうし》たちが顔をそろえていた。また別《べつ》の方向からは、アーケン国の国王コルが父ルーン王や王妃《おうひ》アラヴィスを伴《ともな》い、勇敢《ゆうかん》なる弟の王子〈鉄拳《てっけん》コリン〉とともにやってきた。馬のブリーと雌馬《めすうま》フインもいっしょだった。さらには――これこそティリアンにはとても信《しん》じられない驚《おどろ》きだったのだが――もっと遠い過去《かこ》から、二匹の心正《こころただ》しきビーバー夫妻《ふさい》と、フォーンのタムナスが現《あらわ》れた。あちこちで再会《さいかい》の挨《あい》拶《さつ》やキスがかわされ、握手《あくしゅ》があり、むかしのジョークが復活《ふっかつ》した（五、六〇〇年ぶりに聞くむかしのジョークがどんなに愉快《ゆかい》なものか、読者諸君には想像《そうぞう》もつかないだろ

YOU CHAN

うが）。一同がそんなふうにしながら果樹園《かじゅえん》の中央へ向かって歩いていくと、一本の木の梢《こずえ》に不死鳥《ふしちょう》がとまって、みんなを見下ろしていた。そして、その木の根方には二つの王座《おうざ》があり、王と女王がすわっていた。その姿《すがた》があまりに偉大《いだい》で美しいので、一同はみな二人の前でこうべを垂《た》れた。それもそのはず、二人はフランク王とヘレン王妃《おうひ》で、ナルニアとアーケン国の古代の王たちはすべてこの二人の子孫《しそん》なのだ。ティリアンがどれほど感激《かんげき》したかは、わたしたちが栄光《えいこう》に包《つつ》まれたアダムとイヴの前に引き出された場面を想像してみたらわかるだろう。

それから一時間の半分ほどが過《す》ぎただろうか。あるいは一世紀《せいき》の半分ほどもの時間が過ぎたのかもしれない。なにしろ、ここではわたしたちの世界とは時間の過ぎかたがちがうのだ。ルーシーはナルニアでのもっとも古い友だちである大好《だいす》きなフォーンのタムナスと並《なら》んで堤《つつみ》の上から庭園の外を見下ろし、眼下《がんか》に広がるナルニア全土を眺《なが》めていた。こうして見下ろしてみると、ルーシーたちのいる丘《おか》は思ったよりずっと高いところにあり、光輝《かがや》くたくさんの崖《がけ》を下った何千メートルも下の世界の木々は緑色の塩《しお》の一粒《つぶ》ほどにしか見えなかった。ルーシーはくるりと向きを変《か》えて緑の堤にもたれ、庭園の中を眺《なが》めた。

「なるほどね」しばらくして、ルーシーは深い思いにふける表情《ひょうじょう》で言った。「わかってきたわ。この庭園は、例《れい》の厩《うまや》みたいなもので、内側《うちがわ》のほうが外側《そとがわ》よりはるかに大きいのね」

「もちろんですよ、イヴの娘《むすめ》さん」フォーンが言った。「もっと高くもっと中へ行けば行くほど、何もかもがもっともっと大きくなっていくんです。内側は外側よりも大きいのです」

ルーシーは庭園をじっと見つめた。よく見ると、庭園は単《たん》なる庭園ではなく、それ自体が完全《かんぜん》な世界なのだった。川もあれば、森もあり、海もあれば、山もあった。しかも、それはルーシーにとって見慣《みな》れぬ風景《ふうけい》ではなかった。どれもよく知っている風景だったのである。

「わかったわ」ルーシーは言った。「ここもやっぱりナルニアなのね。そして、丘《おか》の下に広がるナルニアよりもっと本物でもっと美しいのね。丘の下のナルニアが厩の外のナルニアよりもっと本物でもっと美しいのと同じように！　わかってきたわ……世界の中に世界があって、ナルニアの中にナルニアがあって……」

「そうです」タムナスさんが言った。「タマネギみたいなものです。ただし、タマネギとちがって、どこまで内側《うちがわ》へ行ってもそこは前の世界より大きくなる、ということです」

ルーシーはあちこちを見まわしてみた。すると、自分の身に新しくすてきな変化《へんか》が起こっていることに気づいた。どこを見ても、どんなに遠いところを見ても、じっと見つめていると、望遠鏡《ぼうえんきょう》をのぞいたようにはっきりと近くに見えてくるのだ。南へ目をやれば、大きな砂漠《さばく》が見え、その先に壮麗《そうれい》なタシュバーンの都が見えた。東へ目をやれば、海辺《うみべ》にケア・パラヴェルが見え、かつて自分が暮《く》らした部屋の窓《まど》まで見えた。海のかなたへ目をやれば島々が見え、島から島へとたどればその先に世界の果《は》てが見えた。そして、世界の果てのさらに先には、みんながアスランの国と呼《よ》んでいる巨大《きょだい》な山が見えた。しかし、いま、こうして眺《なが》めてみると、その巨大な山は世界全体をぐるりと囲《かこ》む山脈《さんみゃく》とつながっていることがわかった。ルーシーの正面にそびえる巨大な山が、ぐっと近くなったように見えた。そして、左のほうへ視線《しせん》をやると、ルーシーの立っている場所から深い峡谷《きょうこく》を隔《へだ》てて、鮮《あざ》やかに彩《いろど》られた大きな雲が横に長く広がっているのが見えた。しかし、もっとよく目をこらすと、それは雲ではなく、ちゃんとした国であるとわかった。その国のある一点をじっと見ていたルーシーは、急に声をあげた。「ピーター！　エドマンド！　こっちへ来て、見て！　早く！」ピーターとエドマンドがやってきて、二人ともルーシーと同じように目をこらした。二人の目も、ルーシーと同じく遠くまで見えるようになっていた。

「へえ！」ピーターが驚《おどろ》きの声をもらした。「イギリスじゃないか。あの家だ——田舎《いなか》にあった、カーク教授《きょうじゅ》のむかしの屋敷《やしき》。ぼくたちのすべての冒険《ぼうけん》が始まった場所だ！」

「あのお屋敷は取《と》り壊《こわ》されたんじゃなかったっけ？」エドマンドが言った。

「そうです」フォーンが言った。「しかし、みなさんがいま見ておられるのはイギリスの内なるイギリス、ほんとうのイギリスです。ここがほんとうのナルニアであるのと同じように。その内なるイギリスでは、良《よ》きものは何ひとつ取り壊されたりはしないのです」

ふと、三人は視線《しせん》を別《べつ》の場所に向けてみた。すると、ピーターもエドマンドもルーシーも驚《おどろ》いて息をのみ、大声をあげながら手を振《ふ》りはじめた。自分たちの父親と母親の姿《すがた》を見つけたのだ。両親のほうも、大きくて深い峡谷《きょうこく》をへだてたかなたから三人に手を振っていた。それはちょうど、大きな客船で到着《とうちゃく》する人たちを桟橋《さんばし》へ出迎《でむか》えに行って、甲板《かんぱん》から手を振っているその人たちの姿を見つけたみたいな感じだった。

「どうやったらむこうへ行けるの？」ルーシーが聞いた。

「簡単《かんたん》ですよ」タムナスさんが言った。「あの国とこの国は――というより、本物の国はすべてが――アスランの大きな山脈《さんみゃく》から分かれた尾根《おね》のようなものなんです。尾根づたいに、もっと上へもっと中へと歩いていけば、先は一つにつながっています。あ、聞こえますか？　フランク王が吹《ふ》く角笛《つのぶえ》の音です。さあ、もっと上へ行かなければ」

じきに、みんなは連《つ》れだって歩きだした。それはにぎやかできらびやかな行列だった。目ざす先はとほうもなく高い山脈で、たとえこの世にそんな山々があったとしても、とても高すぎて頂上《ちょうじょう》を仰《あお》ぎ見《み》ることなどできないほど高い山脈だった。けれども、この山々には雪は積《つ》もっていなかった。どこまでも、見わたすかぎり、森や緑の丘陵《きゅうりょう》や果実《かじつ》を実らせた木々や光りきらめく滝《たき》が続《つづ》いていた。そして、一行《いっこう》が歩いていく足もとの地面はだんだんと狭《せま》くなり、両側《りょうがわ》が深い峡谷《きょうこく》となって落ちこんでいった。峡谷をへだてたむこうに見える本物のイギリスがしだいに近づいてきた。

行く手から差《さ》す光が、ぐんぐんとまぶしくなっていく。ルーシーの目には、前方にさまざまな色合いの崖《がけ》が巨人《きょじん》の階段《かいだん》のように段々《だんだん》に重なっているのが見えた。が、次の瞬間《しゅんかん》、ルーシーの頭の中からすべてのことが吹《ふ》っ飛《と》んでしまった。アスランの姿《すがた》が見えたのだ。アスランは崖から崖へと飛《と》び移《うつ》りながら下りてくるところで、その姿は力強さと美しさが命を得《え》て滝になったかと思われるような光景《こうけい》だった。

アスランが最初《さいしょ》にそばへ呼《よ》んだのは、ロバのパズルだった。アスランのところへ歩いていくパズルの姿ときたら、これより弱々しくて愚《おろ》かしいロバは見たことがないというくらいの情《なさ》けなさだった。そして、アスランと並《なら》んで立ったパズルの姿は、セントバーナード[2]の横に仔《こ》ネコを並べたくらいに小さく見えた。ライオンは頭を下げて、何ごとかパズルの耳にささやいた。すると、パズルの長い耳がだらりと垂《た》れた。しかし、アスランがまた何ごとかささやくと、こんどはパズルの耳がピンと立った。人間たちには、アスランが何を言ったのか聞き取ることはできなかった。そのあと、アスランは人間たちのほうを向いて、言った。

「あなたがたは、わたしがもくろんだほど幸せそうな表情《ひょうじょう》には見えないが」

ルーシーがこれに答えた。「アスラン、わたしたち心配なんです。また送り返されてしまうんじゃないかと思って。これまで何度も、もとの世界へ送り返されましたから」

「その心配はない」アスランが言った。「まだ気づかないのかな？」

みんな、どきっとしながら、とてつもない望《のぞ》みを胸《むね》に抱《いだ》いた。

「現実《げんじつ》に、鉄道事故が起こったのだ」アスランが静《しず》かな声で言った。「あなたがたの父と母とあなたがた全員が事故に巻《ま》きこまれ、〈影《かげ》の国〉の表現《ひょうげん》を借《か》りるならば、あなたがたは死んだのだ。地上での時間は終わった。楽しい休暇《きゅうか》が始まったのだ。夢《ゆめ》は終わり、新しい朝が訪《おとず》れたのだ」

そう話しているあいだに、ルーシーたちの目に映《うつ》るアスランはもはやライオンの

2　体重五〇～九〇キロの超大型犬《ちょうおおがたけん》。

姿《すがた》ではなくなっていた。しかし、そこから始まった物語は壮大《そうだい》すぎて、美しすぎて、ここにはとても書ききれない。わたしたちにとってはすべての物語はここで終わり、登場人物たちがその後いつまでも幸せに暮《く》らしたことはまちがいないが、彼《かれ》らにとっては、これはまことの物語のほんの始まりでしかない。この世界における彼らの人生も、ナルニアでの冒険《ぼうけん》も、すべては本の表紙と扉《とびら》のページでしかない。いまようやく、彼らは地上の誰《だれ》も読んだことのない〈偉大《いだい》なる物語〉の第一章を始めようとしているところなのだ。それは永遠《えいえん》に続《つづ》く物語であり、章を重ねるごとにますますすばらしくなっていく物語なのである。

（完《かん》）

解説　世界の果て、世界の終わり

山尾悠子
（作家）

『ナルニア国物語』を私がさいしょに読んだのは、小学四年生の終わりから五年生にかけてのことだった。一九六〇年代のことで、刊行順に一冊ずつ親にねだって買ってもらい、今も大事に所持している岩波版単行本全七冊はすべて第一刷である。つまりナルニア読者の国内最初期のひとりだったということだが、それからおよそ半世紀という時が過ぎた。このたびめでたく新訳版が刊行され、思いがけないことに解説の依頼まで頂くことになり、実に嬉しく光栄に思っている。専門家でもない私の担当ぶんはもちろん個人的なエッセイでよろしい、とのことなのですっかりそのつもりだが、特に思い入れのある『最後の戦い』で声をかけて頂き、そのことが何より嬉しい。

子どもの頃に出逢った〈特別な本〉というものは、そのまま我が身の一部、血肉となるものであるらしい。のちにあまたの優れた創作に出逢うことになろうとも、〈特別な本〉の定位置はつねに心の奥底の秘密の書棚にある。「でも、ナルニアとはそこまで特別なものなのか。数ある別世界ファンタジーもののひとつに過ぎないではないか」――そうした意地の悪いことを言うひとは世の中にはいるもので、ついつい憤然としてしまうのだが、そして必ず思い出すのは小学五年生の夏休み、『最後の戦い』を初めて読んだ日の記憶なのだった。――一冊ずつ楽しみに読んできた『ナルニア国物語』も、これでとうとう最終巻。ねだってようやく手に入れた紫の表紙の本を撫でさすり、それから暑い午後のあいだをかけて物語の世界に引き込まれ、ほとんど呆然としながら一気に結末まで読み終えたときの――あの日のショック、あのときの衝撃。確かにあれがなかったならば、私にとって『ナルニア国物語』はそこまでの〈特別な本〉とはならなかったかもしれない、と密かに思う。

呆然とするあまり、本を抱いて数日うろうろと歩き回っていたじぶん自身についての印象が今でもはっきり残っていて、しかし何しろのちに妙な幻想小説など書く人間に成長したわけであるから、かなり妙な子どもの妙な反応であったのかもしれず、幾分か心もとなく思わなくもない。――じぶんだけがそうだったのか、他の皆は違っていたのだろうか、と。

いやいや、まったくそうとも限らないだろう。と気を取り直し、初読時から半世紀もかけて相変わらずうろうろしている心情をこのあたりで見直してみるのもよいことかと、以下の文を書くことにする。ここまでの既刊六巻はそれぞれの魅力にあふれており、とりわけ『ドーン・トレッダー号の航海』『銀の椅子』『馬と少年』あたりは私も特に好むところであって、誰が見てもバランスの取れた良作ということになるのだろう。それらに比べるならば、本書『最後の戦い』のバランス感覚にはかなり不可解なところがある。読者の受け取りかたも各人の差が出てくる。そのことは承知のうえだが、しかし何と言うべきか、この巻は別格の巻として、特別なうえにも特別な作品なのではないか。少なくとも私はそう思う。妙な人間の書く妙な文になりそうだが、特に言いたいと思うことはピンポイントで少量なので、さほど長ながとは書かないと思う。そして結末に触れるので、本編を未読のかたはお読みになりませんよう。

そもそも私にとってナルニアシリーズとはどのようなものであったか。それは〈世界の果て〉や〈世界の終わり〉を含む、不思議で不可思議なものがたり——人生の始まりの時期にそのようなものに出逢い、抗《あらが》いようもなく惹かれてしまった。

その世界では東の海の果てが睡蓮の浅瀬になっていて、そのさらに果ては逆さの滝になっていた。魔女の女王が滅びのことばを唱えて滅亡させた古い都の廃墟があり、世界と世界のあいだの林では何も起きないので、ひとは眠くてたまらなくなる。衣装だんすの毛皮コートの並びの奥は、真冬の世界に通じていたりいなかったり。北の荒野の地下世界には金髪黒ずくめの狂った王子が捕らわれているが、その地表部分にはUNDER MEと巨大な文字のメッセージが刻み込まれている。世界が終わりとなるときに、天の星ぼしは地上へ降りそそぐ。鋭い槍のように降りたつ星びとたちの輝きは地の果ての果てまで長ながが届き、闇の世界の何もかもをひととき明るく照らし出す。

ともかくも本書、『最後の戦い』について。

これはやはり単純に言って、読むのがつらい本であるかもしれない。特にここまでの六冊を読んで、すっかり〈ナルニアの友〉となっている読者にとっては。――六冊かけて築き上げてきたものがたり世界を完膚なきまでに破壊し、滅ぼしてしまう作者C・S・ルイスの手並みといっては、まさに万能の造物主のそれのよう。シリーズ第一巻（新訳版での並びで『魔術師のおい』）で、若々しい芽吹きのようなナルニア創世の場面が描かれたのであるから、最終巻でその終焉が描かれるのは当然のこととしても、何より身に迫る悲しみが大きくて、私も初読時にはぽたぽたページに雨を降らせたものだった。

本書『最後の戦い』において、ナルニアはふたつの段階を経て滅ぶことになる。ひとつは厩の丘での最後の激戦の果て、剣を捨てたティリアン王が敵将もろとも厩の入口へ飛び込むところ。この時点で国としてのナルニアは実質滅ぶことになる。これはまず現世での滅び。ふたつ目の段階は、より高次元な〈世界の終わり〉。偉大なアスランのもと、すべての生き物たちが押し寄せてきて光と闇のふた手にわかれ去り、残った広大な荒れ地に大洪水が来て、太陽や月まで消去され世界が暗黒となるところ。どちらがよりショックであったかといえば、どちらも同じく、と記憶にはある。そして実のところ、この先にはさらに第三の段階が待ち受けているのだが――

ショック、衝撃とはいうものの、同時に惹き込まれる魅力があったからこそ大泣きしながら読み耽ったのであるし、いま改めて読み返してみてもその魅力に何ら変わるところはない。それにしても、作者はいったいどうしてこのように風変わりな方向性を持つ小説を書いたのか――? 憶測を並べることになるのだが、思うところを述べてみたい。

先にも少し触れたとおり、『ドーン・トレッダー号の航海』『銀の椅子』『馬と少年』あたりの傑作秀作を毎年立て続けに発表したころの作者C・S・ルイスの充実ぶりはまったく素晴らしく、作家としての手ごたえと充足感、高揚感はいかばかり、と心底羨ましく思えるほどだ。それから発表順では『魔術師のおい』を書き、そのなかでナルニア創世の場面を描いたのち、準備万端、いよいよ最終巻である『最後の戦い』に取りかかったということなのだろうか。

年代記として、創世で始まり終焉で終わる、というかたちはすんなり腑に落ちるものであって、これ以上何も言うことはないのかもしれない。が、それでもなお腑に落ちないのはその過剰さ、滅亡の徹底ぶりの過剰さであるように思われる。どうしてここまで徹底的に、第三の段階まで用意して、と。

ほの暗い滅びの美や崩落の世界のこと。これを先に書いてしまおう。本書のクライマックスシーンでもある第二の滅び、〈世界の終わり〉の場面について。

ところでシリーズのここまで宗教色は気に留めずに読んできた年少の読者でも、この『最後の戦い』ではさすがにいろいろ感じるのではないか。どうもこの場面は「最後の審判」なのではないか、などと思いながら読むうちに、知らず知らず我が目でもって黙示録の世界を目撃することになる。ベースとなっているのは概《おおむ》ねキリスト教終末論であって、さらには神の国へと至るあの結末にも結びついていくわけだが、ただし余計な知識で目が曇る年嵩の読者についてはまったくお気の毒、としか言いようがない。

想像力の極みをことばで絵にしたような――などと陳腐なことは言い出すまい。本書第14章「ナルニア、夜となる」の252ページから265ページまで、全文書き写したくなるような見事さ、描写の超絶上手《うま》さなのだが、まず星たちが降ってきてあらゆる生き物が押し寄せて、ドラゴンと巨大トカゲが跋扈《ばっこ》してから骸骨となり、大洪水、そして時の巨人が太陽と月を握りつぶすまで。あえて言うが、この終末のビジョンは「完璧」なのではあるまいか。最後に伝わってくる怖ろしい冷気や、厩の入口の氷柱《つらら》に至るまで、まさに完璧。児童向きのやさしい表現という皮を被っているが、中身は堂々たる幻視者《ビジョネール》のしわざなのである。ベースとなる既存のイメージ（黙示録の世界）があるにしても、人間わざとはとても思えないほどだ。

個人的にはのちにギュスターブ・ドレやジョン・マーティン、モンス・デシデリオなどの終末や崩壊の世界を扱う幻想美術を知り、年代的にはナルニアのほうがずっと後発なのだが、このような世界を受け入れるための素地はナルニアの一部分で培《つちか》われたと、そう感じたものだった。余計ごとながら、印象的に地平に立ち上がる巨人のイメージは拙《つたな》い小説書きである私の想像力の原点となったようにも思う。

わたしはまた、大きな白い玉座と、そこに座っておられる方とを見た。天も地も、その御前から逃げて行き、行方が分からなくなった。わたしはまた、死者たちが、大きな者も小さな者も、玉座の前に立っているのを見た。幾つかの書物が開かれたが、もう一つの書物も開かれた。それは命の書である。死者たちは、これらの書物に書かれていることに基づき、彼らの行いに応じて裁かれた。海は、その中にいた死者を外に出した。死と陰府《よみ》も、その中にいた死者を出し、彼らはそれぞれ自分の行いに応じて裁かれた。

「ヨハネの黙示録」第20章11―13節（新約聖書・新共同訳より）

『最後の戦い』の後ろ三分の一はこのように高次元の世界であり、しかも階段状に上へ上へと登りつめていく構造になっている。が、そのまえに、まるで長い助走とでもいうようなナルニア国滅亡篇パート（ぜんたいの三分の二）があったことを思い出さねばならない。こちら側では超自然要素は極力最低限に抑えられていて、「ナルニア最後の王ティリアンのものがたり」とでも呼んでおくべきだろうか、若いティリアンに素直に感情移入できるパートとなっている。――それにしても、そのかれが怒りで判断を誤ってしまう冒頭部から、否、その前の寂しい滝池での何とも不穏な幕開けから、まっしぐらに破局へと向かっていく破滅のものがたりの速度、緊迫感、説得力といってはどうだろう。

国の存亡に直接関わるのはあくまでも卑小なものたちの悪意や愚かさであり、何より『馬と少年』ですっかりお馴染みの横暴な大国カロールメンによる武力侵攻であるわけだが、ここにもベースとなる既存のイメージは少なからず存在するようだ。中世趣味のナルニアへ侵攻してくるのはサラセン（イスラム）風のカロールメンであるのは当然のことで、アスランとタシュ、という対立の構造も十字軍のそれを思わせる。厩の丘の絶望的な決戦にしても、中世フランスの叙事詩『ローランの歌』のようだ。これはたまたま初読時から知っていたせいで、どうもイメージが被るのだが。

孤立しつつサラセンの圧倒的大軍と戦い敗れた英雄についての古謡、世にうたわれる滅びの美のものがたり。

ピーターやルーシーたちペヴェンシー家のきょうだいとは違い、結局のところ「あなたがたは再びナルニアへ戻るには歳を取りすぎた」とは言い渡されずに済んだ、運のいいジルとユースティス。小学生読者であったころ、私はそのように思っていたものだった。アスランにもっとも愛された少女ルーシーにも劣らず、何度も繰り返しナルニアに戻ることができたユースティス。その学校友達であったため、運よくナルニアの友となれたジル。混戦のさなか大男のカロールメン兵にかかえられ、あるいは髪をつかまれ引きずられていくジルとユースティス。


最後まで諦めず、よく働いて立派に責を果たしたティリアンのことは今でも特別に好きで、かれが正当な労《いた》わりを受ける場面ではまったく胸が熱くなる。

ところで、ささやかながら創作に関わる身となってから漠然と感じたことなのだが、創造する架空の世界が人工的であればあるだけ、最後にはそれを破壊してしまいたくなる。破壊し崩壊させることで人工の架空世界は完結し、空中に浮かぶ楼閣のごとき完全無欠なものとなる。これはいかにも閉鎖的な感性であって、私の個人的趣味であるに過ぎないのだが、子どものころルイスから受けた影響も確かにあると思うのだ。

世界レベルの一流文学者、従軍経験もあるキリスト教弁証家にしてベストセラー作家。そのルイスが熟年にして手を染めたのが永遠の名作となるナルニアシリーズであって、人気も評価も当初から極上、意気軒昂として気力充実、そして満を持しての最終巻『最後の戦い』でシリーズの完結に向かったのだ。かれは何をしたか。

徹底して滅ぼし、破壊し、あとには明るい草原にぽつんと厩の入口だけが立っていて、ルイスがここまで創造してきたシリーズすべての主人公たちがこちら側に集結する。あまりに女性的に成長してしまったスーザンを除き、という件では誰もが引っかかるようで、作家の本意はわからないが、私が思うにひとりくらい例外を設けたほうがリアルだからでは、などとつい考えてしまう。何しろ、しまいにペヴェンシー家の両親まで招かれているほどの徹底ぶりなのだ。結末に近づくほど作者の筆遣いは「網羅すること」に拘《こだわ》りを見せるので、すなわち完璧さへの拘りと見てしまう。

虚栄の世を廃し、神の国へと向かうこと。読者が泣いて惜しむほどのナルニア世界に代わり、作者が導くイメージは〈より高次元のナルニア〉、歓びと憧れの世界。網羅されるナルニアの理想的エッセンスであり、吐く息吸う息がアスランそのものであるような世界。


そのあと、アスランは人間たちのほうを向いて、言った。

「あなたがたは、わたしがもくろんだほど幸せそうな表情には見えないが」

ルーシーがこれに答えた。「アスラン、わたしたち心配なんです。また送り返されてしまうんじゃないかと思って。これまで何度も、もとの世界へ送り返されましたから」

「その心配はない」アスランが言った。「まだ気づかないのかな？」

みんな、どきっとしながら、とてつもない望みを胸に抱いた。


（本書309ページ）


主要人物たち全員の「死」と引き換えに、作者はこの一瞬にして自身の畢生《ひっせい》の創作世界にまったき完璧を与えたのでは、と今では思っている。

予定どおり他愛のない個人的エッセイとなったので、多様な読みかたのひとつ、参考程度に思って頂きたい。他にもこまごま言い足りないことは多いが、収拾がつかなくなるだけと思うので。

それでもスーザンの件に付け足し。児童向きのものがたりのなかでスーザンの件は妙にリアルなので、誰もが引っかかってしまうのだと思う。

大人の読者になった今では、「その後のスーザン」のほうに興味を感じる。つまり『最後の戦い』以降のスーザン、ただひとり現世に取り残されてしまった気の毒な立場のスーザンについてだ。まるで実在の人物のように心配してしまうのだが、ペヴェンシー家の財産はすべて彼女が相続したのか？　生計についての心配はともかく、「口紅やパーティーのことばかり」と言われた彼女は、その後の長い人生をどのように過ごしたのだろうか。孤独や怒り、後悔を感じることはあったのか。「我はケア・パラヴェルの玉座についた女王のひとり」と、密かに思うこともあったのだろうか。――あるいはこのように想像の余地を残すことで、作者はさらなる完璧をめざしたのでは、とすら思えてくるほどだ。

ところで私もナルニア原作の大作娯楽映画など観ると、「ああいや、表面は確かに。

でもそれはちょっと」などと混乱したことを言いながら、ひっそり顔を伏せる程度にはこだわり多い読者のひとりであるが（ティルダ・スウィントンが白い魔女、というキャスティングは嬉しかった）、どうも実写版が厭なのは、子どもの姿が子どもっぽく見えるという当たり前のことが厭なのだと思う。少年少女を主人公とする児童向きの冒険ものがたり、魔女やドラゴンや〈もの言うけもの〉たちが登場するファンタジー世界。それは確かにそうなのだが、誰もが〈じぶんだけのナルニア〉を持つように、私にも私だけのナルニアがあった。たとえばあらゆる細部に宿るもの。東のいや果ての海をめざす船室で窓辺に反映した光、開け放しのドアを背に魔法使いの部屋で過ごした午前の印象。そのときのじぶんの心臓の静かな鼓動。モミの枝から落ちた雪、架空の土地を揺られて旅していく汗と埃、馬の臭い、甘い香りの火を踏み消した水掻きつきの硬い足のこと。ほんの些細なことを何かの折にふと思い出し、すると驚くまいことか、この胸に愛が溢れるので、「ああ」とか「うわっ」とか変な声が出る。まあ、どれほどこれらを愛していたことかと克明に思い出し、半世紀も以前に田舎の小学生が人生で初めて知った美の観念というものについて考える。さらに言うならばそれは古典美というものであったと思う。

C・S・ルイス年譜

一八九八年
一一月二九日、北アイルランドのベルファスト市に生まれる。父アルバート・ジェイムズ・ルイスは事務弁護士、母フローレンス・オーガスタ・ハミルトン・ルイスは牧師の娘で、当時の女性としてはめずらしく、ベルファスト市のクイーンズ・カレッジで大学教育を受けていた。

一九〇二年　三歳
自身のファースト・ネームおよびミドル・ネームを嫌ったルイスは、家族に自分を「ジャクシー」と呼ぶように求め、他の名前で呼ばれても返事をしなくなる。これ以降、家族と友人は生涯彼を「ジャック」と呼ぶ。服を着た動物が登場する物語を好んで読む。この頃、兄ウォレンとの共作の物語「動物の国」を創作する。

一九〇八年　九歳
八月二三日、母フローレンス、癌により死去。
九月、兄と同じイングランドのハートフォードシャーにあるウィニヤード校に入学。当初、「まわりから聞こえてくるイングランド訛りがまるで悪魔の唸り声のよう」に聞こえ、イングランドの風景にも「嫌悪の情」を感じたという。(『喜びのおとずれ』)
元々アイルランド教会のプロテスタントであったが、イングランド国教会の教義に触れ、キリスト教に篤い信仰心をもつようになる。

一九一〇年　一一歳
夏、ウィニヤード校が廃校となる。
ベルファスト市のキャンベル校に入学するも、病気により数カ月で退学。なお、キャンベル校は、イングランドの学校よりは肌に合った。

一九一一年　一二歳
一月、キャンベル校に不満をもっていた父の考えにより、イングランド西部のウスターシャーにある予備学校チェアバーグ校に入学。
この時期、イングランドの風景の美しさを発見する。妖精ものの小説を好んで読み、「いつも小妖精を心に思い描くようになり、そのためについに幻覚の未開地に迷い込む」こともあった(『喜びのおとずれ』)。徐々にキリスト教にたいする信仰を失う。

一九一三年　一四歳
チェアバーグ校近隣のパブリック・スクールの一つであるモルヴァーン・カレッジに入学。

一九一四年　一五歳
モルヴァーン・カレッジになじめず、退

学させてくれるよう父親に手紙で請う。

八月、イギリス、ドイツに宣戦布告。

九月、モルヴァーン・カレッジを退学。

父のかつての恩師であり、イングランドのサリー州在住のウィリアム・カークパトリック氏の自宅で個人指導を受けながら大学受験の準備をすることになる。

一九一六年　一七歳
一二月、オックスフォード大学奨学生試験を受験。ユニヴァーシティ・カレッジの奨学生に選ばれる。

一九一七年　一八歳
学位取得予備試験において数学で不合格となるが、四月からオックスフォード大学内に寄宿することを許可され、大学生活を開始。

オックスフォード大学のキーブル・カレッジに宿舎のある士官候補生大隊に召集され、パディ・ムーアと同室になる。

一一月、軽歩兵隊の少尉としてフランス戦線に出征。

この頃、ジョージ・マクドナルド（一八二四―一九〇五）の『ファンタステス』（一八五八）に夢中になる。

一九一八年　一九歳
二月、〈塹壕熱〉と呼ばれる熱病に罹る。
四月、味方の砲弾の破片に当たって重傷を負い、ロンドンの病院に送還される。
一一月、ロンドンで終戦を迎える。この頃からムーア夫人に愛情を抱くようになる。

一九一九年　二〇歳

オックスフォード大学に戻る。退役軍人に限り、学位取得予備試験が免除される決定が出され、以前に不合格であった数学の試験を免除されることになる。
三月、クライヴ・ハミルトン名義で第一次世界大戦での体験を謳った詩集『囚われの魂』を出版。

一九二〇年 二二歳
夏、ムーア夫人とその娘モーリーンとの共同生活を開始。

一九二二年 二三歳
八月、人文学学位取得試験に最優等の成績で合格。大学の研究職を得るのに苦労し、修学を一年延長して英文学を専攻することを決める。英文学の中では、トマス・ブラウン（一六〇五―一六八二）、ジョン・ダン（一五七二―一六三一）、ジョージ・ハーバート（一五九三―一六三三）の詩に陶酔する。

一九二三年 二四歳
英文学学位取得試験に優等の成績で合格。

一九二五年 二六歳
モードリン・カレッジの英語・英文学のフェロー（特別研究員）に選ばれる。

一九二六年 二七歳
オックスフォード大学の会議でJ・R・R・トールキンと出会う。
五月、ゼネラル・ストライキのため、イギリス社会は一時混乱に陥る。

一九二九年 三〇歳
父アルバート死去。

一九三〇年 三一歳

四月、陸軍軍人であった兄ウォレン帰英。七月、オックスフォード郊外の〈キルンズ荘〉でムーア夫人、その娘モーリーン、実兄ウォレンと同居生活を開始。この頃より、トールキンほか数名の友人がモードリン・カレッジのルイスの居室に集まり、〈インクリングズ〉の会が始まる。

一九三一年　三二歳

キリスト教への信仰を取り戻す。

一九三三年　三四歳

宗教的アレゴリー『天路逆行』出版。タイトルは、ジョン・バニヤン（一六二八―一六八八）の『天路歴程』（一六七八）をもじったもので、平凡な男ジョンが救われるまでを描く。

一九三六年　三七歳

五月、オヴィディウスからスペンサーにいたる恋愛詩を論じる最初の学問的著書『愛のアレゴリー――ヨーロッパ中世文学の伝統』出版。

一九三八年　三九歳

宇宙を舞台とするSFファンタジー『沈黙の惑星を離れて』出版。これは三部作で、続編が一九四三年、一九四五年に出版される。

一九三九年　四〇歳

九月、イギリス、ドイツに宣戦布告。

一九四〇年　四一歳

一〇月、宗教的著作『痛みの問題』出版。この世にはなぜ痛みと悪が存在するのか、という問題をめぐる考察。

一九四一年　四二歳
BBCラジオ放送の依頼で、キリスト教に関する放送講話を開始。放送は一回一五分で、一九四四年まで断続的に計二九回行われた。
キリスト教に関する知的に困難な問題を討議するための公開フォーラム、オックスフォード大学ソクラテス・クラブの創設に尽力（発足は一九四二年）。ルイスは会長に選任され、これ以降同クラブで多くの講演を行う。
一九四二年　四三歳
諷刺という手法を用いることによって神学的な問題に深く切り込む『悪魔の手紙』出版。ベストセラーとなり、スター的名声を得る。
七月、ジョン・ミルトン（一六〇八—一六七四）の『失楽園』（一六六七）を扱う『〈失楽園〉研究序説』、BBCの講話を収録した『放送講話』（のちに『キリスト教の精髄』に再収録）出版。
一九四五年　四六歳
七月、総選挙で労働党が大勝。アトリー労働党内閣発足。
一九四六年　四七歳
国民保健サービス法制定。
一九五〇年　五一歳
『ナルニア国物語』の第一作『ライオンと魔女と衣装だんす』出版。
一九五一年　五二歳
ムーア夫人死去。
オックスフォード大学詩学教授選任にお

いて、詩人・作家でもあるセシル・デイ・ルイス（一九〇四―一九七二）に敗れる。

一九五二年　五三歳

『ナルニア国物語』の第二作『カスピアン王子』出版。

以前から文通相手であった、ルイスの作品のファンのジョイ・デヴィッドマンと初めて会う。

BBC放送講話を編集した『キリスト教の精髄』、『ナルニア国物語』の第三作『ドーン・トレッダー号の航海』の出版。

一九五三年　五四歳

『ナルニア国物語』の第四作『銀の椅子』出版。

一九五四年　五五歳

『一六世紀英文学史』、『ナルニア国物語』の第五作『馬と少年』出版。

一一月、ケンブリッジ大学モードリン・カレッジに新設された中世・ルネサンス文学講座の初代教授に就任。これ以降、学期中はケンブリッジで、休暇と週末はオックスフォードのキルンズ荘で過ごす生活を送るようになる。

一九五五年　五六歳

九月、自叙伝『喜びのおとずれ』出版。『ナルニア国物語』の第六作『魔術師のおい』出版。

一九五六年　五七歳

イギリス政府がジョイの滞在許可の更新を認めなかったため、四月、ジョイと書類上の結婚をして窮状を救う。ジョイの二人の息子は英国籍を得る。
『ナルニア国物語』の第七作『最後の戦い』、『愛はあまりにも若く』出版。

一九五七年　**五八歳**

『最後の戦い』によりカーネギー賞を受ける。
三月、骨癌で入院中のジョイと病室で結婚式を挙げる。

一九六〇年　**六一歳**

七月、ジョイ死去。

一九六一年　**六二歳**

妻ジョイの死をどのように受けとめたのかを記す『悲しみをみつめて』をN・W・クラーク名義で出版。
この頃より衰弱がひどくなる。

一九六三年

七月、心臓発作で一時危篤状態となる。
八月、ケンブリッジ大学に辞表を提出。
一一月二二日、死去。享年六四。

訳者あとがき

ナルニアの世界へ、ようこそ！

原初《げんしょ》の闇《やみ》にアスランが野性《やせい》の歌声を響《ひび》かせて作り出したナルニアの世界は、この巻《かん》で終焉《しゅうえん》を迎《むか》える。

ナルニアを滅《ほろ》ぼしたのは、これまでたびたびナルニアを脅《おびや》かしてきた〈白い魔女《まじょ》〉ではなく、地底《ちてい》に棲《す》む大蛇《だいじゃ》の化身《けしん》でもなく、ほかならぬナルニアの民《たみ》のアスランに対する不信《ふしん》であった。


ナルニアの西の国境《こっきょう》にある〈大釜池《おおがまいけ》〉のそばに棲みついていた邪悪《じゃあく》な大ザルは、ある日、滝《たき》から流れ落ちてきたライオンの皮を見つけ、それを子分のロバにかぶせて、偽《にせ》のアスランを作った。慈愛《じあい》に満《み》ちた言葉でナルニアの民に語りかけていた本物のアスランとはちがって、偽《にせ》のアスランはナルニアの民《たみ》に直接《ちょくせつ》語りかけることをせず、アスランの代弁者《だいべんしゃ》をもって任《にん》ずる大ザルの口を通じてその意思を伝《つた》えるものとされた。当然《とうぜん》、「アスランの言葉」は大ザルにとって都合のいい内容《ないよう》ばかりになった。しかも、この大ザルはナルニアの敵国《てきこく》カロールメンと通じていた。

大ザルから入《い》れ知恵《ぢえ》されたカロールメンは、海から大軍《たいぐん》を送ってナルニアの王城《おうじょう》ケア・パラヴェルを落とした。ナルニア最後《さいご》の王ティリアンは、カロールメンの大軍を相手に勝ち目のない戦《たたか》いに身を投じる。それまでナルニア王の味方であった〈ものの言うけもの〉たちも、今回ばかりは偽アスランの怒《いか》りを恐《おそ》れて、王に加勢《かせい》することをためらった。

大ザルが偽のアスランを仕立てあげた結果《けっか》、ナルニアの民は本物のアスランすら信《しん》じられなくなってしまったのだ。よこしまな心を持つ大ザルとカロールメンの指揮官《しきかん》は、アスランのみならず、タシュの神さえ信じていなかった。「ものわかりのよい（進歩的《しんぽてき》な）者たち」を自認《じにん》する彼《かれ》らにとって、信仰《しんこう》は古くさい行為《こうい》としか見えなかったのだ。

信《しん》じるものを失《うしな》ったナルニアの民《たみ》の大半は、ただひたすらに神（アスランとタシュを合体させた「タシュラン」）の怒《いか》りを恐《おそ》れて、なりをひそめた。あるいは、ドワーフたちのように、アスランもタシュも信じないで自分たちだけでやっていくのだ、と王も神も拒絶《きょぜつ》する者たちもいた。どちらの勢力《せいりょく》も、ナルニアを救《すく》おうとするティリアンに加勢《かせい》することはなかった。

ナルニアの愛読者《あいどくしゃ》にとって、第七巻《かん》は残酷《ざんこく》な内容《ないよう》であろうと思う。翻訳《ほんやく》を通じてナルニアの創世《そうせい》から全七巻にわたり数千年の歴史《れきし》を見守ってきた訳者《やくしゃ》も、最終巻《さいしゅうかん》は、締《し》めくくりとしての緊張感《きんちょうかん》とともに、愛《あい》するナルニアの世界があとかたもなく破壊《はかい》されていく過程《かてい》をやるせない心持ちで翻訳した。

もちろん、翻訳であるから原書の一言一句《いちごんいっく》をいかにして読者のみなさんに過不足《かふそく》なく伝《つた》えるかということをひたすら念頭《ねんとう》に置《お》きながら文章をつむぐのであるが、この第七巻については、一箇所《かしょ》だけ、原書の記述《きじゅつ》を訂正《ていせい》して訳した箇所がある。二四二ページの第二段落《だんらく》、

「そのあと」と、エドマンドが話を続《つづ》けた。「ユースティスがはいってきて、それからドワーフが一ダースぐらい放《ほう》りこまれてきて、そのあとジルが来て、最後《さいご》にティリアン、あなたがはいってきたのだ」

という部分だ。

原文は次のように書かれている。

"And after that," said Edmund, "came about a dozen Dwarfs: and then Jill, and Eustace, and last of all yourself."

これを原文どおりに正確《せいかく》に訳《やく》すと、

「そのあと」と、エドマンドが話を続けた。「ドワーフが一ダースばかり放りこまれてきて、そのあとジルが来て、ユースティスが来て、最後《さいご》にティリアン、あなたがはいってきたのだ」

となる。これでは、その前の物語の展開《てんかい》と明らかに矛盾《むじゅん》する。なぜ、このような文章が編集《へんしゅう》のチェックをくぐりぬけて印刷《いんさつ》されてしまったのか、訳者《やくしゃ》には知る由《よし》もないが、とにかく、その前の展開と矛盾しないように書きかえて訳《やく》した。どなたか、この部分を説明《せつめい》できる方がいらっしゃれば、ご高見《こうけん》をたまわりたいと思う。

固有名詞《こゆうめいし》の発音については、Harper Children's Audio "The Chronicles of Narnia"（第七巻《かん》『最後の戦《たたか》い』の朗読者《ろうどくしゃ》は高名な舞台俳優《ぶたいはいゆう》のPatrick Stewart）として発売されているオーディオCDを聴《き》き、その発音をできるだけ正確《せいかく》にカタカナに写すようつとめた。原著者《げんちょしゃ》ルイスが原稿《げんこう》を書いているときに想定していた音に近い表現《ひょうげん》になっていると思う。

光文社古典新訳文庫《こてんしんやくぶんこ》では、著者《ちょしゃ》C・S・ルイス自身が生前に望《のぞ》んだように、『ナルニア国物語』の各巻《かくかん》を作品中の時系列《じけいれつ》にそった並《なら》べかたで紹介《しょうかい》してきた。今回の翻訳《ほんやく》で使用した原書HarperCollins Publishers版《ばん》でも作品中の時系列にそって各巻が次の順《じゅん》で並んでおり（邦題《ほうだい》は光文社古典新訳文庫でのタイトル）、現在欧米《げんざいおうべい》で出版《しゅっぱん》されている『ナルニア国物語』はこの並べかたが標準《ひょうじゅん》となっている。

第一巻『魔術師《まじゅつし》のおい』*The Magician's Nephew*
第二巻『ライオンと魔女《まじょ》と衣装《いしょう》だんす』*The Lion, the Witch and the Wardrobe*
第三巻『馬と少年』*The Horse and His Boy*
第四巻『カスピアン王子』*Prince Caspian*
第五巻『ドーン・トレッダー号の航海《こうかい》』*The Voyage of the Dawn Treader*
第六巻『銀の椅子《いす》』*The Silver Chair*
第七巻『最後《さいご》の戦《たたか》い』*The Last Battle*

これまで岩波書店から出版《しゅっぱん》されていた『ナルニア国物語』(訳者《やくしゃ》・瀬田貞二《せたていじ》)では、七つの作品は『ライオンと魔女《まじょ》』(原書は一九五〇年刊《かん》)、『カスピアン王子のつのぶえ』(同、一九五一年)、『朝びらき丸　東の海へ』(同、一九五二年)、『銀のいす』(同、一九五三年)、『馬と少年』(同、一九五四年)、『魔術師《まじゅつし》のおい』(同、一九五五年)、『さいごの戦《たたか》い』(同、一九五六年)という順番《じゅんばん》で並《なら》んでいた。毎年一冊《さつ》ずつ作品が発表され、それを順に翻訳《ほんやく》していったのだから、瀬田訳が原書の刊行順《かんこうじゅん》になったのは当然《とうぜん》のことであった。

『ナルニア国物語』は、いまなおファンタジーの傑作《けっさく》として世界じゅうで読まれており、毎年世界で一〇〇万部も増刷《ぞうさつ》されつづけている作品である。

今回の新訳《しんやく》に際《さい》して、何よりも強く意識《いしき》したのは、世界じゅうが情報《じょうほう》でつながっている現代《げんだい》において、日本の読者のみなさんに「世界とつながることのできるナルニア」を読んでいただきたいという願《ねが》いだった。それゆえに、全七巻《かん》の並べかたも世界標準《ひょうじゅん》である作品の時系列順《じけいれつじゅん》にしたし、各巻《かくかん》の登場人物たちの名前も、巨人《きょじん》の〈ランブルバフィン〉とか、ユニコーンの〈ジュエル〉など、原文の固有名詞《こゆうめいし》をそのままカタカナ書きにした。名前に特段《とくだん》の意味が込《こ》められているとわかる箇所《かしょ》については、注でその意味を説明《せつめい》し、読者のみなさんの記憶《きおく》に英語《えいご》と日本語の両方で登場人物の名前が残《のこ》るように工夫《くふう》したつもりである。

二年近くにわたって続《つづ》けてきた『ナルニア国物語』の翻訳《ほんやく》も、この巻で終わりとなる。翻訳という行為《こうい》は最《もっと》も親密《しんみつ》な形の読書であるとつねづね思っているが、『ナルニア国物語』を一語一語丹念《たんねん》にたどりながら過《す》ごした二年間は、翻訳という形へと昇華《しょうか》していく親密な読書に埋没《まいぼつ》する至福《しふく》の時間であった。このような機会《きかい》を与《あた》えてくださった光文社古典新訳文庫《こてんしんやくぶんこ》の創刊編集長《そうかんへんしゅうちょう》・駒井稔氏《こまいみのるし》と、各巻《かくかん》の楽しさを心から共有《きょうゆう》してくださった編集長の中町俊伸氏《なかまちとしのぶ》に、両手いっぱいの感謝《かんしゃ》を申し上げる。また、編集作業のすべてにおいて一流の手腕《しゅわん》を発揮《はっき》してくださった小都一郎《おづいちろう》氏に、深くこうべを垂《た》れて感謝と尊敬《そんけい》を表したい。

読者の心に深く根ざしている旧訳《きゅうやく》が存在《そんざい》するにもかかわらず新訳を受けいれてい

ただこうとする試《こころ》みは、ときに絶望的《ぜつぼうてき》なものでもあった。訳者自身《やくしゃ》、幼少期《ようしょうき》に読んだ翻訳書《ほんやくしょ》が、いかに文章が古かろうとも、また、ところどころ文章が破綻《はたん》していようとも、人生で最初《さいしょ》に出会った作品としての愛着《あいちゃく》を捨《す》てきれないものであることは、身をもって知っている。そんなある意味で絶望的な戦《たたか》いをともに戦ってくださったイラストレーターのYOUCHAN（ユーチャン）さんに、同志愛《どうしあい》とともに拍手《はくしゅ》を送りたい。この新訳《しんやく》を手に取ってくださった方々の記憶《きおく》の中に、新訳『ナルニア国物語』の文章とともに新しいイラストが分かちがたく定着することを願《ねが》っている。

また、すべての作品を読んで、その内容《ないよう》を美しく抽象化《ちゅうしょうか》された表紙イラストに描《えが》いてくださった望月通陽氏《もちづきみちあきし》にも、心からの感謝《かんしゃ》を申し上げる。どの巻《かん》もイラストの強い眼差《まなざ》しが忘《わす》れがたいが、ことに第二巻『ライオンと魔女《まじょ》と衣装《いしょう》だんす』の表紙に描かれたライオンの、見る者の心を射《い》るような眼差しと、その胸《むね》にエドマンドを抱《だ》く優《やさ》しさは、印象的《いんしょうてき》だった。

最後《さいご》になったけれども、重要度《じゅうようど》においてけっして最小《さいしょう》ではない感謝の言葉を、校《こう》閲《えつ》にたずさわってくださった方々に送りたい。しっかりとした校閲のおかげで、新訳

『ナルニア国物語』を安心して世に出すことができた。心から、ありがとう。

二〇一八年二月

土屋京子

kobunsha classics
光文社古典新訳文庫

ナルニア国物語《こくものがたり》⑦
最後《さいご》の戦《たたか》い

著者　C・S・ルイス
訳者　土屋《つちや》 京子《きょうこ》

2018年3月20日　初版第1刷発行

発行者　田邉浩司
印刷　萩原印刷
製本　ナショナル製本

発行所　株式会社光文社
〒112-8011東京都文京区音羽1-16-6
電話　03（5395）8162（編集部）
03（5395）8116（書籍販売部）
03（5395）8125（業務部）
www.kobunsha.com

ISBN978-4-334-75373-3 Printed in Japan

いま、息をしている言葉で、もういちど古典を

長い年月をかけて世界中で読み継がれてきたのが古典です。奥の深い味わいある作品ばかりがそろっており、この「古典の森」に分け入ることは人生のもっとも大きな喜びであることに異論のある人はいないはずです。しかしながら、こんなに豊饒で魅力に満ちた古典を、なぜわたしたちはこれほどまで疎んじてきたのでしょうか。

ひとつには古臭い教養主義からの逃走だったのかもしれません。真面目に文学や思想を論じることは、ある種の権威化であるという思いから、その呪縛から逃れるために、教養そのものを否定しすぎてしまったのではないでしょうか。

いま、時代は大きな転換期を迎えています。まれに見るスピードで歴史が動いていくのを多くの人々が実感していると思います。

こんな時わたしたちを支え、導いてくれるものが古典なのです。「いま、息をしている言葉で」――光文社の古典新訳文庫は、さまよえる現代人の心の奥底まで届くような言葉で、古典を現代に蘇らせることを意図して創刊されました。気取らず、自由に、心の赴くままに、気軽に手に取って楽しめる古典作品を、新訳という光のもとに読者に届けていくこと。それがこの文庫の使命だとわたしたちは考えています。

このシリーズについてのご意見、ご感想、ご要望をハガキ、手紙、メール等で翻訳編集部までお寄せください。今後の企画の参考にさせていただきます。
メール　info@kotensinyaku.jp

光文社古典新訳文庫　好評既刊

仔鹿物語（上・下）『鹿と少年』改題

ローリングズ
土屋　京子　訳

厳しい開墾生活を送るバクスター一家。父ペニーがとっさに撃ち殺した雌ジカの近くにいた仔ジカに、息子ジョディは魅了される。しかし、厳しい決断を迫られることに……。（解説・松本朗）

若草物語

オルコット
麻生　九美　訳

メグ、ジョー、ベス、エイミー。感性豊かで個性的な四姉妹と南北戦争に従軍中の父に代わり家を守る母親との1年間の物語。刊行以来、今も全世界で愛される不朽の名作。

ケンジントン公園のピーター・パン

バリー
南條　竹則　訳

母親と別れて公園に住む赤ん坊のピーターと、妖精たちや少女メイミーとの出会いと悲しい別れを描いたファンタジーの傑作。バリーがいちばん初めに書いたピーター・パン物語。

にんじん

ルナール
中条省平　訳

母親からの心ない仕打ちにもめげず、少年は自分と向き合ったりユーモアを発揮したりしながら、日々をやり過ごし、大人になっていく。断章を重ねて綴られた成長物語の傑作。

ピノッキオの冒険

カルロ・コッローディ
大岡　玲　訳

一本の棒っきれから作られた少年ピノッキオは周囲の大人を裏切り、騒動に次ぐ騒動を巻き起こす。アニメや絵本とは異なる〝トラブルメーカー〟という真の姿がよみがえる鮮烈な新訳。

光文社古典新訳文庫　好評既刊

タイムマシン
ウェルズ
池　央耿　訳

時空を超える〈タイムマシン〉を発明したタイム・トラヴェラーは、80万年後の世界に飛ぶが、そこで見たものは……。SFの不朽の名作が格調ある決定訳で登場。（解説・巽 孝之）

ジーキル博士とハイド氏
スティーヴンスン
村上博基　訳

高潔温厚な紳士ジーキル博士と、邪悪な冷血漢ハイド氏。善と悪に分離する人間の二面性を追究した怪奇小説の傑作が、名手による香り高い訳文で甦った。（解説・東 雅夫）

宝島
スティーヴンスン
村上博基　訳

「ベンボウ提督亭」を手助けしていたジム少年は、大地主のトリローニ、医者のリヴジーたちと宝の眠る島へ。だが、コックのシルヴァーは、悪名高き海賊だった！（解説・小林章夫）

地底旅行
ヴェルヌ
高野　優　訳

謎の暗号文を苦心のすえ解読したリーデンブロック教授と甥の助手アクセル。二人はガイドのハンスとともに地球の中心へと旅に出る。そこで目にしたものは……。臨場感あふれる新訳。

八十日間世界一周（上・下）
ヴェルヌ
高野　優　訳

謎の紳士フォッグ氏は、八十日間あれば世界を一周できるという賭けをした。十九世紀の地球を旅する大冒険、極上のタイムリミット・サスペンスが、スピード感あふれる新訳で甦る！

光文社古典新訳文庫　好評既刊

プークが丘の妖精パック
キプリング
金原瑞人
三辺律子 訳

二人の兄妹に偶然呼び出された妖精パックは、魔法で二人の前に歴史上の人物を呼び出し、真の物語を語らせる。兄妹は知らず知らずに古き歴史の深遠に触れるのだった―。

白い牙
ロンドン
深町眞理子 訳

飢えが支配する北米の凍てつく荒野。人間に利用され、闘いを強いられる狼「ホワイト・ファング（白い牙）」。野性の血を研ぎ澄ます彼の目に映った人間の残虐さと愛情。（解説・信岡朝子）

幼年期の終わり
クラーク
池田真紀子 訳

地球上空に現れた巨大な宇宙船。オーヴァーロード（最高君主）と呼ばれる異星人との遭遇によって新たな道を歩み始める人類の姿を哲学的に描いた傑作SF。（解説・巽孝之）

オペラ座の怪人
ガストン・ルルー
平岡敦 訳

パリのオペラ座の舞台裏で道具係が謎の縊死体で発見された。次々と起こる奇怪な事件に、迷宮のようなオペラ座に棲みつく「怪人」の関与が囁かれる。フランスを代表する怪奇ミステリー。

失われた世界
アーサー・コナン・ドイル
伏見威蕃 訳

南米に絶滅動物たちの生息する台地が存在すると主張するチャレンジャー教授。恐竜が闊歩する台地の驚くべき秘密とは？「シャーロック・ホームズ」生みの親が贈る痛快冒険小説！

★続刊

存在と時間 4　ハイデガー／中山 元・訳

第4巻では、世界に投げ出されるようにして生きている現存在の日常的なあり方を定義するとともに、そこにおいて現存在がいかに「頽落《たいらく》」しているかを分析、考察する。独自の哲学概念で存在そのものを深く問うハイデガーならではの論考。

ボートの三人男　ジェローム・K・ジェローム／小山太一・訳

三人の男と一匹の犬がテムズ川をボートで遡上する旅に出る。風光明媚な場所を巡り「休養と変化」を求めるはずが、泊まる場所や食事の仕方について言い争ったり、荒天で悲惨な目に遭ったり……ドタバタの珍道中を描く英国流ユーモア小説。

傾城の恋／封鎖　張愛玲／藤井省三・訳

離婚後、没落した実家に戻っていた白流蘇。異母姉妹の見合いに同行したところ、英国育ちの華僑の青年実業家にひと目惚れされてしまう……。被占領下の上海と香港を舞台にした「傾城の恋」など5篇からなる傑作短篇集。

kobunsha
classics